【文學菁選28】

海狼

傑克・倫敦 Jack London 著

The Sea-wolf

目錄

延伸閱讀

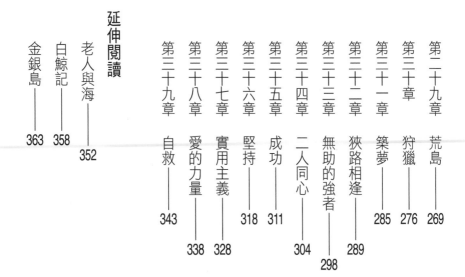

導　言

文章憎命達，魑魅喜人過
——曲折的經歷造就傑出的人生

如果一個人曾經歷過傑克·倫敦那樣跌宕起伏、波瀾壯闊的人生，或許更能理解他的筆下為什麼總是充斥了荒蕪的草原、無人的高山、變幻莫測的大海，人必須像野獸一般忍耐和殘酷，才能繼續生存。

一八七六年一月十二日，傑克·倫敦誕生在美國加州的舊金山。據說那天大雪紛飛，彷彿已經昭示他一生注定漂泊和孤獨的命運。

對於傑克·倫敦來說，一生最令他耿耿於懷的事情大概便是自己的身世。他的生父究竟是誰，早已成為一個無法證明的不解之謎。而今天眾所皆知的「倫敦」這個作為身分標誌的姓氏，只是其養父——一位破產農民，因為娶了他的母親才不得已賜予他的。

當傑克·倫敦知道這個祕密時還只是一個很小的孩子，在一次偶然的機會聽到父母吵架的內容——原來自己的生父在他一出生就遺棄了他和母親，或許這也可以合理地解釋為什麼他出身於舊金山，卻在加州的奧克蘭成長。儘管成年以後的傑克．倫敦憑藉自己的才華名聲大振，也曾千方百計尋找和聯繫最有可能是自己父親的人，但那位據說是他生父的流浪占星術家卻矢口否認他的存在。

或許在每個小男孩心中，「父親」都應該是個英雄般令人自豪的人物。在男孩們的眼中，他應該如山般高大偉岸，彷彿超人般無所不能。但傑克．倫敦從來沒有擁有過這樣的驕傲情懷。寄人籬下的身世和貧寒的家境，使小小的傑克從來不敢奢望「幸福」二字，無論做什麼總是失敗的養父，也實在無法勝任「偶像」的角色。「父親」這個重要的人物，成為小傑克生活中一個巨大的缺口。今天我們已經無從知曉在傑克．倫敦的心中是否曾經激烈地憎恨過自己的父親們——無論是生父還是養父；又或那是一種連他自己也說不清、道不明的愛恨交織的情懷。但我們卻可以知道，這是他生命中第一次稱得上刻骨銘心的創傷，也是他早熟的一個重要原因。

每天必須依靠賣報賺取家用才能勉強上學的日子是貧寒困窘的，缺乏溫暖的家庭氛圍無異於雪上加霜。值得欣慰的是，小傑克很早就學會從書籍中獲取慰藉。華盛頓．歐文的《亞爾罕伯拉》是他體會到人生樂趣的啟蒙老師，那些大量關於中世紀西班牙摩爾人的英雄傳奇故事，帶他見識到另外的世界，一個與他的生活完全不同的世界。那裡充滿了神祕與奇蹟，英雄比比皆是。即使這與實際生活形成了巨大的反差，但他依靠活躍的想像力，在某種程度上填補了自己生活中缺乏可以憧憬和崇敬的對象這個空白。憑著這種憧憬和莽撞的少年情懷，幾年以後，他飄洋過海，翻山越嶺，親身體驗了真正的剛毅。

另外一本不得不提的作品是維達的《西格納》，這是他人生中很重要的一個轉捩點：一個私生子，竟能在勤奮刻苦的努力下，成為受人景仰的偉大的音樂家。這讓傑克堅信：「凡是別人能做到的事，我一定要做到，並且還要做得更好」。

十八歲常常是界定成人與否的分水嶺。當我們去追溯他成長的道路，可以毫不誇張地認為，在十八歲之前，傑克．倫敦已經經歷他一生中最困苦的艱辛，也見識到常人無法想像的奇景。

任何一個與之同齡的孩子都不可能想像得到，生活中竟然會有些那樣痛苦的磨難，也正是這些生活中的苦難，使小傑克從不可自拔的無助和自卑中勇敢走出來，蛻變成為後來那個寫出了人們耳熟能詳的《野性的呼喚》、《熱愛生命》等作品、以旺盛的生命力著稱、筆調中永遠飽含熱烈與冷酷這一矛盾組合的的傑克．倫敦。

對於像傑克．倫敦這樣貧窮的少年來說，中途輟學是必然的事；然而一天連續工作二十個小時，卻不是每個生活窘迫的成年人能夠忍受的負荷，更何況一位年僅十四歲的少年！但傑克．倫敦做到了：「我不知道在奧克蘭有沒有一匹馬工作的時間有我這麼長？」「我從來沒有在體力勞動中打過敗仗。」

傑克．倫敦的小說中有詳盡而專業、關於大海的描寫，這源於十五歲那年的飄洋過海。那是一艘名叫「索菲．薩德蘭」的捕豹船，這艘船到過最遠的海域大概是日本和俄羅斯附近。一個偶然的機會，傑克成為船上的一名水手。這次跨越了太平洋的航行給傑克的身體和精神都留下無法磨滅的痕跡。大海的變化莫測，時而博大壯麗、時而狂暴肆虐的種種奇觀，變化成難以言盡的神祕，在傑克過去狹小的世界裡顯得是那樣的摧枯拉朽。人類在大自然中如此弱小，只有意志固若金湯的人才可以存活。這一次，他終於體驗到童年時讀過的書籍中，跟那些英雄人物們類似的驚濤駭浪。

生活繼續著它的現實與嚴酷。一八九三年，傑克．倫敦十七歲，抱著對生活高漲的熱情和盲目的自信，參與了在大恐慌中由失業大軍組成的「工人軍」抗議遊行。結果當然以失敗告終，但在這次幾乎走遍美國的行程中，有兩點對傑克來說記憶猶新。一是整個國家大蕭條的景象深深地震撼了他，個人的苦難與國家的苦難密不可分，然而黑暗與不公卻隨處可見，一如在此之前曾經刺激他的那篇報導——為了節約資本，工廠老闆聘用了一個人做兩個人工作分量的傑克，趕走了原來的工人，工人之一走投無路，只好自殺。另外一點是，他找到自認為能夠改變社會的方式和通向自由民主的道路——馬克思和恩格斯的社會主義。

在不斷的闖蕩和頭破血流之間，在飄洋過海和走遍美國的顛沛流離之後，傑克．倫敦具有超越年齡的滄桑，也比任何一個同齡人都更加清楚地明白生活的真相。他清醒地意識到生存的目的，以及能夠使自己更好的生存武器——知識。

十八歲這年，已經多次在生死攸關的逆境下頑強生存下來的傑克，摒除內心的蠢蠢欲動和少年人的浮躁，開始回到少時曾流連忘返的場所——奧克蘭市公共圖書館。

在那裡，他如饑似渴地汲取著各類著作的精華，達爾文、尼采、馬克思、恩格斯……「弱肉強食、適者生存」的自然主義，「上帝已死」的超人哲學，民主平等的社會主義……對人類社會孜孜不倦探索的前輩們不斷論證總結的種種思想精粹，在他腦中交相輝映。

這是傑克·倫敦一生中罕見的美妙歲月！他回望自己幾年來跌跌撞撞走過的路、進行過的抗爭、經歷過的黑暗，對比眼前這些偉大哲學家、思想家、社會學家們璀璨的成果，禁不住開始暢想未來。同時，那些過早體會到的艱辛，早就使他磨練出鋼鐵般的意志、強壯的體魄和粗野的豪邁，一如他筆下的人物，強硬、粗暴卻又才華橫溢，文明和蠻橫同時彰顯。從某種角度來看，那就是他本人的種種映射，每個人物中都帶有「傑克·倫敦」獨一無二的魅力和烙印。可以這樣說，這一年裡狂熱的閱讀和早年坎坷的生活經歷，導致了馬克思主義哲學和「超人」式的個人主義哲學，在他身上色彩鮮明地凸顯著。

在他眾多的作品中，最為人津津樂道的，大概也正是那些角色們的共同特徵——社會主義與白人優越論共存、適者生存與超人哲學混雜的奇異矛盾。

傑克．倫敦是聰明又早熟的，也是熱情和激烈的。在這位精力充沛的天才心中，早年見到的社會現實，促使他皈依馬克思的社會主義。但那些海上的生涯，生活帶來的磨難與歷練，又讓他深刻地體會到「適者生存」的自然法則，崇尚一種「超人」的力量和意志。他身上有著鮮明的個人主義烙印。這樣兩種尖銳對立的矛盾常常表現在他的作品中，也成為他被指責的理由。

不過傑克．倫敦也是坦率的、真誠的。他討厭虛偽，總是毫不留情地直指人性中最核心的問題。當別人指責他的思想充滿矛盾，「以他自己的邏輯難住他時，他就仰起頭，發出帶傳染性的大笑」，毫不以為意。這使他的作品呈現出一種令人著迷的矛盾衝突和無法忽略的個人魅力。

我們說，幼年成長的環境永遠是影響一個人性格的重要因素，而人生的經歷又是形成一個人人生觀、世界觀的直接原因。對於像傑克．倫敦經歷如此豐富獨特的人來說，其作品中充斥著驚險刺激的事件，一點都不讓人覺得奇怪。

那些過早體會到的社會炎涼，大海的變幻莫測以及人生的跌宕起伏，都在傑克．倫敦的腦海裡刻下深深的烙印。於是，他的作品中，波濤洶湧的海洋和寂寂無人的荒野是最典型的象徵，人物常常被逼入絕境，不得不為了屈辱地活著而與陰森恐怖的死亡搏鬥。

「存在或滅亡」是沒有時間去思考的問題，在吃人與被吃之間，如何「生存」才是永恆的旋律。無論是海豹獵人、船長、水手、作家、金融頭子、淘金工人，還是狼或狗，無論男女老少，無論冰天雪地還是水泥都市，無論是被剝削的生活、無情的欺騙，還是凶狠的廝殺，由他寫來都燃燒著熊熊烈火般的鬥志和頑強的生命力，一如他鋼鐵般的意志與充沛的精力。

傑克．倫敦第一部為人稱道的作品，就是根據自己在海上漂泊的親身經歷寫的《日本海的颶風》，那年他十七歲，獲得舊金山《呼籲報》舉辦的徵文比賽桂冠。一九〇三年，是傑克生命裡極為重要的一年，以動物為主角的生存小說《野性的呼喚》出版，宣告了傑克．倫敦在美國文學史上的大師級地位，人們大聲驚呼這部經典作品「開創了一個新時代」。

作品中殘酷的生存競爭，正好順應了那個黑暗的年代，為了活下來而進行的慘烈廝殺與「活著」的勇氣，受到了人們的喜愛和熱烈推崇。張愛玲曾說「出名要趁早」，二十歲的傑克．倫敦名聲大振。

一九〇四年，被認為是完整地反映了尼采式超人哲學的作品《海狼》問世。本應是配角的「海狼」來森閃閃發亮，人們既為他身上獸性的殘忍而心悸，卻又為他的坦率和直接影射人性的黑暗而鼓掌。他凶狠、殘暴，並不以人的生命為重，也不認為生活中有值得投入感情的事物，他的原則就是「生存」。他身上蘊含的猛獸力量，屬於孤僻而堅韌的「狼」；但他又不是未開化的野獸，他讀高深的書，思考人生哲學——這也是他把「我」這個文弱的作家留在船上的唯一原因。

有人評價：「《海狼》體現出二十世紀美國文學對維多利亞時代感傷主義和唯美主義的反

對。」評論界普遍認為這部作品是大肆宣揚超人哲學的，傑克．倫敦卻指出自己的本意在於批判尼采的超人哲學，因為真正的主角凡．威登在令人不寒而慄的困境中，面對恐懼、饑餓和死亡的威脅，承受環境的考驗、海狼的折磨，由文弱書生蛻變成為有著鐵打的身軀、鋼樣堅硬的意志、頑強而吃苦耐勞的硬漢。為他帶來美妙愛情和生活希望的梅蒂小姐，也讓我們看見生命中的愛與美好。

活得轟轟烈烈的傑克．倫敦，因在作品中為人們刻畫了一個個「活著」的典範而享譽國際，然而，四十歲那年，傑克．倫敦服毒自殺了。這很容易讓人想起另一位美國作家海明威，他們選擇結束生命的方式同樣令人震驚。這兩個筆下都是錚錚硬漢的人，選擇死亡的方式也冷酷得接近殘忍。冰冷的槍管抵住喉嚨時，藥性的絞痛發作時，他們的心裡想到的是什麼呢？

也許那些真正的藝術家們——無論是文學家還是別的——過著一種熱情而激烈生活的人，最後都只能選擇死亡。因為激情不能永遠，生活到最後都會幻滅，當一切都褪去華麗，繁榮似錦的背後，只剩虛無和荒涼。所以，對於像傑克．倫敦這樣激情而熱烈的人來說，生活在那樣的社會，死，或許是唯一的解脫。

如今，將近一百年過去了，我們仍舊沉浸在傑克．倫敦為我們帶來的部部精彩作品中，無法忘懷他在《熱愛生命》中的吶喊，在《野性的呼喚》中的頑強。我想，傑克．倫敦的獨特就在於盪氣迴腸中縈繞著令人不忍卒讀的堅強，文字的背後蘊含著靈魂深處最深沉的孤獨，卻又不放棄求生的意志和力量。他活得那麼坦率而激烈，正如他在一首詩中寫道：

我寧可灰飛煙滅，也不做浮塵！
我寧可我的火花燃燒如熊熊烈焰，
也不願寂寂沉默如朽木般乾腐。
我寧可成為一顆耀目的流星，
每一粒原子都迸發出萬丈宏偉輝光，
也不願做一顆永恆睡著的星球。
人類的根本責任是活著，而不僅僅是存在。
我將不會把時間浪費在試圖延長生命上面，
而是過好我活著的每一天。

於是，終其一生，他都在漂泊和孤獨中度過。歐文．斯通稱他為「馬背上的水手」。西方有一句話，叫做「帶著鐐銬的舞蹈」，或許正是他最真實的寫照。

海

The Sea-wolf

狼

第一章　禍從天降

我確實不知該從何說起，有時我會很可笑地認為這一切都是查理．弗洛薩造成的。

在密爾山谷裡，塔馬爾佩斯山峰的陰影中，他修建了一座避暑的小屋。每年只有寒冬臘月的時候他才會來到小屋，懶散悠閒地讀一讀尼采或是叔本華的作品，放鬆放鬆大腦神經，然後在那兒待上整個冬天。但每當夏季來臨，他卻又喜歡離開小屋，在炎熱的天氣裡、骯髒的城市中忍耐煎熬，終日埋頭苦幹，揮汗如雨。

如果不是因為按照慣例，每個週六的下午我都會去探望他，並在那裡一直待到下個週一的早上，那麼在這個特殊的一月的清晨，我就不會在舊金山市的海灣裡漂蕩。

當時我正坐在一艘十分安穩的船隻裡上下搖晃。這是一艘名叫「馬丁尼茲」的嶄新蒸汽式渡輪，正在進行她的第四次，也許是第五次，往返於索塞利托與舊金山市之間的航行。濃厚的迷霧已經籠罩了整個海灣，隱藏著重重危機。但作為一個在陸地上長大的人，我對即將到來的危險情況一無所知。

事實上，我還記得那種平和而愜意的感覺——站在上層甲板靠近前艙的地方，恰好處於駕駛室下面的位置，任憑神祕的迷霧帶領我進行無限的遐想。清新的海風輕輕拂過面頰，有那麼一刻，我彷彿在這潮溼的、看不分明的霧氣中獨自存在著，世上的一切都離我遠去。然而我並不是一個人，朦朦朧朧中，我感覺到駕駛員的存在，那個被我認作是船長的人，就待在我頭頂上方的玻璃房子裡。

還記得當時我正在琢磨著這樣一種如此舒適的感受！原因在於各自有著不同的勞力分工，於是對我而言，不需要只是為了去拜訪一個住在大海彼端的朋友，而花費大量的心思研究關於霧氣、風向、潮汐，以及航行方面的知識。術業有專攻是一件多麼好的事情啊，我尋思著。

駕駛員和船長所擁有的專業知識，對於成千上萬個像我這樣對大海和航行並沒有太多了解的人來說，是完全足夠的。從另一個方面來說，我也不需要再分散精力去學習眾多的事物，而是專心地投入到一些專項的研究，比如說，對愛倫．坡在美國文學史上的地位進行分析和探討——順帶說一下，這其實是我當時發表在《大西洋》雜誌上的一篇論文。

登船時，當我途經客艙，我注意到一位健壯的紳士正聚精會神地閱讀著《大西洋》雜誌，正好就翻到登載我的論文的那一頁。這再一次地證明，正是因為社會有了分工合作，有了駕駛員和船長的專業知識，那位健壯的紳士才能夠一邊被安全地從索塞利托送往舊金山市，一邊悠哉地閱讀我關於愛倫．坡的專業分析。

「砰」的一聲，驟然打斷了我的思緒，一位紅臉的男子把艙門用力往後一甩，踉蹌著走上甲板。那時我正在腦海裡為一篇文章構思標題，我本來想將它命名為「自由的必然性：為藝術家而懇求」。那位紅臉男子很快地瞥了一眼駕駛艙，饒有興趣地看了看周圍的霧色，搖搖晃晃地走過甲板，又轉回來；顯然，他的腿上裝的是義肢。接著，他安靜地站在我身旁，兩腿分得很開，臉上帶著一種極度渴望享受的神情。我敢說，他之前一直都生活在海上。

「真是一個爛天氣，他們該急得頭髮都發白了。」他抱怨著，衝著駕駛艙點了點頭。「我認為這沒有什麼好緊張的，」我回答，「就像掌握ＡＢＣ一樣易如反掌。他們可以透過羅盤知道方向，測量距離和速度。我找不到比這更肯定的說法了。」

「緊張！」他大聲地哼了哼氣。「簡單得像ＡＢＣ！絕對肯定！」他似乎來了精神，往背後用力挺了挺身子，張大眼睛用力瞪著我。「你能想像衝破金門灣的海潮是什麼樣子嗎？」他問，或應該說是怒吼。「看她退得多快啊！這個漂浮物是什麼，嗯？好好聽著吧，你！這個是警鐘浮標，我們現在就在它的上方！看，他們正在轉向！」

陣陣悲鳴般的鐘聲衝破重重迷霧不斷傳來，我能夠看見水手們正在以最快的速度轉動著舵。那些原本聽起來好像在正前方的鐘聲，現在就在邊上響起來。我們自己的汽笛也刺耳地鳴叫起來，迷霧中不時地傳來其他的汽笛聲。

「那是一條渡輪。」紅臉男子叫著，手指著右邊的汽笛聲，「就在那兒！你聽到了嗎？是以嘴在吹的，非常可能是一艘平底縱帆船。當心吧，船長先生。啊！我確實是這樣想的，地獄之門為你打開啦！」

那艘看不見的渡船一陣接一陣不停地悲鳴，口吹的號角發出驚恐的尖叫聲。

「現在他們正在相互回應，試著弄清楚情況。」當慌慌張張的汽笛聲一停，紅臉男子繼續說著。

他的臉亮起紅光，眼睛裡閃爍著興奮的火花，一邊用清晰的語言解釋起號角和警笛聲各自的含義。「那兒響了一聲的是汽笛，它要開到左邊去。另外一個聽起來就像嘴裡吞了一隻青蛙，我想那是一艘平底縱帆船，正從海灣口逆著潮水擠進來。」

前方不遠處，一隻手就可以觸及到的地方，傳來一聲短促而尖銳的哨聲，那聲音尖厲得就好像發了瘋一般。接著「馬丁尼茲號」上響起了鑼鼓聲。我們的推進器停了下來，奔騰的水聲慢慢停止了拍擊，不一會，又重新開始轉動。那種尖銳短促的哨聲，就像在巨大野獸的怒吼聲中一隻小蟋蟀的尖叫聲，快速地穿過迷霧，從一邊蹦到了另一邊，又飛快地變得愈來愈模糊，漸漸離去。我看著這位伙伴，聽他怎麼說。

「來了一個膽大魯莽的傢伙，」他說，「真希望我們能把他撞個大坑，小廢物！他們總是招惹麻煩。難道他們做過什麼像樣的事嗎？一頭蠢驢登上了船，還以為自己能駕馭它，一路吹哨敲鑼，通告全世界的人都必須當心他，因為他來了，自己當心不了自己！就因為他來了！你也非注意他不可！什麼叫做優先權！什麼叫基本的禮貌！他們根本就不懂那是什麼意思！」

他的無名怒火把我逗樂了。他心煩氣躁地走來走去，步伐搖晃。我則津津有味地沉浸在霧色帶來的浪漫當中。真是十分浪漫啊，這霧色——就像漫無邊際、充滿著神祕的灰白色影子，遮蔽住這世界上所有搖晃著的星光點點；而人類，是光亮和閃耀中的微塵，因為勞役而發出瘋狂的詛咒，他們跨著木製的戰馬和鐵騎，穿越神祕的中心，在看不見的虛無中盲目摸索，心裡充滿了由於懷疑和恐懼而帶來的沉重負擔，卻以過度自信的音調大聲地喧鬧。

紅臉男子大笑的聲音把我拉回了現實。我以為自己能夠以清明的眼看透神祕，其實我也不過在盲目摸索。

「喂！有船衝著我們來了。」他說，「你聽到了嗎？他來得非常快。一直沿著右邊靠近。我猜他仍然還沒有聽見我們。風向正好相反呢。」

清新的微風正對著我們吹來，我能夠清楚地聽見汽笛聲，就在我們旁邊靠近前面一點的距離。

「渡輪？」我驚訝地問。

他點了點頭，馬上又說：「否則他不會這樣倉促緊張。」他衝著我快速地輕笑了一下，「在那上面的人正急得團團轉呢。」

我抬頭向上看。船長已經把他的頭部和肩膀都伸到駕駛艙外面，目不轉睛地盯著迷霧，彷彿透過純粹的意志力量可以穿透一切。他的臉神色嚴峻，與紅臉漢子臉上的神情如出一轍。紅臉漢子已經步履蹣跚地走過護欄，心無旁騖地緊緊盯著前方看不見的險惡。

大難突然臨頭，迅雷不及掩耳之間，一切都發生了。

迷霧好像被一個楔形物從中間猛然劈開，一艘蒸汽船的船頭衝了出來，兩側緊跟著的霧氣迅速地畫出一個圓圈，就像海中巨獸的嘴尖上掛著一圈海藻。我看見駕駛艙裡一個留著白鬍子的人正探出部分身體在外面，壓在撐著的手肘上。

他穿著一套藍色的制服，我還記得他看起來顯得那樣的整潔、寧靜。在這樣形勢下，他的寧靜是如此震撼人心。他接受了命運之神的安排，並與之攜手並進，冷峻地估量著這次衝撞帶來的惡果。他斜靠在那兒，帶著平靜、思索的眼光掠過我們，似乎為了確定衝撞的最精確位置在哪兒，沒有餘力去注意我們的水手正面如紙灰，大聲吼叫著：「現在你滿意了！」

回頭一看，我意識到一切都不需再說了。

「快抓住，千萬不要放手！」紅臉男子大聲對我說。所有的咆哮都消失了，他好像也被感染了一種奇異而超然的平靜。「好好聽聽女人們的尖叫。」他冷冷地說著，帶著一種近乎怨憤的悲痛。我猜想，也許他早就已經充分體驗過那種感覺。

在我來得及聽取他的建議之前，兩艘船已經相撞了。我們的船一定是被從中間成直角地狠狠撞了一下。因為我什麼都沒有看見，那艘莫名其妙的蒸汽船已經越過我的視線又消失了。

馬丁尼茲號幾乎完全傾斜著，傳來船骨被壓碎和裂開的聲音。我被甩到溼漉漉的甲板上，還沒來得及爬起來站穩腳跟，女人們的尖叫聲已經響起。那可真是——我能肯定——一種難以形容的恐怖、令人毛骨悚然的聲音，讓我莫名地恐慌起來。

我記得救生艇就放在船艙裡，但剛走到門邊，我就被男人們和女人們野蠻地擠到了後面。接下來的時間到底發生了些什麼，我已經完全想不起來，只是清晰地記得紅臉漢子一邊把救生衣從高過頭頂的架子上推下來，一邊迅速地把它們綁在一群已經歇斯底里的女人身上。這個記憶是如此清晰而尖厲，就像我曾經見過的一幅圖畫。那個畫面，感覺仍歷歷在目——船艙的邊緣裂開了一道鋸齒般的口子，灰色的濃霧穿過洞口盤旋成漩渦，裝了布套的座位上空無一人，所有的東西隨著突然的騰空四處丟棄，行李包、手提袋、陽傘、披肩散落一地；那位健壯的紳士已經把自己包裹在軟木和帆布裡，那本雜誌仍然抓在手上，不斷地問我是否認為那裡有危險。紅臉男子英勇地挪動他的義肢們，把救生圈緊扣在所有的乘客身上；最後，女人們的尖叫聲響徹天際。

女人們的尖叫聲摧殘著我的神經。顯然它們對紅臉男子的神經也是一場嚴峻的考驗。還有一個場景也異常深刻地留在了我的腦海裡，永不褪色：只見那位健壯的紳士一邊把雜誌胡亂塞進外套的口袋裡，一邊神情古怪地四處張望。一大群女人互相絞在一堆，每個人都皺著眉，臉色蒼白地張大嘴，奮力尖叫著，就像一支瀕臨失控的合唱團。紅臉男子的臉現在因憤怒而漲成了紫色，把手高高舉過頭頂用力揮舞著，像畫出一道道雷電，一邊大聲怒喝：「閉嘴！給我閉嘴！」

那樣的場景使我突然爆發出一陣狂笑，但下一刻我馬上意識到自己的歇斯底里。這些女人是跟我一樣的同類，就像我的母親或姊妹們，死亡的恐懼籠罩了她們的心，她們不願意死去。她們的尖叫使我想起屠夫刀下殺豬時的嚎叫。我為這鮮明的類比而感覺到一陣戰慄和厭惡。這些淑女們本應有著最高尚的情感，擁有親切柔和的同情心，現在卻拚命張大嘴巴，驚聲尖叫。她們想要活下去，然而卻如此無助，就好像被捕鼠夾子夾住的老鼠，吱吱地亂叫著。

那種戰慄和憎惡的感覺驅使我來到甲板上。一陣神經質的嘔吐感襲來，我跌坐在長凳上，眼神模糊地看著這一切，聽到男人們在亂竄著、大吼著，七手八腳地急著把救生艇放下來。那場景就如我曾在書中讀到過的一樣。船上的絞輪被堵住了，根本無法轉動。一艘救生艇被放了下來，但是沒有關上底部的塞子，上面已經坐滿了女人和小孩，水不斷往裡湧，不一會兒船就翻了。另一隻救生艇的一端已經降下來了，但另外一端仍舊懸掛在絞輪上，於是被遺棄地吊在半空中，再無人問津。那艘莫名其妙釀成這場災難的蒸汽船就那樣消失了，雖然大家都說它一定會派救生艇來拯救我們。

我下到更低一層的甲板上，馬丁尼茲號正在快速地下沉，水已經湧了進來。大家爭先恐後地往水裡跳。還有一些人已經跳到了水裡，又大聲地哭叫著要回到船上來。但是沒人有功夫去管他們。突然傳來一聲哭喊，嚷嚷著我們的船要沉了。一陣驚恐襲來，我隨著洶湧的人群跳了出去。我不知道自己是怎麼出來的，但立刻明白了為什麼那些已經跳到水裡的人會如此渴望再回到船上。水裡真是太冷了——冷得刺骨。我周身的肌膚彷彿被鋼針扎滿了，又好像在烈焰中燃燒，那疼痛劇烈而尖銳，一點一點浸入骨髓。死神正緊緊地掐住我的咽喉。我痛苦地喘息著，拚命掙扎。救生圈拉著我浮上水面，我的肺裡好像塞滿了東西要炸開一樣，嘴裡充斥著濃濃的海水鹽腥味，喉嚨和肺都火辣辣的，讓我喘不過氣來。

但最讓人無法忍受的還是寒冷。我覺得自己沒多少時間可活了。人們在周圍的水裡努力掙扎、扭動。我聽見他們在大聲地互相喊叫，還有槳推開水划動的聲音。顯然那艘肇事的蒸汽船已經放下了救生艇。

時間慢慢地過去了，我竟然還活著，真是不可思議。下半身已經失去了知覺，冰冷和麻木包圍了我的心臟，一點點往內滲透。微微的波浪夾帶著可惡的泡沫沖刷著我的頭，不斷地拍打著我，嗆入我的嘴裡，擠壓我、勒住我，讓我無法呼吸。

嘈雜聲漸漸遠去，一切變得如此渺茫。但我又聽到遠處傳來一大片絕望的哀嚎，馬丁尼茲號沉沒了。後來，不知道到底過了多久，我在驚恐中醒來。這次是真的徹底地孤身一人了。我再也聽不到任何的喊叫或哀嚎聲，只有海浪的聲音，在迷霧中發出奇特的空洞迴響。如果是在人群中感到恐慌，還會覺得有一個休戚與共的團體可以相互分擔。而當一個人在天地間真正完全地孤獨著，則是一種令人感覺到近乎可怕的恐懼。現在我正經歷這種恐慌。我將漂向何方？那個紅臉男子曾經說過，海浪正在退出金門灣，那麼我豈不是要被沖到大海裡去？難道我就靠救生圈這樣一直漂著？不是隨時都會被撕成碎片嗎？聽說救生圈是用紙和空的燈芯草做成的，它很快就會被水滲透，失去浮力；而我對游泳一竅不通……我孤身一人，漫無目的地漂浮著，被包圍在一團灰濛濛的、原始的廣袤當中。我承認自己完全陷入了瘋狂，突然像那些女人一樣尖叫起來，拚命用我已經麻木的雙臂徒勞地拍打著水面。

這樣的情況不知道持續了多久，我的大腦一片空白，就像做了一場可怕而痛苦的噩夢。當我再次甦醒，好像已經過了幾個世紀。我看見，就在我頭頂上，一艘船頭弓形的部分從迷霧中鑽了出來，接著是三張三角形的船帆，鼓脹著，在風的作用下靈巧地相互摩擦、舔肆。船頭乘風破浪，激起大朵大朵的浪花，刷刷作響，我正好擋在它的航道上。我試著大聲喊叫，但我已筋疲力盡。

船頭衝了下來，與我擦肩，飛濺的水花鋪天蓋地地落下來。接著它那長長的黑色船身飛馳而過，我幾乎可以伸手就摸到它。我用力往前游著，發瘋似地想要用手抓住船板上的木頭，但我的手臂卻是如此沉重和無力。我用盡力氣大聲呼喊，卻發不出一點聲音。

船尾一閃，從浪花的空隙中穿了過去。我瞥見船的舵輪旁邊站了一個人，還有另一個人似乎正抽著一支雪茄，一邊想著什麼。他緩緩地轉過頭，朝我這邊的水面直直地看了過來，一股青煙從他的嘴裡冒了出來，升騰而上。這是極其偶然的、心不在焉的一眼，是人們百無聊賴當中一個完全沒有任何預期或特殊目的的舉動。就好像人們僅僅是因為活著，所以總要做點什麼。

但就是那漫不經心的一眼，生死一線間。我眼睜睜地看著那船被迷霧所吞沒，盯著站在舵輪旁邊的那個人。另一個人的頭再次轉了過來，緩慢地轉動著，他的目光掃過水面，隨意地看向我，臉上帶著一副心不在焉的神情，似乎陷入了沉思。恐怕他的視線就算是放在我身上，也根本不會察覺到我。但是他的視線確實停在我身上，目光直直地看進我的眼睛裡。沒錯，他確實看見我了。他猛地竄到舵輪前，一把推開另一個人，一圈圈快速地轉著舵，一手又一手，同時朝另外一群人大聲地吼叫，發出一連串的命令。那艘船離開了原來的路線，幾乎是一瞬間就鑽入迷霧消失不見。

我感到自己有點神志不清了，於是使出全身的力氣，奮力支撐著我的意志，想把一股正緩緩升上來的、令人窒息的虛無和黑暗之感壓下去。只過了一下子，我聽見划槳的聲音離我愈來愈近，一個人聲音響了起來。當他靠到我身邊時，我聽見他惱羞成怒地叫喊著：「為什麼不喊一聲呢？真要命！」他應該是指我吧，我迷迷糊糊地想著，接著一陣虛無席捲而來，我陷入無盡的黑暗當中。

第二章　鬼魂號

我好像正踩著一種強有力的節奏在前後擺盪，穿透浩瀚廣漠的宇宙。無數星星點點的亮光在我身邊疾馳而過。那是星星，還有燃燒著的慧星拖著長長的尾巴，我彷彿在眾多太陽中間飛翔。當我盪到一邊的盡頭，正準備盪回去時，一面巨大的銅鑼雷鳴般地響了。於是好像在無邊無垠的時間痕跡裡，數個平靜的世紀接踵而來，我享受著、思考著這妙不可言的飛翔。

這是一個夢吧！我思索著。但夢境忽然改變了，節奏愈來愈快，愈來愈快，我在劇烈的搖擺中感到噁心。被急劇地拋上天空，又落下來，我頭暈目眩，幾乎無法呼吸。鑼鼓聲愈來愈快，急躁而狂暴，我在莫名的恐慌中等待著什麼。接著我好像被人拖曳著經過粗糙的沙地，巨大明亮的太陽，粗暴熾熱地拷打著我的身體，疼痛難忍。皮膚在烈焰下炙烤，好像要燃燒。鑼聲鏗鏘有力，發出喪鐘的哀鳴。閃爍的光點連成了細流，綿綿不絕地從我身旁掠過，如同整個宇宙正在崩塌，陷入虛無。我喘息著，痛苦地輾轉，緩緩睜開雙眼。

兩個人跪在我的身旁，對我做著什麼。置身於強有力的節奏當中，是因為船在大海中上下起伏，巨大的銅鑼是一面平底煎鍋，掛在牆上，隨著船的每一次起伏噹啷作響。

那粗糙、灼熱的沙礫，是一個男人用粗糙的大手在我赤裸的胸膛上用力摩擦。我在劇烈的疼痛中扭曲著身體，艱難地抬起頭來。我的胸膛已經擦破了皮，開始發紅，細密的血滴從裂開、發炎的表皮一點點滲出來。

「夠了，亞森，」當中的一個人開口說，「難道你沒看到你已經把這位先生的皮都搓開花了嗎？」叫做亞森的那個人，像是一個健壯的斯堪地納維亞人，停止了摩擦，笨手笨腳地站起來。對他說話的那個人帶著明顯的倫敦腔，輪廓圓潤，有點秀氣，給人感覺非常柔弱。

那張臉看起來就是一個一邊吸吮著媽媽的乳汁，一邊虔誠地聽著教堂的鐘聲長大的人。戴在頭上的那頂黏黏的、以棉布做成的帽子，那像髒兮兮的麻布袋一樣蓋住瘦弱屁股的外衣，無不表明他就是這艘船上的廚師，而我，無疑正躺在這間十分髒亂的廚房裡。

「先生，現在您覺得如何？」他諂媚地假笑著，帶著一股討好的語氣問道。那種笑是他從祖先那裡傳下來、專討賞錢的法寶。

我虛弱地扭動了一下身子，裝作要起來的樣子。亞森扶著我站了起來。那平底煎鍋發出「噹啷、噹啷」的聲音，猛烈地撞擊著我的神經。我無法集中注意力。一邊牢牢地抓住廚房裡的架子支撐身體——我必須承認那上面布滿油脂和污垢，讓我不禁咬緊牙關——我伸出另一隻手，越過一個熾熱的火爐，來到那令人厭惡的東西前，摘下它，用力將它塞進煤箱裡。

那廚師對我表現出來的膽量嘲諷似地露齒一笑，塞給我一個看起來冒著熱氣的馬克杯，說：「呃，這個會讓你感覺好點。」這真是一種令人作嘔的東西——船上的咖啡——但它的熱量會讓人重生。我咕嚕咕嚕地大口喝下那熱氣騰騰的飲料，不經意瞥見我的胸膛皮開肉綻、鮮血直冒，接著把目光轉到那個斯堪地納維亞人身上。

「謝謝你，亞森先生。」我開口說，「但是你不覺得你的方式相當冒險嗎？」

他感覺到來自我身體、比語言更明顯的斥責，於是舉起自己的手掌仔細地審視著。他的手上顯然布滿了老繭，我伸出手，碰了碰那些突出的稜角，那可怕的、令人焦躁的感覺又湧了上來，牙齒忍不住開始打顫。

「我的名字叫強生，不是亞森。」他緩慢地回答道，英語十分純正，只是在重音的部分沒有太大的變化。他淡藍色眼睛裡露出輕微的抗議，又兼具一點點羞怯的坦率和男子漢的氣概，很快贏得了我的讚賞。

「謝謝你，強生先生。」我趕快修正道，向他伸出我的手。

他遲疑了一下，有點尷尬又有點害羞，把身體的重心從一隻腳移到另一隻腳上，然後粗魯地緊緊握住我的手，用力地搖了一下。

「你有可以讓我借穿的乾衣服嗎？」我問廚師。

「可以，先生。」他以愉快活潑的語調回答。「如果您不反對，我馬上下去找找我的箱子，讓您換上我的衣服。」

他衝出了廚房，或說是滑了出去，步伐快速而平穩，好像腳底抹了油。我後來才明白，其實這種油滑大概就是他性格中最顯著的特徵。

「我在哪裡呢？」我問強生，理所當然地認為他是一名水手。「這是一艘什麼船？要開往什麼地方？」

「已經離開了法拉隆群島，正往西南方向去，」他慢慢地、有條不紊地回答著，好像在尋找最好的詞彙，一絲不苟地按照我問話的順序進行回答。「這裡是三桅帆船鬼魂號，前往日本邊境捕海豹。」

「那麼船長是什麼人呢？我一穿好衣服就必須馬上見他。」強生看起來顯得非常為難和窘迫。他猶豫起來，一邊暗中尋找著詞語，看怎麼可以組成一個完整的句子回答。「船長是海狼①來森，大家都這樣叫他。我從來沒有聽過有其他的稱呼。但你跟他說話時最好小心點。他今天早上簡直是發瘋了。那個大副……」

但他來不及說完，廚師已經溜進來了。

「你最好先滾出去，強生。」他吼著。「老闆在甲板上等著你呢！今天最好別惹惱他。」

強生順從地朝門走去，同時，越過廚師的肩膀，意味深長地看了我一眼，出奇地嚴肅，似乎要以此接上被打斷的談話，然後預期性地眨眨眼睛，彷彿再次對我強調要輕柔地與船長談話的必要性。

廚師的手臂上掛著一件鬆垮垮、皺巴巴的衣服，看起來十分噁心，散發出一股酸腐的氣味。

「他們還沒等它曬乾就收起來了，先生。」他信誓旦旦地解釋。「但在我把您的衣服烤乾前，您只能先將就穿一下。」

船上下起伏著，我搖晃欲墜，連忙緊緊抓住船上的木架。在廚師的輔助下，我勉強把自己套進一件粗糙的羊毛汗衫裡。那粗糙的觸感立即帶來一股令人毛骨悚然的顫慄，慢慢地爬過我的身體。他注意到我的不正常抖動和臉上痛苦的表情，連忙不自然地堆出一陣笑臉：「我猜您從來不曾經歷過這樣的生活。因為您的皮膚細嫩柔滑，就我看來，更像是一位有教養的夫人一般。當我第一眼看見您，就知道您一定是一位被教養得很好的紳士。」

我一開始就一點也不喜歡他，尤其是他幫我穿衣服的時候，這種不愉快的感覺迅速地增長。他的碰觸令人有一種忍不住要排斥的感覺。我掙開他的手，身上湧起一陣反感。這種極度的反感，再加上廚房裡各種鍋碗瓢盆裡的液體，在火的烘烤下不斷沸騰翻滾著，散發出一股氣味，我覺得自己必須馬上離開這裡，呼吸一下新鮮空氣。接著，我必須趕快找到船長，商談一下有什麼辦法可以把我送到岸上。

在一連串熱情的道歉聲中，我被披上一件領口已磨損且品質低劣的棉襯衣，胸口上早就被染上了一抹不知名的顏色，看起來就像是年代久遠的血漬。我的腳套進一雙工人穿的堅硬短皮靴。至於褲子呢，則是一條淡藍色的、已經洗得發白的工作褲，一邊的褲腳比另外一邊至少短了十公分。那截短了的褲腿看起來就好像魔鬼伸手抓了這個倫敦人的靈魂，結果卻只扯掉了褲腿。

「我應該感謝誰給了我這些仁慈呢？」我總算基本上穿戴整齊了，頭上戴著一頂小男孩的帽子，身上穿著一件髒兮兮的條紋棉質夾克，長度只到背部，袖子只到臂彎。

那廚師臉上堆著媚俗的假笑，謙卑地站立著。以我每回航程結束時與大西洋輪船上的服務員打交道的經驗來看，我發誓他是在等小費。當我對他有更多的了解之後，我才發現，他這種姿態完全是無意識的，這種卑躬屈膝的樣子毫無疑問是天生的。

「馬格瑞吉，先生。」他諂媚地回答，臉上浮現出討好的笑容。「湯瑪斯．馬格瑞吉正在服侍您，先生。」

「湯瑪斯，」我說，「我不會忘記你的，等我的衣服乾了再說。」一種柔和的光在他臉上瀰漫開來，他的眼睛閃閃發亮，好像在他的靈魂深處，他的祖先甦醒了，喚醒了那曾在以往的生活中獲得小費的模糊記憶。

「謝謝您，先生。」他低聲下氣地回答，一副感激不盡的樣子。

就這樣，那道門敞開了，他走到一邊，我跨到了甲板上。我的身體仍然因為長時間的浸泡而十分虛弱。一陣風吹來，我緊張得搖搖晃晃地從甲板上挪到船艙的一個角落裡，尋求依靠。船朝一邊很厲害地傾斜著，一邊乘風破浪，向太平洋疾奔過去。如果她像強生說的一樣正往西南方向駛去，那麼我估計風應該是從南面吹過來的。濃霧已經消散開了，陽光在水面上不停閃耀著，我轉向東方，那應該是加州所在的地方，但是什麼也看不見。只有低低的依然被濃霧籠罩著的海岸線。毫無疑問，就是這濃霧，導致了馬丁尼茲號的災難，也把我推到了現在的處境。在北面不遠處，一群岩石赤裸裸地暴露在海面上，在其中一塊上，很明顯地能分辨出一座燈塔。在西南方向，就在我們航行的方向，隱約浮現出一些船隻金字塔形的船帆。

眺望完了水平線，我把注意力轉回周圍的環境。我的第一個念頭是，一個剛剛逃離了一場碰撞並且與死神擦肩而過的人，應該會引起大家極大的關注。但是，除了一個站在舵輪邊的水手透過艙頂好奇地打量著我，根本沒有人注意到我。

大家似乎都對船中央發生的事情比較感興趣。

在那裡，艙口旁，一個大個子正仰面躺著。他全身穿戴整齊，但襯衣已經被從上面扯開。他的胸膛上覆蓋了一層毛茸茸的胸毛，看不見一丁點皮膚，看起來就好像穿著狗毛做的外衣。他的臉和脖子都隱藏在黑色的鬍子下，裡面夾雜著一些灰白色，要不是已經被還在滴著的水浸溼，一定是又粗又硬，更加濃密。

他的眼睛閉著，看起來好像已經失去意識。但他的嘴巴大大地張開著，激動吃力地喘息著，胸膛好像快窒息般鼓脹起來。一個水手，好像例行公事般，有條不紊地一次又一次把綁了繩子的帆布水桶扔進海裡，再一把一把地提上來，潑灑在那個仰躺著的人身上。

一個人在艙口前來來回回地走動著，一邊惡狠狠地用嘴咬著雪茄菸的一頭。正是他那偶然的、心不在焉的瞥視，將我從海裡救了起來。他的身高大概有五呎十吋，或五呎十吋半；但我對這個人的第一印象，或說第一眼的感覺，並非他的身高，而是他的力量。

雖然他有著堅實有力的體格、寬闊的肩膀和厚實的胸膛，但我卻無法確切地描述他擁有的是如何巨大的力量。對於這種強壯結實個頭卻不大的人，我們通常稱之為壯漢。對他來說，因為那樣一副堅實強壯的體格，倒使他像隻大猩猩。

並不是說他長得像一隻大猩猩，而是因為他身體裡那種強大的力量，與他那高大堅實的體格毫無關係。我只能說，這種力量本身，早已遠遠超出了他的肉體所能發散出來的能量。這是一種讓我們忍不住將它與一種原始的力量聯繫起來的野蠻之力，一種與野生的動物、在樹上生活的野人聯繫在一起的野蠻之力——一種尚未開化的、凶猛的、天生的野蠻之力。生命的本質在它那裡就是一種動態的力量，是一種自然的元素。簡單地說，就好像一條被砍掉了頭的蛇，已經死了，但身體還在瘋狂扭動的那種力量；又像一隻已經被踩得稀爛的烏龜，被人用手一戳，那一堆已經看不出形狀的肉裡未死的神經，又條件反射地跳動起來的那種力量。

這就是我從這個正不停來回晃動的人身上感受到的力量和印象。他的腿堅定有力，他的步子沉著穩當地敲擊著甲板。每一次肌肉的運動，從肩膀的抖動到嘴唇緊閉地叼著雪茄，都十分果斷又似乎綽有餘力。事實上，儘管這種力量充滿了他的每一個動作，但也僅僅是他體內蘊含著更強大能量的預告。那力量正在他的身體裡安靜地沉睡，又不斷翻騰、攪動，隨時都可能被喚醒，爆發出可怕又震撼人心的威力，如雄獅怒吼，又如暴風雨席捲天地。

那廚師從廚房的門旁探出頭來，衝著我暗示性地露齒一笑，同時大拇指朝著那個正在艙口前來回走動的人的身上一指。我明白他就是船長，就是廚師稱作「老闆」的人，我必須和他單獨談一談，並且麻煩他無論如何也要把我送回到陸地上去。我剛剛向前邁出半步，心裡正估量著至少要經過五分鐘激烈的爭吵，這時躺在地上那個不幸的人突然發出了一陣劇烈的喘息。他痛苦地翻轉著身體，痛苦地抽搐著，努力將下巴抬得更高，黑鬍子已被水浸透，溼漉漉的，背部使力地往上挺起，胸膛無意識地起伏著，本能地想吸入更多的空氣。我知道，在那被濃密的毛髮遮住了、什麼也看不見的胸口下面，一定已經布滿了紫色的瘀青。

船長，或被稱作「海狼來森」的這位，停止了踱步，俯下身來盯著那個將死的人。他垂死前的掙扎如此猛烈，以致那水手停止了潑水，呆站在一旁好奇地盯著他看。帆布做的水桶有一邊傾斜著，不斷流出水來。那將死之人的腳跟在甲板上努力地敲打著，發出咚咚的聲音。他雙腿伸得筆直，用盡全身的力氣繃緊伸直了身子，來回搖晃著他的腦袋。然後，他的肌肉放鬆下來，頭停止了擺動，一聲嘆息慢慢浮上他的嘴唇，深深吐了出來，帶著如釋重負的解脫。下巴往下垂掛著，上唇微微隆起，露出兩顆被菸燻得變了色的牙。他的表情慢慢地凝固，最後定形為一個惡魔似的邪笑，譏諷著這個他已經離開和曾經欺瞞過的世界。

接著一件最令人吃驚的事情發生了。船長衝著已死之人發出了陣陣雷鳴般的怒吼。一聲聲詛咒從他的嘴裡噴湧而出，連綿不斷地湧向死者。那不是如潑婦般的破口大罵，也不是低爛粗鄙的惡言。每一個字眼都充滿對神明的褻瀆和侮辱，一聲又一聲噴洩而出，如同閃電霹靂般。

我從來沒有聽過如此狂暴的言語，也從未想過人間會有如此電閃雷鳴的詞句。我喜歡文學性強、詞句考究的語言，也自詡偏好強健有力的字句，我敢大膽地說，在所有的聽眾裡面，只有我聽懂他那無與倫比、絕對勁爆的比喻。我用盡全副精力去理解，那個躺在地上的人應該是船上的大副，當船停泊在舊金山市的時候，喜歡在花街柳巷放浪形骸；而在船開動後不久，就很不光彩地丟了性命，使海狼來森頓失得力助手。

毋庸贅言，至少對我的朋友無需說明，我是如何地震撼。不管是哪一種低俗言語，我都無法接受。我感到一陣沮喪，心中如同裝了千斤重量不停往下墜落，或說已經頭昏目眩。

對我來說，死亡一直是一件充滿莊嚴神聖的事情。面臨死亡的時刻理應是安寧平靜的，儀式是肅穆神聖的。而這種骯髒可怕的死亡我還是第一次看到，對我來說是如此的陌生。努力理解著從海狼來森嘴裡吐出的一聲聲有力而可怕的譴責，我震驚得無法言語。

這奔湧而出的怒火灼熱燃燒，足夠讓死人也大驚失色。如果那溼漉漉的黑色鬍子突然發出劈裡啪啦的響聲，然後捲曲起來冒煙燃燒，迸出火焰，我絕對不會再大吃一驚的。但是那已死之人漠然自處，臉上仍舊譏諷地露著牙齒，保留著嘲弄的冷笑。他才是整個局面真正的掌控者。

① 海洋裡的「海狼」，其學名是巴拉金梭魚（Sphyraenabarracuda）或黃尾金梭魚（Sphyraenaflavicauda），也稱真金梭魚和鬼金梭魚。主要分布在熱帶到溫帶的海域，長六十至八十公分，大者將近二公尺，速度極快，常集體追捕其他魚類，極為兇猛，集體出動時的場面被稱為「海狼風暴」。但通常不主動攻擊人類。

第三章 「海狼」來森

就像突然發作一樣，海狼來森的咒罵突然停止了。他點燃雪茄，向四周掃視。目光偶然地停留在廚師身上。

「喂，廚子？」他語氣柔和，但卻如鋼鐵般冰冷。

「是的，老闆。」廚師熱切地應答著，帶著安撫和乞憐的奴顏婢膝。

「難道你不覺得脖子伸得夠長了嗎？你要知道，這可不是什麼好事。大副已經死了，我可不能讓你也完蛋了。你必須給我非常、非常小心你的健康情況，廚子，清楚了嗎？」

他的最後一個字，語調陡然一轉，從開始的溫和變得淩厲起來，像出其不意地抽了一鞭子。那廚師頓時臉色蒼白。

「是的，老闆。」他小聲地重複著，那顆令人厭惡的腦袋一下子消失在廚房裡。

雖然這一陣掃蕩似的斥責只是針對廚師，但是其他的水手也彷彿受到一樣的待遇，一個接著一個回到自己的工作上。但還有一群人，懶洋洋地待在廚房和艙口之間的扶梯旁。他們看起來並不像水手，彼此之間小聲地談論著。經過了解以後我知道了他們是獵人，專門捕捉海豹，他們的地位比一般的船員優越許多。

「詹森！」海狼來森大聲喊道。一個水手順從地走上前來。「拿著你的針線，把那個要飯的給我縫起來。你去儲藏室裡找一些舊帆布。就用那些吧！」

「啊，是的，是的，老闆。」他忙不迭地回答道。接著又問：「我要放些什麼在他的腳上呢，老闆？」

「等一下會看到的。」海狼來森回答，接著又提高聲音大聲喊道：「廚子！」

湯瑪斯．馬格瑞吉從廚房深處跳了出來，就像跳出盒子的玩具小丑。

「去下面裝一袋子煤炭。」

「你們哪個有《聖經》或是祈禱書嗎？」這是船長的下一個詰問，這一次是針對那些在扶梯前閒逛的獵人們。

他們搖搖腦袋，有人說了句什麼玩笑話，我沒有聽清楚，但是引來大家一陣哄堂大笑。

海狼又向水手們問了一次同樣的問題。《聖經》和祈禱書彷彿是稀有的物品，但是一個水手自願去值班室詢問，過了一分鐘，他回來了，一無所獲。

船長聳聳肩膀，「那麼我們就這樣把他丟下去吧，省了那些廢話，除非我們這個看起來像牧師模樣的死人，用心靈為自己舉行海葬。」

這時，他轉過身來，正好面對著我。

「你是一個牧師？」他問。

那些獵人們——大概有六個——正對著他的，一起轉了過來並看著我。我非常苦惱地察覺到我的外表看起來衣衫襤褸。他們因我的外觀而爆發出一陣大笑，那笑聲一點也沒有因為那個正躺在我們面前甲板上露齒而笑的死人而絲毫減輕。那笑聲就像這海洋一樣粗魯、凶殘、坦然，出自鄙俗的情感和愚鈍的感覺，既不懂得什麼是禮貌，也不知道什麼叫做紳士。

海狼沒有笑，儘管他的藍灰色雙眼閃爍著輕微的戲謔。在那一刻，我向前一步靠近他，得到了與第一印象不同的感覺，有一部分感覺從他的身體和他之前褻瀆神明的語言中分離出來。他的臉有很明顯的特徵和硬朗的線條，方方正正，但是十分和諧，讓人第一眼看來感覺十分堅毅。

但是再一次望向他的身體，這種堅實的感覺立即就消失了，取而代之的是一種堅信，堅信在他的體內沉睡著一股強大、無與倫比的精神力。他的嘴、下巴、在濃眉大眼之上高聳的額頭——這些無不顯得堅實有力，異常的堅實，似乎宣告了他的靈魂有著無限強大的力量和氣勢，深深地隱藏在其身後肉眼看不到的地方。這樣一種靈魂，讓人無法勘測、無法定義，獨一無二。

那雙眼睛——熟悉它們是我的命運——大而英氣勃勃，兩眼間的距離和真正的藝術家一樣寬，掩藏在寬闊的額頭之下。眼睛的上面是兩道濃眉。眸子是令人困惑不解的灰色，千變萬化，就像在陽光下閃爍的絲綢，顧盼生輝。有灰色、深灰色、淺灰色、藍灰色，有時又是一片清晰的蔚藍，就像深海的顏色。

這眼睛以千姿百態的面具掩蔽著他的靈魂，於罕見的時刻，又會拿開面具，允許它們散發出不可思議的美妙光彩，赤裸裸地突破命運，享受冒險——那雙眼睛有時蒙著一層無望的陰沉，如同灰色的天空，偶爾突如其來地迸發出一點火焰，就像刀刃上火花閃耀，有時又冰冷如北極寒氣逼人的冰川，然而有時又讓人感覺到溫暖柔軟，與愛之光共舞；既有男人的激情熱烈，充滿魅惑，引人注目，同時又讓女人為之心蕩神迷，撩動心弦，在充滿快感、慰藉和犧牲的幸福中屈服、獻身。

言歸正傳。我告訴他，非常不幸的，我對葬禮的儀式沒有任何建議，我不是一個牧師。他嚴厲地盤問我：「你是做什麼的？」必須承認，在此之前從沒有人這樣問過我，我也從來沒有仔細思考過這個問題。事實上我完全愣住了，在我能清晰地思考之前，我愚蠢、結巴地回答：「我是一個紳士。」

他的嘴角迅速揚起一抹冷笑。

「我有工作，我確實在工作的！」我激動地叫了起來，好像他是我的審判官，而我必須做出解釋，進行辯護。但同時，我又十分清醒地意識到，討論這樣的問題根本就是白癡的表現。

「為你的生存而工作？」

在他的身上有一種命令式的傲慢語氣，我完全忘卻了自己的意識——就像弗洛薩說的，「牙齒嘎嘎作響」，彷彿是一個站在嚴厲校長前瑟瑟發抖的小孩。

「誰來養活你？」他接著問。

「我有一筆固定的收入。」我立刻回答，不想再繼續這個話題，「所有的一切，請原諒，無論是什麼，我想我的事與您無關。」但是他對我的抗議充耳不聞。

「誰來賺這筆錢？嗯？我想應該是這樣吧，是你的爸爸。你靠著死人的大腿才能站著。你從來沒有用過自己的腿。你沒有辦法獨自一人走上一天一夜，努力工作賺取你的一日三餐。給我看看你的手。」

他那種奇特的、靜止的力量立刻精確地被激發了起來，或就是我呆滯了片刻，他向前邁了兩步，我竟然毫無察覺。他緊緊扣住我的右手，仔細察看起來。我試圖掙脫，但他的手指緊緊地箍住我，儘管沒有用力，我卻覺得我的手好像要被捏碎了一樣。在這種情況下，是很難保持自己的尊嚴的。我總不能像學校裡的小男孩一樣大聲叫嚷、掙扎。我也沒有力量可以攻擊這樣一個人物，他只要一扭，我的手臂就要斷了。我無計可施，只能站著受辱。同時，我注意到那個死人口袋裡的東西都已經被倒空在甲板上，他的身體，連同他臉上那嘲弄的笑容都已經被裝進了帆布袋。那個叫詹森的水手正在用白色的粗麻線把袋口縫起來，他的手掌上套著一個皮製的裝置，用來把針尖頂過去。

海狼來森鄙視地甩開我的手。

「已逝祖先的大手才使你的手保持柔軟。除了在廚房裡洗碗和打雜，你無事能做。」

「我希望回到岸上。」我堅定地強調，此時我已經鎮定下來，「無論你有多少耽擱的損失或添加的麻煩，費用都由我來支付。」他奇怪地看著我，眼睛裡閃爍著嘲弄的意味。

「我有一個完全相反的提議，但這可是為了你好。我的大副死了，船上的職位都要重新安排。一個水手將取代大副的位置，船艙裡的茶房夥計要升格做水手的位置，那麼你就去當茶房夥計吧。我們來簽個協議，基本工資二十美金一個月。你看怎麼樣？記住，這可是為你好。它將會磨練你、打造你。你將學會如何靠自己的腿站立起來，就像剛學走路的小孩一樣一步一步地長進。」

但我沒有理睬他。我之前見過的那艘西南方向的船正變得愈來愈大，愈來愈清晰。它和鬼魂號的縱帆式帆船裝置是一樣的，雖然在外形上小了一號。它看起來非常美，正向我們飛馳、躍進，顯然將會與我們擦肩而過。風稍稍大了一點，猛烈的太陽瞬息一現，消失在雲層裡。大海翻滾著陰沉的鉛灰色波浪，變得粗暴起來，白浪滔天。船的速度加快了，也更加顛簸。只要一陣風襲來，欄杆就進了海裡，那一邊的甲板立刻就有海水沖了上來，幾個獵人趕緊抬起了腳。

「那艘船很快就要經過我們了。」我說，稍稍停頓了一下，「既然它是朝相反方向去的，那一定是要回去舊金山市。」

「很有可能。」海狼回答，背對我轉過半邊身子，喊著：「廚子！喂！廚子！」

那廚師從廚房裡滑了出來。

「那個茶房的夥計在哪？告訴他我在找他。」

「是的，老闆。」湯瑪斯．馬格瑞吉立刻轉身向後走去，很快消失在船舵附近另一個升降扶梯旁。一會兒功夫他又重新出現了，一個身材結實笨重的年輕小伙子，大概十八、九歲左右，雙眼圓睜，一副凶神惡煞的樣子，緊跟其後。

「呃，到了，老闆，」那廚師說。但是海狼對他視若不見，立刻轉向那個茶房夥計。

「你叫什麼名字，孩子？」

「喬治．里奇，老闆。」小伙子不情願地回答，他的態度明顯地表示出他完全明白自己被叫到這裡的原因。

「這不是一個愛爾蘭人的名字吧！」船長尖刻地嘲弄道，「瞧你這一副愁眉苦臉的樣子，奧圖爾或麥克爾．凱恩可能更適合你。」

「不過那不重要。」他繼續說，「你可以有足夠好的理由忘記你的名字，我喜歡你的不加掩飾。當然了，你應該是在電報山港口才上到船上來的。你一臉從那兒來的蠢樣，就像他們表現出來的一樣，令人感到雙倍討厭。我對你這樣的人很清楚。好了，你要下定決心改掉以往的壞習慣，明白嗎？另外，到底是誰讓你上來的？」

「麥克爾．科瑞迪和史威森公司。」

「叫『老闆』！」海狼怒吼道。

「麥克爾．科瑞迪和史威森公司，老闆！」小伙子糾正並重複一次，眼睛裡有一小簇怒火在燃燒。

「誰拿了預付的錢？」

「他們，老闆。」

「我早就猜到了。你把錢給了他們，很好，不錯。你的動作可真夠快的啊，你一定知道有好幾個傢伙正到處找你呢！」

小伙子一瞬間臉色大變，露出野獸般的神情。他的身體突然繃緊，弓成一團，神情像是一頭激怒的野獸，一邊咆哮著：「那是一個……」

「一個什嗎？」海狼問道，聲音裡有一種奇特的溫柔，好像對於那些沒有說出來的字眼有著不可抗拒的好奇。

那小伙子遲疑了一下，控制住自己的脾氣。「什麼也沒有，老闆。我收回說過的話。」

「你的表現已經證明我的判斷是對的。」他臉上慢慢展開一個微笑。「那麼，你今年多大了？」

「剛滿十六歲，老闆。」

「撒謊。你將再也沒有十八歲了。就你的年齡來說，你看起來已經夠大了，身上的肌肉就像馬一樣健壯。把你的行李打包拿到水手艙去，你現在是一個槳手了。你升職了，明白嗎？」

不等那小伙子有所回應，船長轉向詹森，他剛剛才把裝了屍體的口袋縫好。「詹森！你懂不懂航海術？」

「一點也不懂，老闆。」

「嗯，沒關係。你現在是大副了。把你在後艙的行李扔到大副的床上去。」

「是，是，老闆！」詹森歡快地回答著，一邊向前走去。

但是那位原來的茶房夥計卻巍然不動。

「你還在等什麼？」海狼問。

「我簽的合約不是做槳手，老闆。」小伙子回答道。「我的合約是做一個茶房夥計。我不想做個划船的。」

「收拾行李滾過去！」這一次，海狼用了不容反駁的命令式的語氣。那小伙子瞪大雙眼，一動不動。

海狼那巨大的力量毫無預兆地噴射湧出，快得令人無法想像，來回不超過兩秒鐘。他一蹦六尺高，以迅雷不及掩耳之勢越過甲板，一拳打進小伙子肚子裡。同時，那一拳也如同打在了我的肚子上，我的胃部湧起一陣令人噁心的震動。這可以證明那個時候我的神經是多麼敏感，對這種野蠻的行為又是多麼陌生。那個茶房的夥計至少有七十五公斤重，但是在這一拳下被打得飛了起來。他的身體在這拳頭下蜷縮成一團，像是裹在樹枝上一塊又溼又破的布。他從空中飛過，劃出一道短暫的曲線，頭部和肩膀重重地摔在甲板上，躺在那裡，有如快要死亡般痛苦地扭曲、掙扎。

「怎樣？」海狼來森問我，「你還要堅持你的想法嗎？」

我快速地瞥過一眼那艘不斷靠近的縱桅式帆船，現在不到兩百碼，它就要與我們並肩而行了。這是一艘非常乾淨整潔的小船，我甚至可以清楚地看見在它的帆上有一個巨大的黑色數字，我還看見了領港船的圖案。

「那是什麼船？」我問。

「『我的女士』號領港船。」海狼冷冷地回答。「剛送走了它的領港員，正要返回舊金山市。按照這個風速，最多五、六個小時就可以到達。」

「你能發個信號給它嗎？讓它送我回到岸上。」

「很抱歉，信號彈早就掉到船外面去了。」他說，那群水手咧開嘴笑了。

我直直地盯著他的眼睛，思忖著。我已經見識過他對那個茶房夥計可怕的處理方式，如果猜得不錯，我很可能也會受到同樣的對待，或更糟糕。如前所言，我暗自思忖著，然後我做了一個自認為此生最勇敢的行為。我跑到船邊揮動著手臂，大聲叫喊：「『我的女士』號，喂！帶我回到岸上去！送我上岸我就給你們一千美金。」

我等待著，盯著站在船舵旁的兩個人，一個正在掌舵，另一個正把一個喇叭舉到嘴邊。我並沒有回頭，儘管我隨時等著站在背後的那個人面獸心的傢伙給我殘忍而致命的一擊。最後，彷彿過了一個世紀，無法再承受那種緊張的氛圍，我轉過頭來。他仍舊站在原來的地方，一動也不動，身子隨著船的起伏輕輕地搖擺著，正準備點燃一支新的雪茄。

「發生什麼事了？有什麼問題嗎？」

從「我的女士」號那裡傳來叫喊聲。

「是的！」我用盡全身的力氣大喊。「生死攸關！只要送我回到岸上去，我給你們一千美金！」

「我的水手喝了太多舊金山的爛威士忌！」海狼在我背後喊著：「這一位，」他用大拇指指著我，「正在想著海蛇和猴子的故事呢！」

「我的女士」號上的人透過喇叭發出哈哈大笑的聲音，那艘領港船擦肩而過。

「替我祝他下地獄吧！」這是最後的回應。兩人揮動著雙臂告別。

我絕望地趴在欄杆上，眼睜睜地看著那艘小巧整潔的縱桅船很快地拉開與我們的距離，消失在浪花中。它將在五、六個小時內到達舊金山市！我的頭彷彿要裂開一樣。我的喉嚨疼痛難忍，心好像要從中間蹦出來一樣。一個飛浪撲來，拍打船舷，濺入我的嘴裡。風猛力地、鬼哭狼嚎地吹著，正吞沒著下風處的欄杆。我能夠聽見海水在甲板上來回激蕩著。

過了一會兒，當我轉過身子，看見那個茶房夥計搖搖晃晃地試圖站起來。他的臉透著死人一般的蒼白，忍著疼，不停地抽搐著。他看起來糟糕透了。

「啊，里奇，你準備去水手艙了嗎？」海狼問道。

「是的，老闆。」那聲音就像是一頭喝醉了的乳牛。

「你呢？」他又問我。

「我給你一千美金……」我剛開口就被打斷了。

「住口！是要準備好做跑腿該做的事，或讓我給你來上一拳？」

我能怎麼做呢？挨一頓狠揍？我大概會被揍死的吧，於我何益？我緊緊盯住那雙殘酷的灰色眸子。它們也許也曾有人類靈魂深處的光亮和溫暖，但是卻如花崗岩般堅硬。有些人的靈魂是可以通過眼睛來洞察的，但是他的眼睛卻充滿了荒蕪、殘酷，一片灰色猶如大海。

「如何？」

「好的。」我回答。

「說，『好的，老闆』。」

「好的，老闆。」我修正並重複說了一次。

「你的姓氏？」

「凡．威登，老闆。」

「名字？」

「亨普瑞，老闆。亨普瑞．凡．威登。」

「年齡？」

「三十五，老闆。」

「好了。去找廚子，學學你該做些什麼。」

於是我就這樣無可奈何地被海狼使喚著。他比我強壯，這就夠了。但是在那時我要做的事情對我來說是一片虛無；即使是現在，當我回顧以往時，我仍然不比那個時候好多少。對我來說，它將永遠是一件荒誕的、不可思議的事情，一個可怕的夢魘。

「等等，先別走。」

我順從地停下正朝廚房移動的腳步。

「詹森，把所有人都叫來。現在我們必須把所有事情都解決掉。我們來舉行個葬禮，把甲板上這堆無用的東西清除掉。」

詹森去下面召集所有人員，兩個水手按照海狼的指令，把被帆布包裹著的屍體放在一個艙口蓋上，靠著欄杆。在甲板的兩邊靠著欄杆的地方各自綁著幾艘小帆船，底部向上放置著。幾個人一起合力抬起那一道沉重的艙口蓋，擱在背風的一面。屍體的雙腳朝外指著。腳上放著廚師蒐集起來的煤炭。

我從來都認為葬禮應該是莊嚴肅穆的，是崇高的。可是那一次海葬之後，我的夢破滅了。一個身材矮小、眼睛黑色的獵手，被同伴們稱作「老菸袋」的，講起了笑話，出口成髒。獵手們不到一分鐘就哄堂大笑一次，就像鬼哭狼嚎。

水手們大聲嚷嚷著擠到船尾去，該輪班休息的，手還揉著朦朧的睡眼，低聲說著什麼，臉上表露出一絲慌亂。無疑的，他們大概都覺得前途渺茫：有如此的船長，大副又剛剛死亡，這可不是好徵兆。他們不時以眼角餘光偷偷看著海狼，顯然十分怕他。

海狼站在艙口蓋上。所有的人都脫帽表示致意。我偷看了一眼，總共有二十來個人，再加上舵手和我，一共二十二個。我忍不住開始細心觀察，這很正常，我認為命運之手已經把我和他們捆綁在一堆，待在這個小型的「漂流」的世界裡，還不知道要經過多少個星期，甚至多少個月。

水手們大多是英格蘭和北歐血統，每個人的臉部表情都顯得笨重沉鬱。但獵人們的臉部表情卻非常堅毅靈動、皺紋密布、放蕩不羈。令人疑惑的事情是，海狼的臉上既無任何放浪形骸的痕跡，也並不凶狠殘暴。

沒錯，他也有皺紋，但是那裡面卻充滿了堅毅和果敢。他的臉看起來竟然十分誠懇正當，鬍鬚刮得十分乾淨，更突出了這些特徵。不可思議的是，這樣一張臉的主人居然會向小伙子揮出那樣猛烈的一拳。

這時，他正準備張嘴說些什麼，一陣又一陣巨浪撲向鬼魂號，撞擊著它的船舷。風穿過繩索，發出陣陣悲鳴，有的獵人焦躁地抬頭仰望著天空。屍體靠著的那根欄杆早就整個被淹沒在水中。鬼魂號向右上方浮起，海水撲進了甲板，打溼了我們的鞋面。浪花飛濺到我們頭上，每一滴都像冰雹一樣砸得人疼痛難當。波濤的洗禮總算過去了，海狼開始講話。人們都已經脫下帽子，整齊地隨著甲板一起一伏。

「我只能記住一部分祈禱詞。」他說，「那就是，『那軀體將會被扔進海裡』。那麼，好，扔下去。」他停了下來。人們正緊緊地抓住艙口蓋，臉上露出困惑的表情，不知所措地看著他，顯然沒有見過這樣簡短的葬禮。

海狼突然咆哮起來。「把那一頭抬起來！你他媽的出了什麼問題？」

他們慌忙抬高艙口蓋，死者雙腳先落入大海，腳上裝了煤的袋子使力地拖著他往下沉，像在船邊被甩出的一條狗一樣，墜入海中，消失不見。

「詹森。」海狼立即對新大副說，「既然大家都已經到甲板上來了，就先別讓他們走。放下上桅帆和三角帆，我們被東南風纏住了。最好把三角帆和主帆也一起收起來。」

甲板上頓時陷入一團忙亂當中。詹森大聲地發號施令，水手們捲收或放鬆著各式各樣的繩索。不用說，這一切當然讓像我這樣的陸地人感到十分惶恐，而最讓我受到震撼的是他們竟然對此毫無知覺。死者只不過是一齣劇間的小插曲，一個被帆布包裹起來、綁著裝了煤炭的袋子丟掉的小麻煩。

船走得更快了，一切如故，沒有人因為死亡而哀傷。獵人們又開始被老菸袋講的笑話逗得哈哈大笑。水手們則站在一邊拉著帆繩，有兩個人爬到桅杆頂端。海狼站在上風面觀測烏雲密布的天空；海浪中那位被以最低賤的方式埋葬的死者不斷地向下沉沒，沉沒……

大海是如此無情而冷酷，它的殘忍和可怕深深地衝擊著我的心。生命是如此低廉的一件事情，如同野獸般蒙昧無知，成為失去靈魂的一攤沼澤和爛泥。我僵直地立在上風的欄杆邊，靠著支桅索，目光穿過波濤翻滾中湧起的白沫，凝視著瀰漫的霧凝結成一層矮堤，在那後面隱藏著舊金山市和加州的海岸。暴風雨正疾馳而來，霧氣很快就看不見了，而這艘陌生的船，載著這些可怕的男人們，正在風雨飄搖中駛向西南方，駛進浩瀚迷茫的太平洋。

第四章　屈辱與痛苦

在這艘鬼魂號上，我努力適應周遭新環境的過程當中，屈辱和痛苦如影隨形。那個廚師，水手們叫他做「廚師」，獵人們叫他「托米①」，海狼稱他為「廚子」。他是一個見風轉舵的人，翻臉比翻書還快。我的地位一變換，他立刻就翻臉不認人了。剛開始那麼阿諛諂媚、低聲下氣，現在在我面前是多麼飛揚跋扈、不可一世。事實上，我不再是一個衣著精緻講究、皮膚柔軟得像「女士」的紳士了，只是一個非常微不足道的茶房夥計。

他命令我必須稱他為「馬格瑞吉先生」，盛氣凌人、頤指氣使，簡直令人無法忍受。除了把船艙裡四個狹小的艙房清掃乾淨以外，我還必須在廚房裡幫忙。不會削馬鈴薯皮，不會刷洗滿是油漬的鍋子，都是讓他倍感驚異、值得反覆嘲弄取笑的事情。他再也不顧及我過去曾經是什麼人，在什麼樣的環境裡生活。這一天還沒有結束，他已成為我此生到目前為止最為痛恨的人。

第一天，發生了另一件對我來說極端艱難的事。當時鬼魂號已經「關閉風帆」——類似的術語直到很久以後，我才弄明白究竟是什麼意思，此時鬼魂號遭遇上——「馬格瑞吉先生」稱之為「哭叫的東南風」。五點半鐘，按照他的指令，我在船艙裡安置好桌子，擺好專供暴風雨天氣使用的餐碟，然後將茶水和食物從廚房裡端出來。

「看清楚點，別灑出來了。」臨出門前，馬格瑞吉先生告誡我。我離開了廚房，一隻手提著一個大茶壺，另一隻手抱著一些剛出爐的麵包。一個叫做亨得森的獵人，個子很高，正心不在焉地從「狗窩」──那是獵人們給他們在船中部的寢室起的綽號，走到船艙裡去。海狼就站在舵樓上一成不變地抽著雪茄。

「呃，來了!快跑！」廚師叫喊起來。

我停住了，不知道發生什麼事，只看見廚房的門砰地關上。接著我看見亨得森發瘋似地跳了起來，拔腿朝主帆索狂奔，一下子彈了上去，他雙腳的位置已經比我的頭還高了。

同時，我看見一個巨大的浪頭席捲而來，高高地升騰在欄杆的上方。我正好就在它的下面。我整個大腦一片空白，所有一切都是那麼的陌生；我知道處境危險，但我仍然站在那兒，呆若木雞、驚慌失措。然後從舵樓上傳來海狼的高叫：「趕快抓住些什麼東西，喂──你──駝子②！」

但是已經太遲了。我向繩索跳了過去，也許有抓住了它，一堵巨大的水牆鋪頭蓋臉地砸了下來，我根本無法辨別出當時到底發生了什麼。我全身浸在水裡，像要溺水般窒息。

我腳底一滑、一連串地翻滾，不知道被沖到了哪裡。我一次又一次撞上硬物，右腳膝蓋被狠狠地撞了一下。接著那洪水突然一下子消退了，我這才重新呼吸到新鮮空氣。我被大浪狠狠地衝撞到廚房的牆上，又沖過了「狗窩」的樓梯口，到了排水口處。我的膝蓋疼痛難忍，無法直立，至少感覺確實如此。我想，我的腿一定已經斷了。但廚師瞪著我，在廚房門口嚷嚷：「喂，你！準備在那裡待上一整個晚上嗎？茶壺呢？掉到海裡去了嗎？脖子斷了也真夠活該的！」

我試圖站起來。大茶壺還在我的手裡。我一瘸一拐地移動到廚房門口，遞給了他。但是他卻一副彷彿被氣瘋了的樣子，也不知道是不是真的，或只是惺惺作態。

「真是個寄生蟲，你到底能做好什麼事情？我可真想知道，你到底能做些什嗎？連一壺茶都不能送到船艙裡去。現在我又要重新再燒一次。」

「你鼻子裡哼哼唧唧做什麼？」他再一次對著我猛烈地爆發了，吼道：「你那可憐的腿受傷了嗎？啊，媽媽的可憐寶貝！」

我並不是在抽泣，不過我的臉大概因為疼痛而扭曲、抽搐著。然而我下定決心，咬緊牙關，在廚房和船艙間步履蹣跚。但是從此以後，在廚房和船艙之間我再也沒有讓麻煩問題發生過。從這件事情中我得到了兩樣東西：一個受傷的膝蓋骨，一連幾個月，都沒有包紮過，讓我吃盡了苦頭。另外一樣就是我得到了一個綽號，「駝子」，那是海狼在舵樓上叫過的。從那以後，我便再也沒有被稱呼過別的名字。它甚至成為我腦海中的一個專有名詞，連我自己都這樣定義，認為自己是「駝子」；彷彿「駝子」就是我，我也一直都是「駝子」。

在船艙的桌子邊等候並不是一件容易的事情，在那兒坐著的是海狼來森、詹森，以及其他六個獵人。船艙顯得十分狹小，除非迫不得已，我絕不會走動。船的激烈顛簸增加了走動的難度。但最令我心悸的，卻是那些我為之服務的人中完全沒有任何同情的成分。我能感覺到受傷的膝蓋正在褲子裡漸漸腫大起來，痛得我幾欲昏厥。面對船艙掛著的鏡子裡，我看見自己臉色慘白，狀如厲鬼，表情猙獰扭曲。這一切，他們都看見了，但無人留意和問候。以至後來我洗盤子時，海狼的一席話差點讓我落淚致意。

「不要讓那些困擾你。你會馬上習慣的。它或許會讓你瘸上幾天，但之後，你會學會自己行走。」

「這就是你們所謂的『悖論』是嗎？」他又追問著說。

我點點頭，誠實地說：「是的。」他看起來似乎對我的回答感到很滿意。

「我猜你應該懂一些文學方面的東西吧？嗯，很好。我以後會找你聊一聊的。」

接下來，他沒有再跟我進一步交談，轉身走上了甲板

那天晚上，當我終於做完了一切工作，便被打發到「狗窩」裡去睡覺，在那兒我加了一個備用鋪。我很高興能夠擺脫那廚師，不再來來回回跑個不停。那件一直穿在身上的溼衣服竟然早就已經乾了，然而我卻沒有任何感冒的跡象。這讓我十分吃驚。之前我曾被淋得渾身溼透了，再之前我又從馬丁尼茲號上掉入了海中，泡了個夠，按理我早就應該躺在床上無法動彈，需要護士照顧了。

但是我的膝蓋卻實在不樂觀。我感覺它好像從那個腫脹的中心突出來了。我坐在床上察看時，亨得森瞄了我一眼，當時六個獵人都還在船艙裡吸菸，高聲談論。

「看來不妙呢！」他評價的口吻說，「不過用一塊布包紮一下應該就沒事啦！」

就只有這一句話。如果是在陸地上，我應該會躺在床上，讓外科醫生來診視，然後臥床休息，什麼都不做。此時，客觀地說，他們雖然對我視若無睹，對自己也一樣毫無知覺。第一是因為他們早就已經習以為常了，其次就是他們的身體不會那麼敏感脆弱。我堅信對於一個體質敏感、神經脆弱的人來說，同樣的傷口會讓他們感到比常人多兩到三倍的痛苦。

儘管已經累癱、筋疲力盡，但是膝蓋上的疼痛卻讓我無法入睡。我能做的只有不要呻吟出聲。如果是在家裡，我肯定會大聲哼哼，如今，在這個野蠻而原始的新環境當中，似乎更需要殘酷地壓制。這些人就如同原始人，在大事上宛如英雄好漢；在小事上反而像是孩童一般。

我記得在後來的航行中，曾有一個叫寇福特的獵人丟了一根手指頭——被砸成了肉醬，但他連眼睛都沒有眨一下，一聲不吭。然而他卻常常因為一些旁枝末節的細碎事情而火冒三丈，大動干戈。

他現在就正暴跳如雷，又吼又叫地大聲乾嚎，手舞足蹈，指天罵地。但其實只是和另一個獵人因為一件小事而爭吵，那就是幼海豹到底是不是天生就會游泳。他堅決認為會，從出生就會。但另外一個獵人卻認為不會。這個人叫做拉提莫，是一個長得像「山姆大叔」模樣的瘦子，眼睛細小如縫，但射出的目光透著一股精明的意味。拉提莫堅持幼海豹之所以出生在岸邊陸地上，正是因為不會游泳，所以牠們的媽媽只得像老鳥教導小鳥飛翔一樣地教牠們如何學會游泳。

另外四個獵人有的靠在桌旁，有的躺在床上，看著他們吵吵嚷嚷。但是他們都覺得很有趣，隔一會兒就有人插上一、兩句話，發表觀點。有時甚至會對吵起來，鬧得「狗窩」裡喧鬧非凡。

爭吵的話題本來就很幼稚，且並無任何實際意義，於是他們的爭論就愈顯得無聊起來，內容空空如也。老實說，他們一般都不講道理，甚至可以說幾乎完全不講道理。他們的方式就是贊同、反對和假定。他們用來求證小海豹是否天生就會游泳的辦法，就是先挑釁式地挑起話題，然後大力斥責對方的能力、見聞、民族，或是經歷。另一邊的人也會使用同樣的武器進行反駁。所有這些都表明了這一群我不得不交往的人的智力水準——身是成人，心智卻與孩童無異。

他們不停地抽菸，劣質的菸葉散發出難聞的味道。空氣裡煙霧繚繞，一片污濁。船艙裡的煙霧和船本身的顛簸搖晃混雜在一起，如果我會暈船，一早就吐了。但即便不暈船，我也感到極度噁心。當然，噁心也可能僅僅是因為疼痛的腿和極端的困頓。

我躺在鋪蓋上，思忖著自己現在的處境。我，凡．威登，一個評論家，也勉強稱得上是一個文藝愛好者，現在竟然在這兒，一艘即將去到白令海捕獵海豹的船上，這真是一件讓人覺得匪夷所思、啼笑皆非的事。

從出生到現在，我從來沒有幹過體力活，也沒有做過任何髒、累、煩的事。我向來養尊處優——一個學術鑽研者、一個隱逸之士，有著一筆穩定並十分豐厚的收入，對四處漂泊和體育鍛鍊毫無興致，是個典型的「書蟲」。

記得小時候爸爸和姊姊就是這麼稱呼我的。此生到現在我只參加過一次露營。就連那一次我也是基本從一開始就遠離其他人，獨自跑到屋頂下發呆。可是現在，我卻要馬不停蹄地擺桌子、削馬鈴薯、清洗碗碟……並且身體還帶著傷！醫生一直說我的體質很好，只是缺乏鍛鍊，肌肉顯得柔軟，像個女人，至少那個醫生在試圖說服我參加體育活動時就是這麼說的。但我卻只喜歡思考，而不是體力勞動。我想，到了現在這個環境，我恐怕無法適應這麼粗劣的生活和環境。

一瞬間思緒萬端，我只挑選了幾個想法，不過是為了這個我不得不扮演的「受氣包」的角色稍加辯護。

我想到了媽媽和姊妹們，想像她們此刻的悲痛。一個馬丁尼茲號的受難者，生不能見到人，死亦無法尋覓屍體的傢伙。想著想著，彷彿看見報紙上用黑色的標題大大宣告我的不幸，腦海裡浮現出學院俱樂部以及「筆陪老」俱樂部的同伴們搖頭嘆息：「可惜，真可惜！」我彷彿又回到弗洛薩向我告別的那天早上，他只穿著睡衣，身子正倚在窗前墊了枕頭的床榻上，散漫地嘀咕著一些類似預言的片段。

此刻，鬼魂號上下起伏，在左搖右晃中到達浪尖，又跌進波谷，朝著太平洋乘風破浪，奮然前行，愈行愈遠——我正待在它裡面。頭上有呼嘯的風聲，夾雜著憤怒的嚎叫灌入耳朵。頭上還有腳步聲不停地來來去去。四周是永不停歇的嘎嘎聲，木頭和索具變換著不同的聲調呻吟著，發出吱嘎吱嘎的聲響，彷彿低聲抱怨著。獵人們仍在爭論不休，怒火沖天，真是一群半獸人，口中吐出一聲聲咒罵和髒話。一張張面孔脹得通紅，船上東搖西晃的，燈散發著昏黃的光，投射在那些面孔上，幻化成更加詭異扭曲的圖案，使它們顯得更加猙獰野蠻。

床鋪在濃厚的迷霧裡就像一個個野獸的洞穴，油布衣和雨靴垂掛在牆上，一支支步槍和獵槍七零八落地嵌在架子上，那是自古以來海盜們和探險家們必備的隨身之物。我思潮亂湧，紛亂嘈雜，難以入睡。這是一個多麼困頓而悽楚的漫漫長夜！

① 湯瑪斯的暱稱，也用來暱稱英國士兵，因為廚師是英國人。

② 主角「我」的名字是Humphrey，但是海狼在這裡因為口誤叫成了Hump，也就是「駝子」的意思。從此這也成了「我」的綽號。

第五章　海狼的人生信條

那是我在獵人們的「狗窩」裡的第一夜，同時也是最後一夜。第二天，詹森，那名新任命的大副，被海狼來森趕出船艙，從此他便一直住在「狗窩」裡，而我則擁有了船艙裡的一個小房間，從此次航行的第一天到現在，那裡已經住過兩個人了。獵人們立刻明白這個變化的原因，那也成為他們諸多抱怨的緣由。因為詹森一睡著，就開始在夢中將白天所發生過的事情重溫一次，喋喋不休、大聲喊叫、高聲發令，讓海狼不堪忍受，於是把這個大麻煩丟給獵人們。

一夜無眠，第二天醒來後感覺四肢無力，頭昏腦脹，這一整天我必須強忍痛苦在鬼魂號上一瘸一拐地來回走動。湯瑪斯．馬格瑞吉五點半鐘就把我弄醒趕了出去，就像比爾．薩克斯轟出他的狗一樣。但是馬格瑞吉對我的野蠻行徑，立刻獲得了同樣的回報，並且還附帶了利息。他的確沒有必要狂呼亂叫，而我整夜不曾合眼；同時必定是鬧醒了某個獵人；朦朧中一隻重重的靴子「呼」的一聲扔過來，馬格瑞吉先生大聲喊痛後，馬上卑躬屈膝地乞求原諒。後來在廚房的時候，我注意到馬格瑞吉先生有一邊的耳朵被打傷了，非常腫，以後再沒有恢復原狀，於是他被水手們取了個綽號叫「花菜耳」。

這一天充斥著各種不幸與磨難。第一天晚上我從廚房裡取回已烘乾的衣服，立刻換下了廚師的那套。我清點了一下錢袋，裡面除了幾個零錢，應該共有一百八十五元美金，對於這些東西，我一向記得十分清楚。錢袋是找到了，但是除了小銀幣還在，其他的都被偷走了。當我上甲板到廚房工作時，我跟廚師說了這事情。雖然早料想會收到一番蠻橫的回答，卻沒有料到會是一番如此激動的長篇大論。

「聽著，駝子。」他說，並且目露凶光、喉嚨裡發出陣陣咆哮，「你想被揍扁鼻子嗎？如果你認為我是一個賊，最好把它放在心裡，否則你會發現根本就是你錯了。要是你覺得這都不算恩將仇報，那就打瞎我的眼睛！你這個人渣，你來到這以後還是我把你弄到廚房裡的，我對你仁至義盡，你居然這樣報答我。下次你就給我下地獄去吧，我會好好修理修理你的。」

說著，他就舉起拳頭向我打來。讓我感到丟臉的是，我躲開了那一拳，立刻逃出了廚房。我能怎麼做呢？在這野獸般殘暴的船上，只有暴力才管用，除此以外別無他物。所謂良心上的勸解是不可能的。想像一下吧。我，一個中等個子、身材瘦削、肌肉無力的人，向來過著寧靜、安逸的生活，從來不習慣任何暴力方式。我能做什麼呢？面對這種人面獸心的傢伙，就跟站在一頭發狂的野牛面前一樣，完全不可理喻。

想到這裡，我覺得有聊以慰藉的必要，希望能夠讓自己的良心感到平靜。但這種自我辯解是無法開導自己的。即使是現在，我的男子氣概也無法容忍那樣的事情，當我回首往昔，依然無法釋然。當時的情形實在違反常理，也無法用冷靜與理智判斷。從理智的角度來看，我不應感到可恥；但一想起這些，恥辱之感就會湧上心頭。我的自尊心告訴我，我的男子氣概已在無意中受到玷污和侮辱。

真是左右為難。我快速地從廚房裡逃了出來，膝蓋感到一陣劇痛，無助地跌坐在舵樓的艙口。幸好那個廚師並沒有追上來。

「瞧他那樣！瞧他那樣！」我聽到他的叫喊聲，「看他瘸著一條腿跑得多快啊！回來吧，你這個可憐的媽媽的寶貝！我不會打你的，不打了。」

我拐了回去，繼續工作。此事暫且過去，後面的發展以後再說。我把早餐桌在船艙裡擺好，七點鐘的時候伺候老闆和獵人們用餐。在夜裡時暴風雨已經過去，但是海面依然波濤洶湧、風聲大作。上早班的人已經升好了風帆，除了兩片上桅帆和三角帆，一切都已經井然有序。

鬼魂號乘風破浪。我從他們的談話中得知，那三張帆也將在早餐後升起。我還知道海狼來森希望借這場暴風雨把船帶往西南方，進入到那片海域，在那裡他想要趕上東北信風。他期望能夠乘著這股比較穩定的風，向南方轉過一個弧線，進入到熱帶地區，然後在接近亞洲邊界的時候，再掉頭往北，完成他此次要到日本的主要航線。

早餐後，我體驗了另外一種令人尷尬的經歷。我洗好了碗碟、清理好船艙的爐子，把爐渣弄出來拿到甲板上去倒。海狼和亨得森正站在舵輪旁聚精會神地交談，掌舵的是水手詹森。我迎著風向前走，瞥見詹森的頭搖了搖，還以為那是打招呼，表示早安。但事實上他是在提醒我，應該到背風面去倒爐渣。我沒有意識到自己的錯誤，經過了海狼和獵人身邊，便把爐渣迎著風倒了出去。風一下子就把爐渣吹了回來，不僅把我弄得灰頭土臉，而且也吹到海狼和亨得森身上。

海狼立刻狠狠地踹了我一腳，就像踹一隻惡狗。我第一次體會到被踹的滋味竟是那麼難受。一個踉蹌，我逃開他的身邊，跑到船艙那裡，才避開了第二腳。我疼得差點暈了過去，一陣天旋地轉、胃裡排山倒海、幾欲嘔吐，好不容易才勉強挪到船邊。海狼沒有再管我，他把身上的塵土拍乾淨，繼續跟亨得森的談話。詹森在舵樓的艙口看見了這一切，趕緊叫了兩個水手到後面去收拾殘渣。

不久，我又遇到另外一個和這完全不同的意外。依據廚師的指令，我到海狼來森的專有艙房去收拾一下，整理床鋪。挨著牆壁，在靠近床頭的地方有一個書架，上面放滿了書。我掃視了一下，心中驚愕萬分。我看到了莎士比亞、丁尼山、愛倫．坡以及德昆西的作品；還有一些科學著作，包括丁達爾、普洛克托和達爾文等人的著作；以及天文學和物理學的經典書籍。

我還發現布林分齊的《寓言時代》、蕭恩的《英美文學史》和詹森的《自然史》占據了兩層大的空間。另外，還有一大堆語法書，像是邁特卡夫的語法書、芮得和凱洛戈合著的語法書等。當我瞥見一本《純正英語》時，我笑了。

我實在無法把眼前的書籍和我見到的那個人的種種行為聯想起來。我懷疑他是否讀得懂它們。但是在整理床鋪的時候，我又發現在毛毯之間躺著一本劍橋版的白朗寧詩歌集，顯然，那應該是在他睡著時掉下來的，翻開到〈在陽臺上〉的位置。我還看到多處段落下有用鉛筆勾畫的痕跡。船突然抖了一下，書掉落到地上，從中飛出一張紙片，上面潦草地塗滿了幾何圖形，寫著一些數學公式。

顯然這個可怕的人並非只懂得愚昧和蠻橫。儘管人們從他那野蠻的行徑中只能得到這個印象。他就像一個謎。把他分成兩個面理解他的天性並不困難，讓人難以理解的是把這兩個面合起來的感受。

我曾指出，他的語言表達十分優秀，儘管偶爾會有一些小瑕疵。當然了，他在跟水手們和獵人們說話時常常充滿錯誤的語法，但那是俗語造成的，他在和我說話時，卻表達得準確無誤。

我察覺到他的另一面給了我勇氣，我決定告訴他，我的錢被偷了。「我被人偷了。」不久，當我發現他單獨一個人在舵樓的甲板上來回踱步，便對他說。

「『老闆』。」他糾正我，並不粗魯，但很冷漠。

「我被人偷了，老闆。」我修正說。

「怎麼回事？」他問。我描述了一下整個過程。我是怎樣把衣服晾在廚房裡，講道理時，廚師又是如何地差點揍了我一頓。

他面帶笑容地聽著。「順手牽羊，」他總結著說，「廚子順手牽羊。不過難道你不覺得你的小命值得用那些錢來換嗎？就當是買了一次教訓吧！你會學會如何生存的。我猜之前你的錢一直都交給律師或代理人來管理。」

這話帶著些許嘲弄的意味，但我繼續追問：「那我怎麼做才能拿回我的錢呢？」

「那是你的事情。現在你可沒有律師或什麼代理人了，只能自力更生。一百元美金到了你的手裡，就要想辦法抓緊。你把錢四處亂放，活該被偷。況且你也有錯。你不該把這些誘惑放在你的同伴面前。是你引誘了廚子，誘使他走向墮落。是你讓他那永生的靈魂下地獄。對了，你相信永生的靈魂嗎？」

說完最後一句，他慢慢地抬起了眼皮。祕密彷彿被揭開了，我望進了他的靈魂深處。但那只是幻覺，與真相相隔甚遠。沒有人曾經窺測到海狼的靈魂深處，或完全地看見它——對於這點我深信不疑。後來我才知道，這是一個十分孤獨的靈魂，極少的時候，面具好像揭開了，但事實上它從未揭開過。

「在你的眼中，我讀到了不朽。」我說，沒有加上「老闆」。這是一個試探，我認為在這種親切交談的情況下是沒有問題的。

他果然沒有注意到這一點。「對你的說法，我的理解是，你看到了一些活著的東西，但那不一定就是永生。」

「我讀出了更多。」我大膽地繼續說下去。

「那麼，你就是看到了思想，看到了生命的思想，它是活動著的。但是，那仍然不能夠進一步地說明問題。沒有永生。」

他的思維無比清晰，表達準確無誤！他不再好奇地凝視著我，而是轉頭注視著窗外陰沉的天空。一種荒涼浮現在他的眼睛裡，嘴角的線條變得嚴峻冷酷，他明顯地陷入一種悲涼之中。

「那麼，盡頭是什麼？」他突然詰問，面孔轉向我，「假如我是不死的，又如何？」

我停頓了。該怎樣對他描繪我的理想呢？該如何用言語表述我感覺到的東西呢？它就像是夢中的旋律，讓我十分確信那種感覺，卻又無法用言語表達。

「那麼，您信仰什麼呢？」我發問。

「我相信生命就是一場混亂。」他立刻回答，「就像酵母。激戰形成一團，已經運動了一分鐘，一個小時，一年或一百年，但最終停止了運動。那些大的吞掉了小的，於是它們繼續存活；那些強壯的吞併了瘦弱的，它們也許只是想要得回它們的權利。那幸運的一群吃得最多、活得最久，就那樣。你能從中想到什麼事情嗎？」

他急躁地對幾個水手揮揮手，他們正在船的中央套弄著繩索。

「他們移動，所以大魚也在移動。他們移動是為了吃，才能讓自己繼續保持活動。你已經得到了答案。他們活著是因為自己貪婪，這種貪婪是為了讓他們能夠活著。循環往復，讓你無從入手。他們自己也沒有辦法。最後他們都會停止，不再運動。他們死了。」

「但是，他們有夢想，」我插嘴的說，「像群星般燦爛的夢……」

「夢見的只是食物。」他簡潔地下了結論。

「還夢見了……」

「夢見的都是好的。」他口出幾句名言。

「食物。關於一個巨大的欲望和滿足欲望的運氣。」他的語調聽起來十分刺耳，卻並非輕率。「聽好了，因為，他們的夢想是幸運的旅行，賺到更多的錢；夢想當大副，挖掘寶藏，總之是更有利地去侵略同伴，整日不工作，吃好吃的食物，卻讓其他的人辛苦勞累。你、我，和他們沒什麼不同，只是我能吃到的食物更多，而你的佳餚更加精緻。我現在就在吞食他們，你也是。但是在以前，你卻比我吃得更好。你睡著軟綿綿的床鋪，穿著美麗的衣裳，吃著美妙的食物。但是那些床鋪是誰鋪的？那些衣服是誰替你縫製的？那些佳餚又是誰煮的呢？沒有一樣是你做的。你從來不會經由自己的汗水去做任何事情。你靠你老爸掙的血汗錢過日子，就像一隻獵鷹撲向鵜鳥，搶走它們捕獲的魚。你就是那些自稱組成政府的人中的一員。那些人是其他所有人的主人，吃的是別人掙來準備養活自己的食物，穿的是溫暖的衣服。那些製作了這些衣服的人，卻在破爛的衣服裡瑟瑟發抖，然後還得向你、律師、你的財務商業代理人乞求一份工作。」

「但那與此無關。」我大叫地說。

「根本不對。」現在，他飛快地回答，言詞犀利，眼神矍鑠。「像豬一樣貪婪，這就是生活。對貪婪的豬來說，永生又有何用？或說它意味著什麼？目的何在？意義何在？你從來沒有煮過飯，但是你所吃掉的或浪費掉的食物，可能可以挽救幾十個可憐的人，他們做了飯卻什麼也沒得吃。你所侍奉的永恆的終點是什麼？或說他們做了什麼？想想你和我，當你的生命與我的生命衝撞糾纏在一起之後，你所自誇的永生還有什麼意義？你想回到陸地上？對於你這頭貪婪的豬來說，那裡確實很有利，但我一時興起硬是把你留在了船上，在船上，是我這頭貪婪的豬比較有力量。我會繼續把你留在這裡。也許我會提攜你，或弄傷你。你也許今天就會死去，也許這個星期，或下個月。我現在一拳就可以殺了你，因為你是一個不幸的弱者。如果人能夠永生，那這一切的原因又是什麼呢？你和我都像豬一樣貪婪地活著，我們的生活應該不是永生之人的生活吧？再說，這一切又有什麼意義？我為什麼要把你留下呢？」

「因為你更強壯。」我忍不住脫口而出。

「我為什麼能夠更加強壯？」他反問。「那麼為什麼要運動，因為運動就是活著嗎？要是沒有了運動，就不能成為那酵母的一部分，也就沒有了希望。但是，問題就在於，我們想要活著或運動，即使我們並沒有理由去做，因為想活和運動是生命的天性。沒有了這個，生命就已經死亡。因為你的生命裡的天性，所以你想要夢想永生。你身體裡的生命活著，並且希望永遠活下去。哈！永恆的貪婪罷了！」

他突然轉過腳步，向前走開。在舵樓的入口處站住，把我叫過去。

「順便問一下，廚子從你那裡拿了多少錢？」他問。

「一百八十五元美金，老闆。」我回答。

他點點頭。過了一會，我往船艙的樓梯走去，準備擺放晚餐要用的桌子，聽見他正在船的中央大罵著什麼人。

第六章　動物凶猛

翌日凌晨，大風已經平息，鬼魂號在寧靜的海面上疾馳，有微風輕輕拂過。海狼來森在舵樓的甲板上來回巡視，眼睛一直望向東北方向。東北季風將會從那兒呼嘯而來。

所有人都來到甲板上，收拾著自己的小船，做著捕獵的準備工作。船上一共有七隻小船：船長的印度小艇以及六隻給獵人用的小船。每艘小船上會有三個人，一個是獵人，一個槳手，還有一個舵手，組成一組。槳手和舵手都是水手，通常由獵人來指揮槳手和舵手，然而所有人員都必須聽海狼的指揮。

這一切以及更多的東西，我都已經弄明白了。在舊金山市和維多利亞的所有船隊裡，鬼魂號被認為是速度最快的一艘三桅船。其實它之前只是一艘私人遊艇，就是為了速度快捷而建造的，它的輪廓和裝備就能說明一切——儘管我對這些一無所知。昨天在值班的時候，我跟強生稍微聊了一會兒，他告訴了我這艘船的事情。我們帶著對好船的熱愛，就好像有些人熱愛駿馬一樣，聊得興致勃勃。他認為前途渺茫。我則了解到海狼在獵豹船的船長中聲名狼藉。而能夠打動強生參加這次航行的，是這艘船本身，但是現在他已經後悔了。

他告訴我，鬼魂號是一艘重量八十噸的三桅船，船型十分精巧。它的橫梁寬度是二十三呎，長度大約九十呎多一點。龍骨是鉛質的，沒有人知道它到底有多重，只知道重得出奇，所以穩定性也特別好。備用的船帆幅寬異常巨大。從甲板到主桅杆的距離正好一百呎；而它的前桅和中桅要短八到十呎。我描述這些細節的目的，是想讓大家更了解這個裝載了二十二個人漂浮著的小世界。那是一個非常小的世界，就像一粒微塵、一個小不點。人們居然有膽子乘坐這麼脆弱的小東西到茫茫大海上冒險，這讓我十分吃驚。

在海上，海狼素以膽大聞名遐邇。我曾無意中聽見亨得森與一個從加州來的獵人斯坦迪什聊天。兩年前他在白令海峽遇到颶風，居然把桅杆全都砍斷了。現在的桅杆都是新裝的，從各個角度來說都更加可靠、牢固。據說，他寧可船翻了，也不願意再丟掉一次桅杆了。

除了欣喜若狂的新大副詹森，似乎船上的每個人都有自己不能曝光的陰暗面。在前艙的人有一大半都是艙下的水手，他們的說法是不知道這條船以及船長的來歷，知道底細的人，私底下都在傳言那些獵人們雖然槍法精湛，但都以好戰和吵鬧而臭名昭彰，正經的三桅船都不願意要他們。

我還和另一個水手也成了朋友，他的名字叫做路易士，是諾法斯科提亞的愛爾蘭後裔，身材圓滾滾的，臉上總是透著快活勁兒，愛交朋友，只要有人願意聆聽，他就會喋喋不休。下午的時候，廚師睡覺去了，我正削著似乎永遠都削不完的馬鈴薯，路易士就常常到廚房來跟我聊天。

他說自己上船的原因，只是因為簽字的時候喝醉了。他一再向我保證，如果當時他頭腦是清醒的，打死也不肯簽約。每年到了固定的季節，他都要上船捕獵海豹，已經幹了十二年了，被認為是船隊裡最佳的兩、三個舵手之一。

「啊，小伙子。」他向我一個勁地搖頭，「這艘船實在是太糟了。你和我不一樣，我是因為喝醉了。捕獵海豹真是一件快樂的事，但並不是在這艘船上。大副是第一個送命的，但是記住，這一次航程中還會有人送命的。噓！這些話只有我倆知道，還有那根桅杆也知道，海狼是個魔鬼，鬼魂號就是一個流動的地獄，自從他擁有這船就一直是這樣。我難道不清楚嗎？我難道不知道這個人是什麼樣的？兩年前，在日本函館，他連續斃了四名手下船員。我那時不正是在愛瑪號上嗎？距離他不到三百碼遠。同樣那一年，他還一拳打死了一個人。真的，打死了，腦袋就像雞蛋殼一樣被敲碎了。庫拉島市長、警察局局長，還有幾位日本的老闆不都來了嗎？不都到船上做客了嗎？還帶了夫人——那些漂亮的小寶貝們，就像扇子上畫的人兒一樣。但是他離開的時候，那幾位癡情的丈夫被扔在船後的舢板上，可不像是發生了什麼意外事故的樣子啊！那幾位可憐的小太太。噢，不是過了一週以後才被發現在島那頭上了岸嗎？沒有人去接她們，只好一步步走回去，跋山涉水，腳上那些精美的草鞋，走了不到一哩就散開了。難道我不清楚嗎？海狼，就是一個野獸，《啟示錄》裡說的那個大野獸。他不會有好下場的。記住，我什麼都沒有對你說過啊，一句悄悄話也沒有講過。就算是最後一個媽媽的兒子都餵了魚，我路易士也不準備在這次捕獵中送了命。」

「海狼！」他停頓了一下，鼻子裡哼了一聲，「你聽聽這個名字，仔細聽聽！狼——他就像一個狼人！他和一般的壞人不一樣，那些人都是黑心肝，但是他，根本就沒有心。狼，他就是那種狼人！你覺得這個名字取得好不好呢？」

「但是，既然他早就已經聲名狼藉，」我問，「為什麼又能夠找到這麼多人到他的船上幹活呢？」

「在上帝的陸地和海洋上，你怎麼能找到人來幹活？」路易士帶著愛爾蘭人的怒火大吼。「要不是因為醉得像一頭豬，我才不會在合約上簽字呢！你以為你能在這裡遇見我嗎？很多人，正經的船長是不會聘用的，比如說那些獵人們，還有一些是糊塗鬼，就像前艙裡那些閉不攏嘴的可憐蟲。他們早晚會明白的，會後悔自己來到了世界上。如果我可以忘記可憐的老路易士和他所遭受的折磨，也想替那些可憐蟲們大哭一場呢！我說的這些話不是悄悄話，絕不是。」

「那些獵人沒一個是好東西，」他又開始嘮叨起來。這是他性格上的一個弱點！嘮叨。「你等著看吧，看他們耍什麼花招，弄得雞犬不寧。不過那個傢伙會收拾他們的，他會讓那些無法無天的人也害怕上帝。比如說那個獵人和拉。他們叫他『娘們』和拉，因為他看起來實在是斯文溫和，說話也細言細語，就像個娘們一樣。你還以為就算是奶油含在他的嘴裡也沒有辦法融化呢。可是去年他不就殺死了一個舵手嗎？據說是什麼悲慘的意外事故，可是我在橫濱的時候遇見過和他同船的槳手，他告訴了我真相。還有那邊那個小黑鬼『老菸袋』，他是因為在俄國的保留地上偷獵，被俄國人送到西伯利亞的鹽礦待了三年。他跟同伴銬在一起，兩個人吵了架。老菸袋把他殺了，人裝在桶裡帶到礦頂。一次帶一塊，今天是大腿，明天是手臂，後天是腦袋。」

「你說的事是真的嗎？」我嚇得大叫起來。

「什麼意思？」他立刻反問，「我說了什麼了？我又聾又瞎，什麼也不知道。為了你媽媽，你最好也變成一個聾子和瞎子，什麼也看不到、什麼也聽不到。除了他們的好話，我從來就沒有提起過誰。讓上帝詛咒他們的靈魂吧，讓那靈魂在煉獄裡腐爛一千年，再打到十八層地獄裡去！」

那個強生，就是我剛剛上船的時候把我胸膛磨破的那個人，應該是前後艙裡說話最直接的人。事實上他說話從來不模糊不清，誰見到他，都能感覺到他的率直和男子氣概。但是那種氣概被他的純樸品行沖淡了，以致常常被人看作是一種懦弱。但是他並不懦弱，他似乎十分堅持自己的信仰，對自己的男子漢地位十分肯定。

就是因為這點，所以剛認識的時候，他堅決反對我叫他亞森。路易士曾對他的性格和人品下過斷言：「在前艙的同伴中，一根筋的強生是個很不錯的人。他是水手艙裡最棒的水手，也是我的槳手。他是會跟海狼對幹的。這些只有我知道，只有我看得見，就好像天上風暴的醞釀和出現一樣。我曾經和他像哥們一樣聊過。他不屑於隱藏自己的想法，看不起那些油嘴滑舌的人。有什麼是看不下去的，他就會站出來。總會有人把話傳到海狼耳朵裡去的。」

「海狼是一匹狼，狼是不喜歡別人跟他比狠的。他遲早會了解強生的威力。強生不會屈服，不會受了罵、挨了揍還乖乖地說『是的，老闆。』天哪，會出事的，一定會的。到那時候，大概只有上帝知道我得到哪裡再找個槳手吧？老闆叫他亞森，那個笨蛋怎麼回答來著？『我的名字叫強生，老闆。』然後他一個字母一個字母地把名字拼給他聽。真可惜你沒有看到老闆的那個臉色！我還以為他當場就會發飆呢！他沒有。但是他總有一天會的，會讓那個一根筋吃不了兜著走，否則那就是我沒眼光，不懂得看人。」

馬格瑞吉愈來愈目中無人了。他強迫我每次說話的時候必須叫他「先生」。其中一個緣由是海狼似乎很喜歡他。我覺得船長和廚師成為好哥們，簡直是一件不可思議的事情，但是海狼似乎真的是這樣。有幾次他甚至往廚房探了探腦袋，和藹可親地與馬格瑞吉開幾句玩笑，又一次還在舵樓的樓梯口和他聊天長達一刻鐘。聊天之後，馬格瑞吉回到廚房，可說是春風得意、油光閃亮，幹活的時候還哼起了民間小曲，用的是假嗓子、南腔北調，弄得我差點神經崩潰。

「我就是善於和老闆套交情。」他向我炫耀著，「我懂得做什麼可以討人喜歡，我精通這些。上回老闆——我可不介意下到艙裡去跟他聊幾句，喝上一杯酒。『馬格瑞吉』他說，『你入錯行拉。』『錯了什麼？』我說。『你天生就該是一個紳士，不用幹活就有飯吃。』駝子，他要是沒有這樣說過，就讓老天懲罰我。那時我可正坐在他的艙房裡，抽著他的雪茄，喝著他的甜酒哪！」

這種炫耀弄得我就要發瘋了。我頭一回如此厭惡一個人的聲音。他那一副阿諛諂媚的樣子、油嘴滑舌的笑容，還有那囂張跋扈的嘴臉，不斷刺激著我的神經。有時我甚至被氣得瑟瑟發抖。他絕對是我此生中從未見過的馬屁大王。他煮的東西髒得令人難以下嚥。但是因為全船人的飯菜都由他負責，所以我也只好仔細地挑著吃。

我的手從來沒有幹過體力勞動，變得十分糟糕。指甲變了形，裡面有一大片烏黑色，油垢滲進了皮膚的紋理當中，用刷子用力刷也洗不乾淨，上面還長滿了水泡，疼痛難當。我的前臂被燙傷了一大片，是因為一次船一晃動我就倒在廚房的爐子上造成的。膝蓋也還沒有好起來，腫痛並沒有消除，骨頭也依然翹著，一天到晚瘸著腿走來走去是沒有辦法治癒的。如果想要它好起來，我需要足夠的休息。

休息！以前我從來不知道這個詞是什麼意思。休息了小半輩子了，卻不知道什麼叫做休息。但是現在，如果能夠坐上半個小時動也不動、什麼都不用做、什麼也不用想，那就是最快樂的事情了。

但從另一個角度來看，這也算是一種啟發，我從此明白勞苦大眾的生活了。我做夢也沒有想到幹活是那麼辛苦的事。從早上五點半起床，到晚上十點，我是大家的僕人，誰都可以指使我，沒有一丁點兒屬於自己的時間。只有在水手們換班時，我才能喘口氣，看一看在陽光裡閃耀著的大海，看著水手們爬上桅杆，或放下第一斜杆的帆繩。每當這時，我耳邊就會響起那可憎的聲音：「嗨，駝子，快點幹活。我盯著你呢！」

「狗窩」裡有著打鬥過的跡象，據說是老菸袋和亨得森曾經幹過一架。亨得森似乎是裡面最棒的獵人，做事沉穩，不易發怒，但這回準是把他惹火了，因為老菸袋來吃晚飯的時候，一隻眼睛上有一個大大的黑眼圈，顏色烏黑，看起來傷得很厲害。

晚飯前，又發生了一件十分殘忍的事情，顯示出這些人的冷酷和殘暴。水手裡有一個新手，叫做哈里森，是一個有點笨笨的鄉下人，可能是想到海上冒冒險，碰碰運氣。三桅船的航行有些不順風，老是被吹得東倒西歪，船帆左右搖晃，需要派一個人去把縱帆上的前斜杆扳正。哈里森上去了，不知道為什麼橫帆的索繩在穿過斜杆滑輪的尾巴上被夾住。依我看，要把它拉出來只有兩個辦法：一個是放下前帆，那是最簡單的方法並且沒有危險；還有一個辦法就是從斜杆尖頭處的升降索爬出去，爬到斜杆頂上，那樣就很危險了。

詹森向哈里森大聲發布命令，命令他從升降索那裡爬出去。大家都明白那個小伙子害怕了。在甲板上方八十呎，僅僅依靠幾根在風中搖擺的繩索，他確實應該感到恐懼。如果是風平浪靜的情況下，那倒也沒有多大的問題，但是鬼魂號卻是一艘不斷搖晃的空船，每一次搖動那帆就會拍打一次，「吧唧吧唧」地響著，升降索的繩子也會隨之鬆弛或緊繃。那繩子完全有可能把人給摔下來，就像一根抽打蒼蠅的鞭子。

哈里森聽到了命令，但是他猶豫了。也許他是平生第一次爬到那麼高。詹森顯然已經被傳染到了海狼的作風，他向吊在高空的水手拋出一大串咒罵。

「行了。」海狼咆哮道，「搞清楚，罵人是我的權利，如果要你幫忙，我會叫你。」

「是，老闆。」大副馬上認錯。

這時，哈里森已經開始從升降索往外爬。我在廚房的門口仰望著他，他的四肢發抖，好像得了痙攣。他爬得十分緩慢，小心翼翼，每次只能蠕動一寸左右。在藍天的映襯下，他就像是一隻黑色的蜘蛛，沿著眼花撩亂的蜘蛛網爬著。

前帆高高地翹起來，爬的時候必須把身體略微上傾。升降索穿過斜杆和船桅的幾個滑輪，讓他的手和腳有可以著力的點。風並不是很大，但也不穩定，無法把船帆鼓鼓地吹起。他剛剛爬出去一半，乘風破浪的鬼魂號就一頭栽進了一個漩渦裡。哈里森不敢動了，兩手牢牢地抓著兩邊。

就算是在八十呎下仰望著的我，也能夠看清他的肌肉痛苦地緊繃著。帆被扯拉了下來，斜杆向船的中部搖擺，升降索一瞬間鬆塌了。繩索帶著他墜了下來。斜杆接著猛地向後搖晃，大帆像是發射炮彈一樣，轟地一下，三排帆布的摺疊點都打在了帆上。就像是一排密集的槍聲，劈裡啪啦響成一片。在藍天上吊著的哈里森陡然一停，升降索突然緊繃，一鞭子打來，他的一隻手鬆脫了，另一隻手則拚命抓住，但是身子隨即一落，那隻手抓不住了，他被摔了下來。一隻腳被繩子一下子鉤住了，頭朝下掛在上面。他一使勁，雙手猛地抓住了繩索。他花了很長的時間才又回到之前的位置，努力地掛在那兒，就像一條可憐蟲。

「我打賭他絕對沒有興趣吃得下晚餐了。」海狼的叫喊聲傳來，「你，詹森，別光站在下面！看仔細了，會有麻煩的。」

哈里森在上面害怕極了，就像暈船一樣；他在那千鈞一髮的地方久久地攀附著，不想前進。可是詹森仍然大聲吼叫著要他前進。

「太黑暗了！」強生痛苦而緩慢地說著。他站在主索具旁，離我幾呎的地方。「那孩子是願意去做的，要是之前有機會能夠學會方法的話，但現在這就好像……」他停頓了一下，那神情好像是在說，這是「謀殺」。

「噓！」路易士悄聲說，「為了你的母親，給我住嘴。」

但強生仍然大聲喊著。

那個叫做斯坦迪什的獵人對海狼說，「他是我的槳手，我可不願意失去他。」

「你說的很對，斯坦迪什，」他回答道，「他到了你的小船上就是你的槳手，但是他在我的船上就是我的水手，我想怎麼使喚他，就怎麼使喚他。」

「但你憑什麼……」斯坦迪什還想爭辯一些什麼。

「夠了，說得太好了！」海狼回答道，「道理我已經跟你說得很清楚了。打住打住！人是我的，只要我高興，可以把他當作一碟下酒菜。」

獵人的眼睛裡噴射出一道怒火，轉身走進了「狗窩」的樓梯口，站在那兒仰望著上方。現在所有的人都已經來到甲板上，視線整齊的看著上面。那裡有一個生命正在生與死的邊緣掙扎。工業社會把人的生命交給了這些人，但他們卻毫無惻隱之心，這真讓人不寒而慄。我一直生活在「悲慘世界」之外，做夢也無法想像船上的工作竟然是如此景象。生命本來神聖不可侵犯，在這裡卻一文不值，在商業數字裡它只是一個零頭。

但我必須聲明，水手們自己是同情自己的，強生就是其中的例子，但是老闆和獵人們卻冷酷無情。就算斯坦迪什進行抗議，也不過因為他不願意失去自己的槳手。如果那是別人的槳手，說不定他也會和其他人一樣，仔細品頭論足。

回到哈里森身上來。詹森好像已經對那倒楣鬼罵了接近十分鐘，才讓他迫不得已繼續前進。不久，他爬到了斜杆的盡頭處，一腳跨上了斜杆，穩穩地抓著。他理順了帆腳索，於是便可以順著略微下斜的升降索順利地回到船桅上。但是他已經嚇破了膽。雖然他現在的位置並不安全，但是他卻不願意離開，反而朝著升降索更危險的地方攀爬。

他看著那條唯一的空中之路，往下看了看甲板，眼睛都要掉下來了，渾身發抖。恐懼在他的臉上如此猛烈地顫動著。詹森命令他下來，但是毫無用處。他隨時都會被摔下來，早已經嚇得面無血色。海狼和老菸袋一起來回走動交談著什麼，不再看向上面。他只對舵手喊過一次：

「你偏離航道了，小子，給我看仔細點，別惹麻煩。」

「是、是，老闆。」舵手向下轉了兩圈。

舵手是故意讓船稍微偏離一點航道，想要把前帆張滿，好讓船穩定一點。他冒著觸怒海狼的危險，想幫助可憐的哈里森。

時間慢慢過去，那被懸掛的哈里森的痛苦也折磨著我，但對馬格瑞吉來說，這卻彷彿很有趣。他不斷從廚房門口探出頭來，大聲說著落井下石的話語。我真的很恨這個人！

那一刻，仇恨的感覺在我的腦海裡颳起一股旋風。我第一次有了想殺人的念頭——就好像公牛看見了紅色，這是某個作家奚落的話。一般情況下，生命仍然是神聖莊嚴的，只是在馬格瑞吉這個扭曲的人身上卻變得低賤了。我感覺到自己也看見了紅色，突然驚醒，一個想法閃過我的腦海：難道我也感染上那種暴戾之氣？我從來不認可所謂殺人償命的作法，即使是對那些罪大惡極的人也是如此。

半個小時過去了，強生和路易士幾乎大吵起來。強生猛烈地甩開路易士阻擋的手臂，向前衝去。他跑過甲板，跳進了前桅的索具，開始往上爬，海狼的眼睛緊緊地盯住他的身影。

「喂，你，你要做什麼？」他大聲叫道。

強生停了下來，盯住海狼，慢慢地回答說：「我要去把那個孩子弄下來。」

「馬上給我從那裡出來，快！聽見了嗎？給我下來！」

強生躊躇了，但是長年以來服從老闆的慣性鎮住了他，他憤恨地下來，走開了。

下午五點半，我下去擺餐桌的時候，恍惚之中，眼睛裡、腦海裡，一直晃動著一張慘敗的臉，發著抖，就像一條蟲子附著在搖晃的斜杆上。那幅畫面讓人坐立不安。六點鐘，晚餐開始了，我到甲板上，走到廚房去取食物，看見哈里森還是吊在那兒。但是在餐桌上談論的卻是別的事情，似乎沒有人想起有人正懸掛在他們頭頂上的高空處，命在旦夕。時間又過去一些，我專門跑到甲板上去了一趟，很高興地看見哈里森已經一步一步地離開了索具，朝著水手艙口挪過去。

他最終鼓足了勇氣，自己爬了下來。

這件事之後，我和海狼在船艙裡有一段對話。那時，我正在洗刷碗碟。

「下午，你被嚇住了？」他先開的頭，「是不是？」

他很清楚我的難受程度不會亞於哈里森，他是在「導引」我。我回答：「對那個孩子來說實在是太殘忍了。」

他笑了笑，「我看跟暈船差不多罷了。有的人暈船，有的人不暈。」

「不是那樣的。」我說。

「就是那樣啊，」他繼續說，「這個世界上充滿了暴力，就像大海裡充滿了律動一樣。有的人一到海上來就感覺到噁心，有的人則一看到暴力就感覺到噁心。這就是唯一的原因。」

「但是你把人命當兒戲，難道你感覺不到生命的價值嗎？」我問。

「價值？什麼價值？」他盯住我，目光灼灼，裡面卻好像漂著一股譏諷的笑意。「什麼樣的價值？用什麼來衡量？又由誰來衡量？」

「我來衡量。」我回答。

「那麼，請問生命對於你來說是什麼樣的價值？我是說別人的生命。說說看，它的價值又是多少呢？」

生命的價值？我又怎麼能夠給出一個生命價值的定量呢？我從來都是口才敏捷的人，但是此刻我卻感到語塞。從那以後我確定他這樣的行為背後的一個原因是因為他的個性，但更多的應該來自於他的價值觀。他和我所見識過的另外的唯物主義者都不太一樣，我跟後者是同一類，但是跟他卻無法溝通，並且，他的心靈竟然純粹得讓我感覺窘迫。他直接進入到事物的中心，拋開一切繁蕪叢雜的步驟，一副掌握了事實真相的王者之氣，讓我感覺自己腳下墊著的石頭猛然被抽離開去，人頓時落入深水裡拚命掙扎。生命的價值？我該怎麼當場給出這個問題的答案呢？在我看來，生命的神聖是自然而然的事情，生命的價值是無需公論的。他卻向一個無法公論的道理公開質疑，我實在無話可說。

「昨天我們就已經討論了這個問題。」他繼續說，「我認為生命是一個酵母。一種不斷繁殖的東西。它為了活著就會吞食生命，生活只不過是像貪婪的豬一般生活罷了。為什麼呢？如果能夠達到供求平衡的話，那麼生命早就是這個世界上最廉價的東西了。世界上就只有那麼多的水、那麼多的土壤、那麼多的空氣，而要求出生的生命卻沒有底線。自然界就像個花花公子。你看看魚兒和牠那數以百萬計的魚卵吧。就這個問題而言，再來對比一下你和我。在我們的腰部以下就有著一個可以產生數百萬生命的玩意。如果能夠極盡可能地使我們自己身上每個還沒有誕生的生命都物盡其用，直至最後一個，那麼我們就很有可能成為眾國之父，讓大地上到處都擁滿了人。生命？呸！不值一文，是最低廉的。生命不過是到處乞討而已。自然界到處都是生命。在只能容得下一個生命的地方，她播下了上千條生命。於是生命吞噬了生命，最強大的和最貪婪的才能活下來。」

「你讀過達爾文，但是你也說，生存的競爭，讓你擁有濫殺生命的權利。這是你對他的誤解。」

他毫不在乎地聳聳肩膀，「你知道，你只是針對人的生命而言的，但是你吃掉的飛禽走獸生命和我以及其他任何人一樣多。不是說『眾生平等』嗎？雖然你覺得並不一樣，並且自以為是地思索著不同的原因。對於低等的生物我為什麼要憐惜？世界上的水手數量超過了出海的船數，工人的數量超過了工廠和機器的數量。你們在陸地上的人也知道，是你們讓窮人住在城市的貧民窟裡，把饑饉和疫病散播到他們的身上，還不知道該如何處置那些沒有死去、僥倖存活下來的人。但是他們只因為少了一塊麵包皮或是一小片肉——那也是被毀滅了的生命——而死去。你有看見過嗎？在倫敦的碼頭上，工人為了搶工作，就像是野獸之間互相爭鬥、砍殺。」

他朝升降口的樓梯走去，又轉過身來，再一次強調：「你弄清楚了嗎？生命的價值是由他自己來決定的。當然很有可能他高估了自己。因為偏見是一定存在的，利己才是人的天性。就以那個我叫他爬上去的傢伙為例子吧，他緊緊地抓住桅杆不放，把自己當作一個活著的寶貝，比鑽石還寶貴。

「可是對於你呢，當然不是。對於我呢，則一錢不值。對於他自己來說，那就是太珍貴了。但是我並不接受他對自己的估價。他可憐地高估了自己的價值。世界上還有很多的生命在要求出生的機會。

「如果他摔下來，就像蜂蜜從蜂窩裡掉了出來一樣，腦漿一直流到了甲板上，那對這個世界來說也沒有什麼影響。他對於這個世界來說毫無價值可言。因為供應量太大了。他只對他自己擁有存在的價值。但是他死去之後，就連他自己也無法意識到有什麼損失，這就可以證明這種所謂的價值是多麼的虛無。只有他自己才把自己看得比寶石還貴重。寶石濺滿了甲板，一桶水沖過去，什麼都沒有了。但是他自己甚至都不知道寶石已經沒有了。他並沒有損失什麼大不了的東西，因為他失去了自己的生命，也就什麼都不知道了。明白了嗎？還有什麼損失可言？」

「自欺欺人罷了。」我只能這樣說，然後就繼續刷我的碗碟。

第七章　絢爛的熱帶夏夜

乘著三天的大風，鬼魂號終於來到了東北信風帶。這天晚上，我得到充足的休息。雖然膝蓋還是十分疼痛，但我還是走上了甲板。鬼魂號乘風破浪前行。除了船頭的三角帆，其他的帆全部都已經升了起來，兩邊的側翼帆也張開了，被船後吹來的強勁風力吹得鼓鼓的。

啊，這就是強勁的信風！我們整日整夜都在飛馳前進，二天、三天，一天又一天飛速前進。風一直在船尾鼓足了勁大力吹。三桅船自己正在前進，無需降帆，也無需升帆，不用複式滑輪，不用改變中帆的樣子，除了掌舵，水手們什麼也不用做。夕陽西下，風帆鬆開了；清晨的時候，雲蒸霞蔚，風帆又開始繃緊了——除此之外就沒有別的事情發生了。

我們的速度大概在十海浬、十二海浬、十一海浬之間上下變化。美妙的風總是從東北方向吹過來，使鬼魂號在海面上飛速行駛，黎明與黎明之間就可以航行二百五十海浬。舊金山市早已被遠遠地丟在身後，鬼魂號朝著赤道的方向飛馳，這既讓我難過，也讓我高興。

天開始熱起來了，水手們相互交班的時候，來到甲板就脫光了衣服，從海裡汲取海水潑在彼此身上。海面開始出現飛魚。到了早上的時候，馬格瑞吉如果抓到了飛魚，廚房裡就會飄蕩著煎炸飛魚的香味。如果強生在第一根斜杆那裡抓到了五彩斑斕的美人魚①，那麼前後艙的人就都有海豚肉可以吃了。

強生有空的時候，似乎總是喜歡在第一根斜杆盡頭處或是桅杆頂的橫桿上度過，彷彿在看著鬼魂號是怎樣乘風揚帆，劈開波浪向前行進。在他的眼睛裡會翻騰著激情和崇拜的眼神，有時又好像看得出了神，只是沉醉地望著飽張的風帆和雪白的浪花，看著鬼魂號隨波起伏，一次又一次翻越那些跟我們一起奔騰、向前翻騰起來的波峰浪谷。

沒日沒夜「盡是奇蹟和狂歡」，雖然我沒有多少時間離開那些沉悶的工作，也還是一再偷偷地窺看那些亙古長存的壯麗景象。我反覆地凝神遠望，做夢也沒有見過原來這世間竟然會有這樣的人間極致。那碧藍的天空，似乎是蓋在頭上的另一面大海，船頭的海水閃爍著藍色絲綢的光芒。四周圍繞著的是銀灰色的地平線，白雲如羊毛般柔軟，垂掛在天際，靜謐不動、毫不推移，仿如給寶石般閃爍的藍色天空鑲嵌上一個純銀的畫框。

那些夏天的夜晚，讓我久久難以忘懷。我本來早就應該入睡，卻依然將身子靠在前艙甲板下的水手艙前，屏息凝神地注視著鬼魂號船頭掀起的幽幽浪花。水聲就像是幽谷裡的汩汩清泉流過青苔斑駁的岩石。那夢吟一般的曲子讓我的靈魂飄飛，縹緲地融入到盈盈夏夜。我不再是那個跑腿的駝子，不再是在書本的世界裡做了三十五年虛幻夢想的凡·威登。但是在我的背後有一個聲音，催促著我的靈魂回竅。是的，那是海狼的嗥叫聲，帶著他身上那種懾人的堅毅，沉醉於他吟哦的詩句當中：

啊，多麼璀璨的熱帶夏夜，
波浪，就如一道光亮的鞭痕，

熾熱的夜空被馴養。
黑黝黝的船頭在酣睡，
馳過繁星閃動的波面，
鯨魚被驚動甩出火焰。
那船的盔甲，印著朝霞的熱吻，親愛的情人啊，
她的帆繩繃緊了呀，綴滿了晶瑩的夜晚的露水，
我們飛速航行，
沿著那最蠻荒的路徑，
那放逐自我的路途，
那通往桃源的途徑，
把漫漫長路丟在身後，
向著南方，滑翔而下，
——那是一條亙古恆新之路。

「哎，駝子，感覺如何？有什麼感想？」他在韻律處停頓了下來問我。他的臉上璀璨閃亮，如同這夜晚的海面，眼睛裡則閃耀著點點星光。

「我很驚訝，你竟然會有詩興。」我愣愣地回答。

「怎麼了，老弟。這就是生活，這就是生命！」他大聲叫嚷。

「是地攤上的便宜貨，不值一錢！」我用他的話語頂回去。

他縱聲大笑。這是我第一次聽見他發自內心的愉悅之情。

「啊，我沒有辦法讓你體諒我的生活，沒有辦法把它硬塞到你的腦袋裡。生命，自然是一文不值的。但是看待自己就不一樣了。我可以告訴你，我剛才的生活極其富有價值，至少對我而言如此，那種價值是無法衡量的。也許你會覺得我這樣說太誇張了，但是我卻只能這樣來描述，因為只有我的內心才能夠衡量它。」

聽起來字字珠璣，而他感覺意猶未盡，於是又繼續說了下去，「你懂我的意思嗎？我感覺到飄飄若仙，似乎所有的時光都在我的心中激盪，所有的力量都在我身上。我感到醍醐灌頂，頓悟世間一切，看透千萬個世代、世間萬物。我幾乎就要皈依上帝。但是，」他的聲音突然低沉了下來，臉上的光芒隱匿了，「我突然發現自己處在一個什麼樣的世間呢？這生命高聲吟唱著的是什麼呢？究竟什麼才是靈感？不過都是在順利地消化的時候，才出現的東西。在那個時候，他的腸胃功能良好，胃口大開，萬事順利。那些就是誘使你去獲取生活的一種交換、是飄盪在血液裡的香檳、是酵母醞釀出的泡沫——那東西讓有的人會產生一些神聖的想法，讓有的人彷彿看見上帝；或即使沒有看見也會製造出一個上帝，就是這樣。它是生命的虛無之夜，是酵母的悸動和蠕動，是它意識到自己還活著的那種瘋狂產生的泡沫。呸！明天我就會為它付出代價的，就像是喝醉了的人付出的代價一樣。我很明白我會死去，很可能隨時葬身大海，自己停止活動，海裡的寄生蟲會爬滿我的身體，吃掉我，使我變成一具骷髏，把我肌肉裡的全部力量都交付出去，讓它成為魚鰭、魚鱗和內臟的力量和活動。哼！哼！香檳會變質，氣泡和光亮都漏了，味道變得索然無味。」

就像突然閃現，他也一閃而去了，就像老虎一下子竄上了甲板。鬼魂號依然披波斬浪，勢不可擋。我意識到船前汩汩的水流聲很像人熟睡的鼾聲。彷彿從理想的高處突然跌入絕望的深淵，海狼帶來的那種奇異氣味也漸漸消散在夏夜的風中。這時，船身的中間處，一個住在艙下的水手用渾厚的嗓音唱起了《信風之歌》：

啊，我是風，船員的愛——
沉穩，強健，真誠；
在這深遠的熱帶的晴空中，
遠眺浮雲，他們在追尋我的足跡。

穿過晝與夜，我追尋著白帆，
像獵犬一樣，緊緊追隨它的蹤影，
晌午時分，我風頭最勁，
夜晚月下，它揚帆遠行。

①這裡是指海豚。

第八章　利己主義

有時，海狼那怪異的情感和行為模式，讓我覺得他似乎快要發瘋了，起碼是半瘋癲狀態。但是有時我又覺得他就像是一個超人；或不合時宜的天才型的人物。最終，我認定他其實是一個典型的原始人，來到了一千年以後，或說一千代以後，於是在如今這個講究文明的時代算是個異端。

他應該屬於最扭曲的個人主義者。非但如此，他還非常地孤寂。他和船上其他人並沒有可以溝通的情感。他那種極其旺盛的精力和敏銳的洞察力使得他與眾不同，格格不入。在他的面前，那些人不過只是小兒科，即便是獵人們也都如此。他把他們都當作小孩子來看待，他勉強降低自己的水準去和他們嬉戲，就像跟小狗一起玩一樣。或他就會把他那殘酷的好像是人體解剖學家的手掌，伸入到他們的心裡去探索，審視他們的靈魂，看看那都是由一些什麼材質組成的。

我曾數十次看見他，在餐桌上侮辱一個又一個的獵人，眼神冰冷地凝視，帶著戲謔的神情，審慎地觀察他們的每一個動作、表情、回答或憤怒。那樣好奇的心態，差點引我發笑——我伺候在一旁，冷眼旁觀、心中如明鏡般清明。至於他的怒火，我倒並不認為是真的。

有時他只是為了試驗一下，但更主要的大概是因為一種慣性，或自以為適合和他們交往的形式。我是真的覺得他並沒有真正發火——對那個已經死去的大副除外。但我並不希望看見他真的發火，一旦真正發火，他的怒氣一定會毫不保留地爆發出來的。

對於他的種種怪異情形，可以舉馬格瑞吉在艙房的事為例，也以此為之前早已提過一、兩次的事件做個了結。

那一天，吃完了午餐，我把艙房收拾好，海狼和馬格瑞吉一起走下樓。儘管廚房有一個像洞窟一樣的小房間可以通向艙房，但是廚師從來不敢在艙房裡多加逗留或讓人看見，但是他每天都要到那裡去看那麼一、兩次，就像是一個見不得人的魂魄。

「你的意思是說，你會玩『拿破崙』紙牌？」海狼愉快地說，「你是一個英國人，我早就應該猜到你會的。我自己就是在英國人的船上學會的啊！」

馬格瑞吉大喜過望，他是一個喜歡嚼舌根的傻子，贏得了船長的歡心，不免就有些洋洋得意，開始擺起派頭來，完全一副高貴的神氣。如果不是讓人覺得好笑，那麼就是讓人感覺噁心。他是全然不會把我放在眼裡的——我相信他是真的視而不見，聽而不聞。他的那雙灰色眼睛，就好像曬在炎日下的海面，裡面究竟掀起了怎樣歡樂的火花，我就不清楚了。

「拿牌去吧，駝子。」他們在桌邊坐下，海狼命令我，「再到我的臥房去把雪茄和威士忌拿來。」

我把東西拿過來，恰好聽見廚師正露骨地暗示他有一個隱密的身世：很可能他其實是某個紳士家裡的少爺，不小心走入岔路，恰好他又是一個需要接受匯款、回不了英格蘭的人。「其實給我匯了很多的錢，老闆。很多很多的錢，要我遠走高飛。」

我把他慣用的酒杯拿了過來，但是海狼皺皺眉頭，對我搖搖頭，比畫一個樣子，要我去拿個大的杯子。他在酒杯裡倒了三分之二的純威士忌——「紳士的飲料。」馬格瑞吉說，雙方給輝煌的拿破崙牌比賽碰碰杯，然後點上雪茄，開始洗牌、發牌。

兩個人開始賭起錢來。喝著不加水的威士忌，他們的賭注愈來愈大。我又去拿來一些威士忌。我不知道海狼是否有作弊，他完全有可能作假的，但是不管怎樣他一直在贏。廚師不斷地回到他自己的床位上去拿錢，一次比一次神氣活現，但是每回卻只拿出幾塊錢。他感覺到一些傷感，但是卻裝作毫不在意，漸漸地他看不太清楚手上的牌，連坐也坐不住了。就在他再一次回到床位上去取錢的時候，還用他那油油的雙手撫摸著海狼的鈕釦，酒後叨叨，「我有錢，我有錢的。我跟你說，我是一個紳士家的少爺呢。」

海狼並不是很喜歡喝酒，但是他仍然一杯接著一杯地喝著。如果說有什麼不一樣的地方，那就是他總是斟滿了杯子，喝下去卻面不改色，甚至對對方的怪誕行為也不覺得可笑。

最終，廚師一邊大聲地嚷嚷他輸得起錢，像個紳士家的少年；一邊又孤注一擲，又輸了一把。於是他把頭埋在手臂裡痛哭了起來。海狼帶著些好奇的趣味看著他，似乎還想更進一步深究、剖析他的精神和心理，但又馬上改變了主意，彷彿覺得結論早就已經知道了，不需要再動腦筋思索。

「駝子，」他裝出一副很有修養的樣子，說，「希望你抓著馬格瑞吉先生的手臂扶著他走到甲板上去。他看起來有點不舒服。」

然後他湊到我的耳朵邊上小聲說：「讓強生給他潑幾桶海水。」

我把海狼的意思告訴了幾個笑嘻嘻的水手，就把馬格瑞吉先生交到了他們手上——他還在毫無意識自言自語地嘀咕著說，他是一個紳士家的少年。但是當我走到樓梯下去收拾桌子的時候，猛然聽見他一聲尖叫，看來他已經被第一桶水潑醒了。

海狼在用心數著贏回來的錢。

「整整一百八十五元，」他大聲地說，「跟我估計的一模一樣。這個乞丐上船的時候，身上可是一個銅板都沒有。」

「那麼你贏的那些，就是我的錢，老闆。」我大著膽子說。

他微微一笑，裡面蘊含著意味深長地諷刺之意。「駝子，我也學過語法，我想你大概沒有弄清楚時態。如果你要說這句話的時候，請使用『過去式』，而不是『就是』。」

「這並不是所謂語法與否的問題，而是一個倫理道德的問題。」我回答。

他停了差不多有一分鐘，才開口。

「你明白嗎，駝子？」他的臉上帶著一種無法辨明的落寞與孤寂，沉重而緩慢地說：「這是我第一次從別人嘴裡聽到『倫理道義』這個詞語。在這艘船上只有你和我懂得它的含意。」

「在很長一段時間裡，」他停頓了一會，又接著說下去，「我也曾經幻想著能跟一個使用這種詞語的人交談，想把自己從出生的環境裡拯救出來，想跟那些滿口道義之類話題的人交往，而這時我第一次從別人那裡聽到道義這個詞語——但是，這已經是題外話了。你錯了。這並不是語法問題，也不是所謂的道義問題，這就是一個現實的問題。」

「我明白你的意思。現實就是，要把錢抓在手裡。」

他的臉慢慢放出了光芒，似乎是為了我的聰明而激動。

「但是真正的問題，你還是避開了。」我說，「一種權利。」

「啊，」他嘴角一翹，說，「看來你還相信關於對與錯這一類的問題？」

「你不相信？一點也不相信？」我問。

「完全不相信。強大的就是正確的，弱小的就是錯誤的，就是這麼一回事。但是，這個說法顯得很愚蠢，只能顯示出強者是好的，弱者是不好的——準確地來說，強者因為獲得了利益而感到快樂，弱者因為受到了損害而感到痛苦。剛才我得到了錢，這就是快樂。得到了錢就是好事。如果我得到了錢，卻把它們給了你，而放棄了擁有它們的快樂，那麼就是對不起我自己了。」

「但是你占有了這些錢，就是對不起我。」我反駁。

「完全沒有。人是不可能什麼都對得起別人的，只能夠對得起自己。就我而言，一旦我開始為別人的利益考慮就會出差錯。你沒有看見嗎？如果兩塊酵母都想要吃掉對方，是誰對不起誰呢？吃和不被吃是生命本身內在的衝突，如果不贊同這一點，那麼它們就是罪孽。」

「那麼你肯定是不會信仰利他主義的了？」我問。

聽到這個說法，他顯示出有印象的樣子，但是略微思索了一下，他開口道：「讓我思考一下。這個詞語的意思是合作嗎？」

「在某種意義上來說，是的，跟合作有關係。」我回答，我對他的反應並不感到意外。我已經看出了在他的詞典裡沒有這個詞彙。他的詞彙和他的知識一樣，是透過自己學習獲得的，並沒有受到誰的引導。他思考得很多、談論得很少；或從來就沒有機會和誰談論過。

「利他主義的行為是一種為了別人的利益而採取的作法，這個行為是不自私的。與那些為了自己而採取的行為恰恰相反，而那種行為是自私的。」我說。

他點點頭，「哦，對了，我有印象了。在斯賓塞的書裡我曾經讀到過。」

「斯賓塞！」我大叫起來，「你讀過斯賓塞？」

「是的。但是不多。」他承認，「我對《第一原理》了解得比較多，但是他的《生物學》卻讓我在書海裡一路奔馳的船帆失去了風；他的《心理學》又使我陷在赤道的無風帶裡面。說句老實話，我實在沒有讀懂。之前我以為這是我不夠聰明，後來我才弄明白，那是因為我的準備不夠充分，我缺乏相關的基礎。我讀得究竟有多麼痛苦，大概只有斯賓塞和我自己才知道，但是我還是多少從他的《倫理學》裡吞進了一些道理。我就是在他那裡看到『利他主義』這個詞的。現在我想起了那個詞應該是怎麼用的了。」

他到底能從那部巨著裡吸收一些什麼，我確實不清楚。我能記得不少斯賓塞的東西，能理解到對於他來說，利他主義是他實踐最高行為理想不可或缺的元素。顯然，海狼對於這位哲學巨人的言論是按照自己的喜好來挑選著吸收的。

「你還讀過什麼呢？」我問。

他輕微地蹙眉，在思考用哪些詞語才能最精確地表達出他的新觀點。我感覺到我開始了一種精神和心靈上的探索。他探索別人的靈魂然後進行試驗，而我也像他一樣，在探索他的靈魂世界。但是我正在探索的是一片莽原。在我的眼前看到的是一片奇特而令人恐怖的天地。

「簡單地說，」他說，「斯賓塞的意思概括如下：首先，人必須為自己而活，這樣才是最好的。其次，他應該為他的後代子孫而活。最後，他必須為了他的種族而活。」

「但是最偉大、光榮、正確的行為，」我驚嘆他的思考，表達我的觀點，「則是對自己、對後代和對種族都同時有利的行為。」

「我不贊同這些觀點。」他回答，「我看不出來那有什麼必要，我也不懂那些所謂的知識。我要自動刪除對後代和種族都有利這一部分。我才不願意為他們做牛做馬呢。那是一種空泛的浪漫主義。你要知道，至少不相信永生的人是不會接受這種觀點的。如果我是追求永生的人，那麼利他主義就是一筆可以掙錢的買賣。我需要不斷地提煉我的靈魂，但是在我眼前只看得到一個像酵母一樣短暫爬行、蠕動著的，被稱為生命的東西。除了死亡，沒有什麼是永恆的。既然如此，那麼讓我去為了別人而犧牲就是不道德的。任何讓我少爬行一點，少蠕動一次的犧牲都是極其愚蠢的。不但愚蠢，並且很為難自己，是不好的。如果我要從酵母那裡得到更多的東西，那麼就不能損失掉任何一次爬行，或是蠕動的機會。當我還是一個酵母，還在地上匍匐爬行時，無論是為我自己著想或為他人獻身，都不能讓那些終將來臨到我身上的長眠得到多一點的快樂或難受。」

「那麼你就是一個徹底的個人主義者，一個利己主義者，所以從邏輯上來說，你是一個享樂主義者。」

「你的論調一套接著一套，」他微笑，「但什麼是享樂主義呢？」

我說出它的含義，他點頭表示贊同。

「你，」我說，「在牽涉到自身的利益時，會變成一個絲毫不值得信任的人。」

「你有點理解我了。」他的臉上放射出光芒。

「你把世人所認為的道德踩在自己的腳下。」

「完全正確。」

「你是一個永遠都會讓人害怕的……」

「完全正確。」

「你就像是毒蛇，或老虎，或吃人的鯊魚。」

「你終於理解我了，」他說，「你按照平常人都能用的方式理解我了。他們都叫我『海狼』。」

「那是一個怪物，」我鼓足勇氣說，「是一個會胡思亂想的精靈——凱列班。無論做什麼都是興之所至。」

一聽見這個典故，他的臉變得陰沉下來——他是不會懂得的。我馬上反應過來：「他沒有讀過這首詩。」

「我只在讀白朗寧的時候聽過，」他承認地說，「凝事的東西並不少。不是那麼容易就能讀得進去的，就像現在，我已經暈頭暈腦，雲深不知處了。」

沒有多說什麼，我從他的房間裡拿來了那本書，朗誦了〈凱列班〉那首詩給他聽。他又高興起來。

那是一種十分原始的推理模式，於是他就可以完整地理解那些問題所在了。他不時插嘴發表見解。我朗讀完之後，他又要我連續讀了兩遍。我們開始一起探討起來——哲學、科學、進化論、宗教等等。他暴露出自學者的淺薄之處，可是必須承認，他表現出原始心靈狀態下的深入本質。他純樸的推理能力正是他最有利的地方；而他的利己主義實在比弗洛薩那精巧細緻的利己主義要有說服力的多。不是說海狼能夠說服我這個「浪漫的理想主義者」（這是弗洛薩的說法），得到我尊重的是他那衝擊我信仰地基的力量，雖然那並不能說服我。

時間慢慢過去，到了晚餐時間，但是餐桌還沒有擺上來。我有點著急，心裡忐忑不安。馬格瑞吉站在扶梯上面滿臉鄙棄的眼神朝著這邊看，我應該上去開始幹活了，但是海狼衝著他喊：

「廚子，今天你多幹些活，我跟駝子還有事情要忙，他不能來了，你盡力去做吧。」

有了一個先例，就會有第二次。到了晚上，我和船長還有獵人們一起用餐，而馬格瑞吉在一旁服侍我們，之後又讓他去洗盤子——那些都是海浪興之所至而隨口安排的，也是他沉浸在凱列班的情緒中的影響。我早就預計到那一定會為我帶來麻煩的，但是那個時候我們兩個只顧著談論不休，也談得獵人們心浮氣躁——他們一個字都沒有聽懂。

第九章　針鋒相對

海狼給了我三天的休息時間，三天痛快而淋漓盡致的休息時間。我在艙房的餐桌上吃飯，什麼都不做，只負責和海狼一起討論關於生命、文學還有宇宙的問題。馬格瑞吉卻必須一個人負擔兩個人的工作，於是怒火沖天。

「小心龍捲風吧，我只警告你這一句。」一天，海狼急衝衝地趕去調節「狗窩」裡獵人們的一次糾紛，一去就是半個小時，路易士趁機警告我。

我希望他能解釋一下，路易士說：「你永遠無法預測未來會發生些什麼。那個傢伙的脾氣就好像大氣流或海流一樣變幻莫測，讓人感覺無法捉摸。你以為你已經抓住他了，向著他一直接近，但是他卻又調過頭來出其不意地向你襲擊，把你在晴天的時候升上的帆布給撕得粉碎。」

路易士預測的「龍捲風」撲面而來的時候，我並不感覺到意外。我和海狼爭論得很激烈，焦點自然是集中在生命上面。我忘記了身外的一切，對海狼和他的人生哲學進行尖銳的抨擊，其實也是在剖析他的靈魂。

把他習慣於用在別人身上的那種尖銳放在他身上，透徹地剖析了他的靈魂。我說話本來就犀利，這應該是我的缺點。我忘記了先前所顧忌的一切，放肆地剖析，他那黝黑的臉漲得發紫，眼睛裡閃現出一道凶光，怒氣完全壓倒了理智——熊熊燃燒。我看到了他心裡的圖騰——狼。

他大吼一聲，向我躍來，拽住我的手臂。雖然我心裡一直發毛，想盡力挺住；但是他巨大的力量，卻不是我的意志能夠承受的。他用一隻手抓住我的肱二頭肌，只需要輕輕一用力，我發出一聲尖喊，就倒了下來。我的腿酥軟無力，那樣的痛苦讓我無法站立，肌肉好像失去了所有的力量，肱二頭肌彷彿就快被他捏成肉餅。

他好像一下子清醒過來，一道理智的光亮掠過他的眼睛。他突然一笑，鬆開了手。那笑聲像是狼嚎。我只覺得頭昏目眩，在地板上縮成一團。他坐了下來，點燃一根雪茄，直直地望著我，就像是貓盯著老鼠。我抽搐著，他的眼睛裡冒出了奇特的好奇光芒——有懷疑，有迷茫，有追尋，也有深遠的疑問。他在問，這一切都是為了什麼？

我終於能夠勉強地站立起來，爬到扶梯上。晴天已經過去了。我走投無路，只好又回到廚房。我的左臂整個麻痺了，好像斷掉了一樣，一直到很多天以後才能夠稍微用勁，好幾個星期以後那種僵硬和疼痛感才慢慢消失。但是，他不過是伸手抓了我一把，只輕輕地用了那麼一點勁，並沒有用力地撕扯或拉動。至於他的力量所能造成的後果究竟會是什麼，我一直到第二天才真正懂得。他把頭探進廚房，詢問我手臂的情況，表示願意和好。

「可能會更厲害得多。」他一笑。

我在削馬鈴薯。他從盤子裡拿起了一個。那個馬鈴薯又大又硬，還沒有削皮。他五指一併，用力一捏，馬鈴薯就變成了粉漿，從指縫間迸射出來。他把一手的粉漿放回到盤子裡，轉身就走了。這時，我才真正明白那個怪物的力量究竟有多大，如果他真的用力，我可就真的慘了。

儘管如此，但是曾經有三天休息還是很好的。給了我的膝蓋需要的絕佳休養機會。我感覺好多了，紅腫明顯地衰退了，膝蓋好像也復原了。但是三天的休息也帶來預期中的麻煩。馬格瑞吉顯然要討回他在那三天付出的代價。他開始對我使壞、辱罵我，把他的工作推到我身上，甚至向我大膽地舉起了拳頭。但是我也開始變得像野獸一樣，衝著他的臉咆哮。他被嚇了回去。然而回想那一幕，我卻毫無快意。

我，凡．威登，在那個喧嘩的廚房裡，蹲在一個角落裡幹著活，對著衝過來的那個人一抬頭，面對面、咧開嘴，露出一排尖利的牙齒，像凶神惡煞一般咆哮起來，眼睛裡閃爍著的是萎縮和無助的光亮，但也閃耀著因此而被激發出來的凶狠的光。那個畫面讓我心生絕望，讓我不得不聯想起那些被捕鼠器捉住的老鼠。我感覺不堪回首，但是那一招確實非常管用，廚師那揮舞著的拳頭始終沒有敢落下來。

馬格瑞吉的眼睛裡閃出同樣的凶光，但還是退了回去。我們倆就像是一對被關在籠子裡的野獸，彼此齜牙咧嘴。他是一個膽小鬼，因為我並沒有退縮，所以他也沒有足夠的勇氣真的打我，所以他又想出了一個新花招來試圖嚇唬我。

廚房裡只有一把刀可以當作武器，這把刀已經使用很多年了，刀口狹長，看起來十分猙獰鋒利。起初我每次用的時候，都能夠感覺到一股殺氣。廚師從詹森那裡借來一塊磨刀石，開始霍霍地磨起刀來。他磨得很誇張，一邊磨，一邊故意拿眼睛瞪著我。他整天整天地磨刀霍霍，一有空就把磨刀石和刀拿出來磨，把刀磨得像刮鬍刀一樣鋒利。

他用手指肚撫摸、在指甲上試驗、在手背上刮著絨毛，仔細地審視刀刃，找到缺口，或裝作又找到了一處，然後又拿到石頭上去磨、磨、磨。那個樣子實在是太可笑了，讓我幾乎忍不住笑出來。

但是情況並不太好，因為我發現他很可能真的會對我動刀子。在那種膽怯下面很有可能會竄出一種莫名的大膽，就像我一樣。那樣的一種大膽將會逼他去做任何違反本性的事情。水手艙裡悄悄地流傳著一些流言蜚語，像「廚子正在磨刀，準備對付駝子」之類的話。有些人還經常拿這件事來逗弄他。他卻十分樂於認可這件事，並且很高興，帶著一種彷彿高深莫測的神情頻頻點頭，一直到原來的茶房夥計里奇跟他開了個粗俗的玩笑。

馬格瑞吉因為跟船長賭博而被潑了一次水，里奇正好是其中潑水的一個。顯然里奇十分賣命，馬格瑞吉並沒有忘記這一點，所以兩個人吵了起來，口吐髒話，互相咒罵對方的祖先。馬格瑞吉抽出專門準備對付我而磨的那把刀，里奇大笑起來，他的髒話劈裡啪啦地冒了出來。一瞬間，在里奇和我都還沒有反應過來的時候，他的右臂已經挨了一刀，從手腕一直劃到手肘。而廚師已經退了開來，他的刀還舉在前面，擺出防衛的姿勢，臉上露出凶神惡煞的表情。里奇的手臂則是血如泉湧，一直噴到了甲板上。但是他卻面不改色，安之若素。

「我會好好修理你的，廚子，不用著急。等你手上沒有拿刀子的時候，我再來修理你。」

他轉過身子，穩穩地走開了。馬格瑞吉嚇得面如土色，但是對我的態度卻變得更加凶狠了。儘管他十分害怕里奇的報復，但是他也瞧出了這算對我是一個警戒，於是在我面前表現得更加粗暴、張牙舞爪，近乎癲狂。那是里奇噴出的血引發的。無論看到哪裡，他眼前都好像看見一片血紅。他的心被接踵而來的恐懼感灼燒著，我能夠看見他的那顆心，就好像看書一樣清晰明瞭。

時間很快就過去了，信風推動著鬼魂號飛速前進。我可以向天發誓，馬格瑞吉的眼神正變得愈來愈癲狂。必須得承認，我怕了，真的感覺到了害怕。磨、磨、磨，他整天都在磨著他的刀子，手指無意識地摸著刀刃，不時向我一瞪，那個表情就像要把我活吃了。

我完全不敢背對著他，離開廚房的時候我只能倒著退出去。獵人們和水手們都覺得很有趣，常常圍成人堆，看著我如何撤退。我的神經一直處於緊繃的狀態，有時感覺到好像馬上就要崩潰了——待在滿船的瘋子和野獸中間，如果我自己也瘋了那倒還好，也就適應了、正常了。但是危險，每一刻都潛伏在我的身邊。

我的靈魂飽受磨難，全船卻沒有一個靈魂可以給與足夠的同情心來拯救我。好幾次，我很想向海狼求助，但是他那種懷疑一切生命價值、蔑視生命的魔鬼形象，讓我的想法一出即止。有的時候，我甚至很仔細地盤算過如何自殺。幸虧我還擁有關於「希望」的哲學觀念的全部力量，才能支撐著我控制自己，沒有趁夜從船邊一躍而下。

海狼曾經多次想引導我，重新開始我們的討論，但是我一直避而不談，只簡單地回答一、兩句話。最後他命令我必須重新回艙房裡的餐桌上。我坦率地告訴他，他對我的三天寵愛，引來馬格瑞吉對我的嫉妒和壓迫。海狼的眼睛危險地瞇成了一條縫，笑了。

「你怕了？」

「是吧！」我坦率地，也頗帶挑戰性地回答。

「你就是這樣一副沒出息的樣子，」他有點生氣，「貪生怕死，為了你那所謂永恆不朽的靈魂。只不過是一把刀和一個膽小鬼就把你嚇成那個樣子。你的那些似是而非的論調，還是被活著的渴望打敗了。好的，好哥們，你會永生的。你是一個神，神又怎麼會被殺死呢？廚子是殺不了你的，你還會復活的。那你還害怕什麼呢？」

「在你的面前就飄盪著永生，在這方面，您可是一個大富翁。您的財產是丟不了的，比天上的星星還難以磨滅，就像宇宙一樣恆久。你不能違背你的信條。永生這個事情是無頭無尾的，永恆就是永恆。儘管你在此時此處死了，你會永遠生活在別處。囚禁的靈魂擺脫肉體，朝著天國飛升，可是一件好差事。廚子是殺不了你的，他只會幫助你，推你一把，讓你快點上路，踏上前往永生的苦旅。

「或許，你現在還不想讓別人助你一臂之力，那你為什麼不乾脆做件好事呢，幫一幫廚子？按照你的觀點，他也是一個擁有永生這個財富的大富豪，他的財產一樣很值錢，你無法讓他破產的。你即使殺了他，也不會讓他損失一點壽命，因為他也無頭無尾，必然會輪迴地生活著。那你就幫他一個忙吧。

「給他一刀，讓他的靈魂得到自由！像現在這樣，他的靈魂完全被拘禁在一個討厭的黑暗牢獄裡，你打開一道光明，那是替他做了一件好事。他從一付臭皮囊裡升上天堂的靈魂，也許會像青蟲化蝶一樣得道成仙呢！你幫他一個忙，我就把你提升到他的位置上，現在他一個月可以拿四十五美金。」

顯然我是無法從海狼那裡尋求救援了。無論做什麼我都必須靠自己。置之死地而後生，我反而升起一股勇氣，下定決心：以眼還眼，以牙還牙，以刀還刀。我從詹森那裡借來一塊磨刀石。槳手路易士早就向我要過煉乳和糖，存放這類美味的儲藏室就在艙房的地板下，我找到機會偷偷拿了四、五罐出來，趁著那天晚上路易士在甲板上值班，就跟他交換了一把匕首。那把匕首和馬格瑞吉的菜刀一樣，窄而狹長，殺氣騰騰，但是長滿了鏽斑，顯得很鈍。於是我轉動著磨刀石，讓路易士在上面磨出尖利的刀鋒。那一天夜裡，我睡得十分沉穩。

翌日早上，吃過早飯後，馬格瑞吉又開始磨刀。我則警覺地盯著他，因為那個時候我正在跪著掏爐灰。等我把爐灰倒掉回來，他正在和哈里森說笑。哈里森，那個什麼也不知道的鄉下人，一臉的沉醉和驚奇。

「不錯，」馬格瑞吉說，「那位大老爺能怎麼辦呢？他讓我在雷丁監獄待了兩年，但我完全不在乎。那傢伙也受不了了，你要是能看到那個場面就好了。就像我手中的這把刀子，我白刀子進，就像捅進了一塊乳酪裡，但卻是紅刀子出來。他的吼聲可比在街頭賣唱的人還要震耳欲聾呢。」他瞥了我一眼，看見我沒有反應，又繼續說，「托米，我不是故意的。他的鼻子一直抽泣著說，上帝啊，我不是那個意思。我說，我他媽的一定要好好教訓你一頓，然後追著他不放。最後，我把他捅成了一個血人。他一直在大聲嚎叫。有一次他抓住了我的刀子，想用手緊緊抓著。但是我一抽，刀子就割得他的手露出了白森森的骨頭。那個場面才叫有趣。」

窗外，大副一聲怒吼，打斷這充滿了血雨腥風的談話。哈里森被叫到後艙去了。馬格瑞吉在廚房的門檻上坐了下來，繼續磨他的刀。我放下鏟子，面對著他，在煤箱上平靜地坐下來。他惡狠狠地瞪著我。我不露聲色，但心裡卻七上八下。我很慢很慢地拔出了路易士給我的匕首，也在磨刀石上磨了起來。我曾經想像過廚師所有可能撲上來的方式，但是出乎意料的是，他似乎什麼都沒有看見。他依舊把刀磨得霍霍作響，我也自顧自地磨著我的匕首。我們兩個都坐在那裡，面對面，磨啊、磨啊、磨啊，一直磨了兩個鐘頭。這個消息不脛而走，不一會兒，船上一半以上的人都跑了過來，圍在廚房的門口看熱鬧。

圍觀的人七嘴八舌地聒噪著、鼓動著或勸解著。純樸的獵人和拉看起來就像一個連老鼠也會覺得可憐的人，卻在教導我如何向上一把戳破肚子，劈開肋骨，同時還教會我怎樣使出「西班牙絞刀法」。里奇的手臂纏著紗布，站在前面很搶眼。他要求我在那廚師的身上留幾刀給他處理。海狼也在舵樓的入口處停下來過一、兩次，好奇地觀看著。他一定認為那是酵母所帶來的：生命的激動和戰慄。

坦白說，在那時生命對於我來說只剩下「賤」這個字，沒有美好，沒有神聖——只有兩個懦夫在那裡磨刀。旁邊還有一群野獸在觀戰。有膽小的也有膽大的。但是其中有一半，我敢說，都很著急想看到我們血拚。對於他們來說，這確實是一件可以看得津津有味的事情。我也確信一旦我們開始拼殺，是不會有人來勸解的。

從另一個角度來說，這件事情卻又是很可笑的一件事情，凡・威登竟然坐在船員船上的廚房裡磨刀霍霍，用大拇指試著刀鋒！真是令人匪夷所思。我那些俱樂部的朋友是絕對不會相信這件事的。別人一直都叫我「娘娘腔」凡．威登不是沒有道理的。但是現在玉樹臨風的凡．威登竟然做起了這樣的事情，對其本人來說也算是接受民眾的再教育，那麼現在此人究竟是應該興高采烈還是自慚形穢，我實在無法下定斷。

沒有火拚。兩個小時以後，馬格瑞吉放開了刀子，收起了石頭，伸出了手。「我們為什麼要讓那些傢伙在那裡看熱鬧？」他問，「他們不喜歡我們，我們就算割掉對方的喉嚨，他們也只會看到舌頭伸出來。不錯啊，駝子！就像你們美國人說的，是條漢子。我有點喜歡你了，不錯，我們握手言和吧！」

我或許很懦弱，但是卻還沒有他那麼膽小。顯然，這次我獲得了勝利，但我拒絕和他握手，他那一雙手非常的油膩，讓人覺得可憎。

「好吧，」他帶點沮喪地說，「握不握手隨便你，我仍舊喜歡你。」為了保全自己的面子，他轉身對看熱鬧的旁觀者們惡狠狠地喊道，「還不快滾出廚房，你們這些蠢貨！」

他手裡提起一壺滾燙的開水，向門口走去。水手們看見他手上提著的水壺，趕緊向門口蜂擁而出，一哄而散。這對馬格瑞吉來說算是一種勝利，讓他可以很體面地下臺，承認我帶給他的失敗，當然，他還沒有膽量去驅趕獵人們。

「依我看，廚子算是完了。」我聽到老菸袋對和拉說。

「沒錯，」他回答，「以後就要由駝子來接管廚房了，廚子的觸角已經收回去了。」

馬格瑞吉聽到，偷偷地瞟了我一眼，但是我充耳不聞，好像什麼都沒有聽到。我並不認為我的勝利會那麼穩定，那麼完美，但是我絕不會放棄到手的任何勝利果實。時間流轉，老菸袋的預言得到了應驗。廚師在我面前甚至比在海狼面前更加地恭順，更低眉順眼。我不需再稱呼他為先生，也不需要再洗刷油膩的鍋碗瓢盆，不用再削馬鈴薯。我只需要做好我自己的工作，做我自己想做的事情，我愛在什麼時候、用什麼方法、做什麼事情，都由我自己決定。但是我仍然把匕首插在刀鞘裡，掛在腰上，就像水手那樣，而對湯瑪斯．馬格瑞吉，我則始終保持著一種始終如一的態度——由傲慢、屈辱、輕蔑三者組成。

第十章　海狼的身世

我和海狼之間的關係開始變得親密起來——如主人和奴僕，或更準確地來說，國王和臣子之間，也可以用親密兩個字來形容一種關係的話。我只是一個玩具，他對我的欣賞，就像一個孩子在玩弄自己心愛的玩具。我的作用就是讓他能夠開懷大笑。只要能夠讓他感到開心大笑，我就可以平安無事；但是一旦他厭煩了，或感覺到心情壓抑，那麼我立刻就會被從餐桌上踢回到廚房裡，能夠保全性命而不至於缺胳膊、少條腿，就是最大的幸運。

我漸漸能夠感覺到他無邊的孤寂。在這船上，大家不是恨他，就是怕他，他也從來沒有把誰當一回事。在他身上那種超人般的強大力量，似乎總是在折磨著他。他從來沒有爆發過全部的能量。他像天使路西法①，帶著驕傲的靈魂被放逐到沒有靈魂的眾鬼群中。

孤寂，已經讓他難以忍受了，更讓人無法接受的是，他還必須忍受來自自己種族的那種與生俱來的憂鬱折磨。在對他仔細地觀察之後，再比對北歐的神話傳說，一切就顯得一目了然。那創造了宏偉的萬神殿、金髮白膚的野蠻人，和他是同一種族的，喜愛歡笑和喧鬧的輕浮拉丁人與他毫不搭邊。

假如他笑了，那麼也不是因為別的什麼，而是因為他那體內的原始野獸在笑；不過他很少笑，他的憂鬱太多了，那是一種十分深遠的憂鬱，深遠得就好像是他種族的根。那是他們那個種族的遺傳，讓他擁有清晰的頭腦，喜歡潔淨的生活，熱衷於自我虐待——最後這一點到了英國人就變成新教和貞節的婦女觀。

其實，通常那一種原始的、天然的憂傷，會讓人漸漸皈依某種苦修的宗教儀式。但是海狼在這種宗教當中得不到回應。他那蠻橫的利己主義思想是不會允許的。

他陷入抑鬱時，除了行為怪異，別無他法。假如他並不是那麼令人畏懼，有時我還很有點為他感到難過。比如，大前天早晨，我到他的房間裡去替他的水壺加水的時候，意外地碰見了他。他並沒有看見我，只是把頭深深地埋在手裡，肩膀不停地抽動，似乎在哭。他好像正在被一種巨大的憂傷折磨著，我悄悄地退了出來，我聽見他在低聲地哭叫著：「上帝！上帝！上帝！」他並非真正想呼喚上帝，上帝對他來說是一個虛幻的詞語，但那聲聲的呼喚，卻發自他靈魂深處。

晚飯時候，他問獵人們是否有可以治療頭痛的藥片。到了傍晚，像他那樣體魄強健的人，也痛得什麼也看不見了，在艙房裡連站也幾乎無法站立。

「我一輩子還沒有生過病，駝子，」我帶著他回到他的房間時，他對我說，「除了那次被絞盤槓子撞了個六吋的窟窿之後恢復的那段時間裡，我的頭還從來沒有痛過。」

這種疼痛折磨得他痛不欲生，一連持續了三天。他就像一頭野獸一樣殘暴，但是也拚命地忍受著疼痛，沒有抱怨，也沒有同情。他煢煢孑立，形影相弔。這船上的人受到痛苦煎熬時似乎都是如此，唯有獨自忍受。

但是今天早上，當我去屋子裡為他收拾床鋪、清掃房間的時候，我發現他似乎已經好起來了，正在忙碌地工作著。桌上和床上到處灑滿了圖紙，而他正一手拿圓規、一手用丁字尺在一張透明的大紙上畫著什麼，似乎是按照比例來描繪的。

「喂，駝子，」他高興地跟我打招呼，「我剛剛才修改完畢，你想看一看它有什麼作用嗎？」

「這是什麼？」我問。

「是一種替船員節省體力的設計，它把航海更加簡化，變成幼稚園的小朋友也可以懂得的東西。」他十分得意，「從今往後，再也不需要用那些繁瑣複雜的計算了，就算小孩子都可以駕船。飄著雲彩的夜晚如果想知道自己到底在哪裡，天上有一顆星星就足夠了。你看，我把這些透明的尺規放在星空圖上，我已經在尺規上畫出了經緯度的變化。只要把它放在一顆星星上面，轉動尺規，讓它和下面地圖上的數字對齊就可以了。你看，船的精確位置就可以標出來了。」

他的聲音裡有著勝利者的回聲，海水般藍色的眼睛裡跳躍著陽光。

「你的數學一定學得很好。」我說，「你是在哪裡上的學呢？」

「沒有那麼幸運，我從來沒有踏進過學校的大門，」他回答，「只能自學。」

「研究這個東西，你認為我是為了什麼？」他突然問我，「夢想在時間的沙灘上留下足跡嗎？」他臉上顯露出嘲弄的神情。「我想獲得的是專利，透過它來掙錢。貪婪的豬要尋歡作樂，晚上在屋子裡快活，讓別人去幹活。那就是我的目標。況且在設計的過程中我也很有快感。」

「創造的快樂。」我喃喃自語。

「大概是那個意思吧。那表明我的生命還活著，快樂地生活，也表明了運動對於物質的勝利，活著對於死亡的勝利。是酵母的驕傲——因為酵母還是酵母，還在不停地蠕動。」

我高舉白旗，對這樣不加掩飾的利己主義表示無可奈何，然後繼續鋪床、收拾房間。海狼則在那個透明的尺規上繼續描繪一些數字和線條。那是一種最為精密細緻的工作，他能夠自我調節內心的強大力量，適應這種精密細緻的工作，那樣的毅力我不得不佩服。

我鋪好床，緊盯著他，而他沉醉於工作當中。他無疑是一個美男子，具有一種陽剛之美。他永遠令我驚奇萬分：在他的臉上並沒有凶狠、奸詐。那是一張從來沒有做過陰險之事的臉色。請注意，我的意思是說：一個擁有那樣一張臉的人，從來沒有做過違背他良心的事情。或說，那個人根本就沒有良心。我更傾向於接受後一種理解。他是反璞歸真的最佳案例，一個原始人，在倫理道德產生之前就來到人世的人。他並不是不道德，而是與道德完全隔離開來。

我曾說過，他擁有一張具有陽剛之美的臉。此時，他刮光了鬍子，每一個線條都變得非常的清晰，輪廓分明，就像是鬼斧神工。陽光和大海給他染上了一層青銅色，彷彿一尊青銅鑄的武士，顯得他飽經沙場，有一種野性之美。他的嘴唇飽滿，讓人感覺到剛毅，甚至是冷酷之感——那是薄嘴唇的顯著特徵。他的嘴、下巴和顴骨的線條也是一樣堅毅，或冷酷，帶著陽剛之氣的全部暴力和強大。

鼻子有一點鷹鉤，顯示出征服者的特徵，可能帶著希臘的味道，也可能帶著羅馬的味道，說是希臘又顯得太厚重，說是羅馬又感覺太纖細。雖然他的整張臉顯示出一種剛強與力量，但那折磨著他的原始憂傷卻又流露在嘴上、眼睛裡以及眉毛上的線條裡，使得那張臉沉默、高貴，沒有了它，就缺乏了氣勢與渾厚。

我呆呆地凝視著他。這個人令我沉醉。他是誰？是做什麼的？從哪裡來？他好像擁有一切力量，一切潛力——為什麼？他只是一個沒沒無聞的船長，在同行中聲名狼藉。

我的好奇心爆發了，滔滔不絕地開始抒發內心的情緒。

「為什麼你竟然沒有在這世上做出一番驚天動地的偉業？你擁有這樣強大的力量，可以攀登到任何高山的峰巔。你缺乏良心或倫理道德的本能，你能馴服世界，君臨天下，睥睨萬物，但是你卻彷彿已經到達生命的巔峰，開始往下墜落。你過著黑暗腐朽的生活，為了滿足女人的虛榮心和愛打扮的天性，你在海上捕殺著獵物。用你自己的話來說，就是一隻貪婪的豬在盡情享樂。這可以用任何詞語來形容，就是不能說是一種驕傲。既然你具有如此強大的力量，為什麼沒有做出一番豐功偉業呢？沒有什麼東西在阻擋你，也沒有什麼能夠阻擋你。究竟發生什麼事情？你沒有宏圖偉志？你沉迷於什麼樣的誘惑當中無法自拔？怎麼回事？究竟是怎麼回事？」

從我開始發問，他就一直看著我，滿意地注視著我，看我慷慨激昂地發表看法，氣喘吁吁地站在他的面前，滿臉惶惶然。他等了一會兒，好像在考慮應該從何說起，然後說：「駝子，你還記得那個有關播種者的故事嗎？有的種子落到了石頭上，上面沒有多少泥土。種子發芽了，因為泥土不多，所以太陽一出來就塌倒了下來；又因為缺乏根基，所以很快就枯萎了。還有一些種子則落到了荊棘叢生的地方，荊棘生長起來，它們就被活活悶死了。」

「那又怎樣呢？」我問。

「那又怎樣？」他有些不自在地反問，「不怎樣。我就是那樣的種子。」他又低下頭去，看著他的尺規繼續寫著什麼。我收拾完了，打開門準備離開，他又說：「駝子，你去看看挪威海西岸的地圖，你就會在那兒看見一個凹下去的地方，叫做羅姆斯托海灣。我就出生在離那裡不到一百哩的地方。但我並不是挪威人，而是丹麥人。我的父母親都是丹麥人。他們為什麼會到西岸那個那麼荒蕪蒼涼的小島上去？我不知道，也從來沒有人告訴過我。除此以外就沒有什麼祕密可言了。他們都很窮困，沒有文化。祖祖輩輩都是海上的漁夫，沒有讀過書，那裡的民俗就是把孩子播種在海浪上。沒有什麼其他的可以說的了。」

「還有的。」我不同意，「我還不明白。」

「還能告訴你什麼呢？」他變得凶狠起來，「貧困的少年時期？把魚當作食糧，粗糙地活著？剛剛會走路就開始出海？哥哥們一個接著一個出海，在海上討生活，然後再也沒有回來？從小就不識字，十歲就開始工作，在丹麥的船上跑腿，吃低劣的食物，受到凶狠的對待？拳打腳踢是家常便飯？回盪在心靈深處的只有恐慌、饑餓、仇恨和痛苦？我不想回憶這些。就算是現在我一回想起來，腦子裡就要發瘋。我曾經計畫，等我成年以後，就要去把那幾個船老闆宰了，但是那個時候我被甩到了別的地方。不久以前，我也曾經回去過，但是那些老闆們全部都已經下地獄去了，只剩下一個，是當年的大副。我看到他的時候，他已經是一個船長了。當我離開的時候，他已經全身癱瘓。想走路？這輩子都別奢望了。」

「但是你並沒有上過學，你是怎麼學會讀書寫字，甚至讀起斯賓塞和達爾文？」

「幫英國人工作的時候。我十二歲就開始跑腿，十四歲做了船上的服務生，十六歲成為三等的水手，十七歲當上二等水手和水手艙裡的領班。雖然有著雄心勃勃，但是寂寞無邊無際，沒有人幫助，沒有人憐憫。我完全靠自己鑽研航海術、數學、自然科學、文藝。」

「歷史上，能夠從奴隸變成將軍的人也不在少數。」

「歷史上確實有這樣的事情發生，機會落到了奴隸的身上，於是他成為命運的幸運兒。」他冷淡地回答，「但是沒有人能夠創造機遇。所有偉大的人物在做的事情，不過是當機會來臨的時候，他能夠把握住。科西嘉人拿破崙就把握住了機遇。我曾經和他一樣，有著偉大的夢想。我能夠辨認出什麼是機遇，但是機遇並沒有來臨。荊棘已經長大了，把我給悶死了。駝子，我可以跟你說，對於我，你已經比任何人都了解得更多，除了我哥哥。」

「他是做什麼的？現在在哪裡？」

「是眾王之王號的老闆，專門捕獵海豹。」他回答，「我們很有可能在日本海域附近遇見他，他有一個綽號叫做『閻羅王』。」

「閻羅王！」我忍不住大叫起來，「他和你相像嗎？」

「不太像。他是一個純粹的野獸，沒有人的頭腦。他擁有我所有的東西，我所有的……」

「野蠻霸氣。」我提示道。

「是的，就是這個詞語——我所有的野蠻霸氣，但他能夠認識的大字還不到一籮筐。」

「他從來不會去思考生命的價值。」我補充。

「他不會做那些事情的。」海狼的臉上浮現出一種無法言語的悲傷，「他才不管什麼是生命，他只想著怎麼活得更加享樂。他忙於活著，所以沒有時間去思考生活是什麼。我最大的錯誤就在於：總想把生活當作一本書來解讀。」

① Lucifer，墮落的天使，也就是撒旦。

第十一章　生命的價值

鬼魂號的航線是一個弧線型，越過太平洋，現在已經抵達航程的最南端，然後掉頭向西，再往北，朝一個孤島前進。據說要在那兒裝滿淡水，然後開往日本海域的狩獵區。獵人們已經把步槍和獵槍檢修好，試驗過，非常滿意。槳手和舵手也已經裝備好斜桅，分別用皮帶和纜繩捆綁好槳和槳架，避免在偷偷靠近海豹的時候發出聲響。按照里奇的說法，小船們早就像「蘋果餡餅一樣擺放得整整齊齊」。

這裡要提一下，里奇的手臂痊癒得十分迅速，當然留下疤痕是不可避免的。馬格瑞吉害怕得要命，天黑以後就不敢再走上甲板。在水手艙裡也爆發過幾次結下梁子的爭吵。路易士告訴我。水手們的閒聊被傳到了後艙。那兩個告密的人遭到同伴們的拳打腳踢。他對強生的未來感到不樂觀。強生是他那艘小船的槳手，說話很直接。曾經因為他名字的讀音問題跟海狼吵過兩、三次。前幾天晚上，他在船中艙打了詹森。從那以後，大副讀他的名字發音就比較準確了。但要是強生想把海狼也揍一頓的話，那就會有好戲看了。

路易士說到了閻羅王。他的說法和海狼一樣，認為我們很可能在日本海域碰到閻羅王。「小心龍捲風暴，」路易士預測說，「他倆會像兩匹幼狼一樣互相廝殺。」閻羅王領導的是一艘蒸汽船——眾王之王號，它的規模在獵豹船裡是空前絕後的。眾王之王號擁有十四艘小船，而一般的三桅船只有六艘。流言傳得很凶，說是船上還裝有大炮，能夠突襲和違禁運貨，例如偷偷運載軍火到美國去，走私鴉片到中國去，拐賣黑人，像海盜一樣搶劫。我不得不相信路易士的話，因為他從來沒有撒過謊。而他對於捕獵海豹和海豹船員的知識可以說是無所不知。

這是一艘純粹的魔鬼船，前艙和廚房裡面是如此，「狗窩」和後艙亦然。一旦幹起架來，就非要直取對方性命。老菸袋和亨得森隨時都可能會大幹一場。過去的口角已經埋了下仇恨的種子，而海狼則揚言如果兩個人敢真的打起來，不管最後是誰活著，他都會幹掉那個人。他直言並非出於道德因素，對他而言，如果不是因為他需要有活人可以去捕獵海豹，就算所有的獵人都送了命，他也不會插手。他許諾，如果他們能在捕獵結束之前控制住自己，他就開個屠殺大派對。到時候，新仇舊恨可以一次算清，活著的就把死去的丟到海裡去餵魚，然後再隨便編個謊言，捏造出關於他們是怎樣在海上失蹤的故事。就連獵人們也都被他的殘酷無情嚇住了，雖然他們都是凶神惡煞，卻都心生恐懼。

馬格瑞吉對我就像一條狗一樣卑躬屈膝，而我卻時時提防著。他那種大膽的作法是由於膽怯而被逼迫出來的——這類事情我曾有體會。害怕到了極點，就有可能完全轉而爆發瘋狂的膽子，把我殺了。

我的膝蓋已經好多了，但還是不時發痛。手臂上被海狼隨手捏出來的僵硬疼痛也漸漸地消失。除此之外，我的身體健康無比，肌肉變得結實緊繃，但是手卻滿目瘡痍，就像被燒焦了一樣，指甲裂開，裡面藏滿了污泥，長滿倒刺，傷口的邊緣好像長了一層黴菌。我還生了瘡，估計大概是因為飲食的緣故，我是第一次吃到這樣的苦頭。

前幾天夜裡，我看見海狼在讀《聖經》，覺得很有趣味。這本書在航行開始的時候沒有找到，卻在死去大副的航海櫃子裡找到一本。我不明白海狼到底能從中得到一些什麼。他為我朗誦了〈傳道書〉裡的一段。我猜，他是想要透露心聲才念這一段的。在那狹窄的艙房裡，他的聲音充滿磁性，我沉醉於其中，融入那聲音當中。他雖然沒有受過教育，但是天生就明白該怎樣朗誦。現在，他的朗誦還餘音繚繞，久久不能消散，一種原始的憂鬱縈繞其間：

我又為自己積蓄金銀，和君王的財寶，併各省的財寶。又得唱歌的男女，和世人所喜愛的物並許多的妃嬪。

這樣，我就日見昌盛，勝過以前在耶路撒冷的眾人。我的智慧仍然存留。

後來我察看我手所經營的一切事，和我勞碌所成的功。誰知都是虛空，都是捕風，在日光之下毫無益處。

凡臨到眾人的事，都是一樣。義人和惡人，都遭遇一樣的事。好人，潔淨人和不潔淨人，獻祭的與不獻祭的，也是一樣。好人如何，罪人也如何。起誓的如何，怕起誓的也如何。

在日光之下所行的一切事上，有一件禍患，就是眾人所遭遇的，都是一樣。並且世人的心，充滿了惡。活著的時候心裡狂妄，後來就歸死人那裡去了。

與一切活人相連的，那人還有指望。因為活著的狗，比死了的獅子更強。

活著的人，知道必死。死了的人，毫無所知。也不再得賞賜，他們的名無人紀念。

他們的愛，他們的恨，他們的嫉妒，早都消滅了。在日光之下所行的一切事上，他們永不再有份了。

「駝子，聽到了嗎？」他用一根手指把書闔上，抬頭看著我，「傳道人就是耶路撒冷的以色列國王，他的想法和我一樣。你不是把我叫做厭世主義者，但他難道不是一個最厭世的人嗎？——『都是虛空，都是捕風』，『在日光之下毫無益處』，『眾人所遭遇的都是一樣』，對於傻瓜和聰明人來說，對於純潔的和污濁的人來說，對於罪人和聖徒來說都是一樣的，而他說那樣的遭遇就是死亡，是一件壞事。傳道的人因為熱愛生命，不想去死，所以說，『因為活著的狗，比死了的獅子強』。他寧可要虛空和捕風，也不願意要墳墓的沉寂。我也是一樣。爬，做貪婪的豬；不爬，做泥土和頑石，也讓人不爽，讓我體內的生命感到不快。生命在於運動，運動就是力量，是力量的覺醒。生命本身是貪婪的，但是害怕死亡卻是最大的貪婪。」

「你比奧瑪①更加凶殘，他在青春期的憂鬱過後，至少還找到了自我的滿足，把利己主義變成了享樂。」

「奧瑪是誰？」海狼問到。這一問，我那一天就再也沒有做過其他的事情。第二天沒有，第三天也沒有。

他讀書是興致所至，沒有讀過《魯拜集》，現在覺得就好像找到了金礦。我能背誦的「魯拜」不少，大概有三分之二左右，剩下的我沒有費多大的勁也就拼湊出來了。我倆常常因為一首詩而討論長達幾個小時。他在詩歌裡讀出了一種悔恨和反叛的吶喊之聲，那是我無論如何都無法體會的。我只能憑藉感覺去品味出享樂的情調。他的記憶力很好，最多只要我背誦過兩次，通常是第一次，那首詩歌就變成他的了。他背誦起同樣的詩句，卻往往帶上一種反叛的色彩，極富感染力。

我問他最喜歡哪一首《魯拜》。他挑選的是那種帶著惱怒情緒的詩歌。那首詩和那位波斯人的無為哲學與混世人生大相逕庭：

不要問我，從哪裡來？
不要問我，到哪裡去！
烈酒，一杯接一杯，
來吧，蠻子，一醉解千愁！

「太棒了！」海狼高喊道，「真是太棒了，這個調調。好一個『蠻子』！這個詞用的真是太好了。」無論我怎麼否認或反駁都沒有用。他用雄辯駁倒了我。

「生命的本性就是如此。生命在終結的時候必然會想要掙扎，那是一種本能的衝動。傳道者發現了生命以及它那『勞碌所成的功』『都是虛空，都是捕風』，然後就認定那是罪惡；但又發現了死亡，也就是使虛空和捕風停下來，是更加罪惡的東西。

「他一章又一章地替普遍降臨於一切人的死亡表示擔憂。奧瑪也是如此，我也如此，甚至你也是如此，因為在廚子努力磨刀試圖要殺你的時候，你也背叛了死亡。你怕死，你內在的生命不願意就這樣死去——是它組成你的生命，它比你強大，它不想死。你曾經談論過永生的天性，而我談論的是生命的本能，那個本能就是活著。當死亡愈來愈接近的時候，這個本能就壓倒了所謂永生的天性。它壓倒了在你身上的永恆，因為旁邊有一個接近瘋狂的廚子正霍霍地磨刀。這一點你是不得不承認的。」

「你不得不承認，你怕他，也怕我。如果我像這樣一把掐住你的喉嚨……」他的手果然掐住了我的喉嚨，我幾乎無法呼吸，「然後把你的生命從身體裡向外擠壓，就像這樣，再這樣，那麼你那所謂永生的天性就會無影無蹤了。你的生命的本能，求生的衝動就會活躍起來。你就要為了自己而進行反抗了。是嗎？在你的眼睛裡，我看到了對死亡的恐懼。你的雙手只能抓住虛空，即使用盡你那微弱的力量，你還是要活下去。你的手抓住了我的手臂，你無力地掙扎著，就像一隻胡亂拍著翅膀的蝴蝶。你的胸膛猛烈地起伏著，舌頭伸了出來、臉色死灰、目光渙散。『我要活！我要活！活下來！』你在大聲地呼喊。你焦急萬分，此時此刻的你只想著要活下來，而無法顧及到以後會變得如何。你也懷疑起你的永生理論來了，對不對？哈哈，你不相信所謂永生了。你不願意用所謂永生來進行冒險。你同意最實際的其實只有此生此時。啊，你的感覺正在離你而去。那是死亡來臨的預兆，是寂靜在你身上慢慢聚集起來，降臨到你的腦海裡，漂浮在你的身旁。你的目光呆滯，失去了神采。我的聲音漸漸變得小聲，飄遠了。你看不見我的臉了，但你還在我的手裡拚命掙扎著。你用腳踢，身子像蛇一樣蜷成一團。你的胸口拚命地喘息。我要活下去！要活著！要活著……」

我眼前猛然一黑，便什麼也不知道了。醒來的時候，我發現自己正躺在地上，海狼在抽著雪茄，若有所思地看著我，眼睛裡閃現的是我所熟悉的、帶有好奇心的光亮。

「你被事實說服了嗎，嗯？」他問，「來，讓我們好好乾一杯，我還想詢問你幾個問題。」

我在地上搖搖頭。「你的詭辯實在是太——嗯——太『精彩』了。又說又做，雙管齊下。」

過了好久我才能說出話來，喉嚨感覺到一陣劇痛。

「再過半個小時你就會好受些的。」他向我保證，「我保證不會再使用『事實法』進行論證了。現在你趕快起來吧，可以坐在椅子上休息一會兒。」

我是這個惡魔手中的玩具，我們又開始了關於奧瑪和傳道者的討論，一直持續到半夜。

①著名的波斯詩人兼數學家。

第十二章　暴力狂歡

最後一個二十四小時見證了一場暴力的狂歡派對。它就像一陣傳染病一樣，從船上的小艙房一直蔓延至水手艙，我不知道該從何說起。海狼無疑是事情真正的起源。大家的關係變得十分緊張，如繃緊的弦，彼此開始爭吵、反目、埋怨以及互相嫉妒，瀰漫著動盪不安的氣息。是海狼打破了原來的平衡，惡意的情緒燃燒起來，就像燎原的星星之火般蔓延。

馬格瑞吉變成一個卑劣的間諜、告密者。他把從其他人那裡探聽的消息跟海狼打小報告，企圖能夠重新得到老闆重用。比如說，他將強生忘形時隨口說的一些抱怨話全都說給海狼聽。例如強生在船上的乾貨鋪買了一套雨衣，但是覺得品質太差，就四處抱怨說乾貨鋪是一個水貨鋪。乾貨鋪是一個小型的雜貨鋪，一般的獵豹船上都會有一個，那裡儲備水手們的必須品。水手在那裡買的東西會從以後狩獵所獲得的收入裡扣除，因為他們拿到的並不是工資，而是狩獵的分紅，是從各自小船上捕獲的海豹皮賣價裡抽取的佣金。獵人們是如此，槳手和舵手們亦然。

我完全不知道關於強生抱怨的事情，所以，當目睹突然發生的這一幕激烈的衝突時，我嚇得瞠目結舌。我已經清掃完艙房，海狼開始關於哈姆．雷特的討論，那是他非常喜歡的一個人物。當時，詹森走下樓梯，強生緊緊跟在他的身後。根據海上的習俗，強生脫下帽子、面對海狼，畢恭畢敬地站在艙房中央。船隨著海浪的起伏而猛烈地搖晃。

「把門關上，還有滑梯旁邊的門。」海狼對我說道。

我注意到強生的眼睛裡有一種焦慮不安的光芒，但我以為是因為這個男人天生的羞澀和困窘所造成的。接下來發生的事情是我做夢也沒有想到的。即使是現在，我也還有些茫然無知。但是強生一開始就知道一切就要發生了，他勇敢地等待著。

他的作法充分顯示出與海狼的利己主義堅決對立的態度。水手強生信奉的是理想、堅定、真理和誠實。他是對的，也知道自己是正確的那一方，所以他並不害怕。如果需要，他甚至可以為了正義奉獻生命。他對自己是充滿熱情的，對靈魂是充滿熱情的。這種熱情顯現的是精神對肉體的勝利、靈魂的絢麗與道德的輝煌，它不會認可被束縛住，而是勇敢地凌駕於時空與物質之上。這一切除了在永生中能夠顯現，其他任何事物是無法做到的。

回到正題。

我看出強生眼睛裡的焦慮不安，卻把它當作那個水手天生的羞澀和窘迫。大副詹森就在距離他只有幾步遠的地方站著，在他面前大約三碼的地方，海狼來森坐在一個旋轉式的椅子裡。出現了一陣明顯的沉默，我關上門——沉默持續了足足有一分鐘。最後是海狼打破了僵局。

「亞森。」他開口道。

「我的名字是強生，老闆。」那水手大膽地糾正。

「那麼，強生，你！你猜得出來我為什麼把你叫來嗎？」

「能，也不能，老闆。」強生慢慢地回答說，「我的工作都順利地完成了，這一點，大副知道得很清楚，您也很清楚，老闆，所以我想在這一點上應該是沒有什麼可以不滿的。」

「就這些？」海狼問，他的聲音溫柔而低沉，帶著輕輕的鼻音。

「我知道你對我感到很懊惱，」強生用他一貫的堅定語調，一板一眼地慢慢說，「你不喜歡我，你，你……」

「繼續，」海狼鼓勵他，「不必怕我會覺得怎樣。」

「我不害怕，」水手反駁地回答，黑色的皮膚上出現一陣紅暈，「我說話節奏很慢，因為我離開家鄉還不久，不像你。你不喜歡我，是因為我太像一個正常的人了，那就是原因。」

「你做太多事違反船上的規章制度，如果你是這個意思的話。那麼你是否明白我的意思？」海狼反詰道。

「我聽得懂英語，也知道你是什麼意思。」聽到自己的英語被嘲笑，他的臉脹得通紅。

「強生，」海狼說，不再兜來繞去，直入主題，「我聽說你對那件雨衣很不滿意？」

「是，我不滿意，因為那件雨衣品質不太好，老闆。」

「你就是因為這件事情，滿船傳播？」

「我怎麼想就怎麼說，老闆。」水手大膽頂撞，且並沒有違反船上的規矩，在每一句話的後面都沒有忘記加上「老闆」表示尊敬。

那一刻，我迅速瞟了詹森一眼。他那巨大的拳頭握緊又放鬆，滿懷惡意地盯著強生，眼睛裡閃現一絲黑暗的火花。那副表情就好像妖魔鬼怪。他的眼睛下方明顯有一片瘀青。那是前幾天晚上被這個水手揍的，還隱約可以看得出痕跡。此時，我才第一次感覺到有什麼可怕的事情就要發生，但究竟是什麼事情，我仍然懵懂無知。

「你到底清不清楚你把我和乾貨鋪拿來說東說西，發生了什麼事情？」海狼問。

「很清楚，老闆。」他如是回答。

「會發生什麼事呢？」海狼一臉陰鬱。

「我知道你和大副準備對我做什麼，老闆。」

「你看看他，駝子。」海狼對我說，「一小塊活躍的塵土，這個裝滿雜物的乾貨鋪，它在運動、呼吸、蔑視我，認為自己是優秀的物質組成。它身上被烙刻上了人類的幻想，譬如正義、誠實之類的，遇到了不愉快和威脅，他就會遵循那些幻想來行動。你對他有什麼看法？你對他有什麼看法？」

「我認為，他比你更好一些。」我回答，莫可名狀地，我被一種願望所鼓舞，試圖把他準備發洩到強生身上的狂暴之氣，轉移一部分到我身上。「在他身上有你所謂人類的幻想，驅策著人追求高尚和人性。你沒有幻想、沒有夢想、沒有理想，你是一個惡棍，一無所有。」

他得意洋洋地點了點頭，「非常正確，駝子，非常正確。我沒有幻想去追求高尚和人性，活著的狗比死了的獅子強，我非常贊同傳道士的說法。我只有一個信條——實用。這個信條所追求的是——活著。這個我們叫他為『強生』的酵母，當他不再是一塊酵母的時候，只不過是一粒塵埃和灰燼，不會比塵土和灰燼更加高貴，而那時，我依然還活著，並且大聲嗥叫著。」

「你知道我接下來要做什麼嗎？」他問。

我搖搖頭。

「我將要發出我的嗥叫和熱情，讓你看看什麼是高尚者的墓誌銘。你看清楚了。」

他在離強生三碼遠的地方，坐著。九呎！他並沒有完全離開椅子站起來，沒有任何站立起來的跡象，仍然保持坐著的姿勢，迅雷不及掩耳，卻已經從旋轉椅上彈了起來，像一隻野獸不知從哪裡竄出的一隻猛虎，來到這個空間。

在一陣如大雪崩塌的狂暴面前，強生想要抵擋，卻只能徒勞無功地躲避。他一隻手放在肚子上保護，另一隻手舉起來護著腦袋。但是海狼的拳頭卻一針見血，直取中間部位——他的第一拳落在肚子和頭部之間的胸膛上，只聽響亮的一聲，海狼一拳砸中強生的胸口，打得他挺不起腰來。強生的氣息突然從嘴裡大力迸射出來，然後又猛地剎住，像一個正在揮舞著斧頭的人一樣大力喘息。他幾乎無法站穩，身子努力地左右搖擺著試圖恢復平衡。

我無法進一步地描述接下來的殘暴是多麼令人髮指。即使到今天，我也覺得不忍心看，令人作嘔。強生十分勇敢地搏鬥著，但絕不是海狼的對手，更遑論海狼和大副一塊上了。廝殺非常地激烈。我實在無法想像，一個人怎麼在承受這樣的重擊之後還能夠活著，並且繼續反抗。但是強生確實在戰鬥。當然他毫無勝算，一點勝算都沒有，他和我都很清楚，但是為了他身上的男子氣概，他戰鬥不止，絕不放棄。

對我來說這一切實在太慘不忍睹了。我覺得自己快瘋了。我爬上升降梯，試圖開門逃到甲板上。但海狼轉眼間離開了他的犧牲品，用他那巨大的力量拎起我，一把扔到艙房的角落裡。

「這可是生命的奇景啊，駝子。」他嘲弄地看著我，「看清楚！你就可以得到生命不朽的證據了。你也知道的，我們無法毀滅強生的靈魂，我們只能破壞他那易朽的皮囊。」

好像已經過了數個世紀，毆打一直在持續著，但是事實上也許還不到十分鐘。海狼和詹森全力攻擊那個可憐的人。他們拳打腳踢，打得他跪在地上，然後又把他拎起來繼續揍得趴下。他被打得眼冒金星，什麼也看不見，血從他的耳朵、眼睛、嘴巴噴出，把艙房變成了屠宰場。強生已經完全站不起來，躺在地上，他們仍然繼續拳打腳踢。

「好了，詹森，夠了。」海狼最後說。

但是大副身上的獸性還在升騰，十分張狂。海狼只好反手一掃，把他撥到一邊。那一下看起來十分輕鬆，但是詹森卻像個軟木塞一樣被丟到牆上，他的頭在牆上撞得砰砰作響，整個人摔倒在地上，有一半是被那一刻嚇住了，艱難地喘息著，愚蠢地眨著眼睛。

「把門拉開，駝子。」海狼命令道。

我照做了，那兩頭野獸把不省人事的強生架了起來，像拖拉著垃圾堆裡的一個破麻袋，拖著他經過船艙，通過窄門，拋到外面的甲板上。強生的鼻子血流如注，滴滿了舵手的腳。那舵手不是其他人，正是他小艇上的工作搭檔路易士。然而路易士只是把舵輪轉了一手，眼睛坦然自若地盯著羅盤，好像什麼都沒有發生一樣。

但曾經是茶房夥計的里奇，態度卻截然相反。他接下來所做的事，比他在前艙曾做過的事情更震撼人心。還沒有等到命令，他就迫不及待地爬上舵樓的甲板，把強生拖了過去，盡全力替他包紮傷口，盡量讓他感覺舒服一點。強生已經面目全非，讓人根本看不出他就是強生。不僅如此，他的臉甚至看不出是一張人類才有的臉。從他開始被暴打一直到被拖到甲板上，短短幾分鐘裡，他的臉已經沒有血色，腫脹難當。

讓我們把注意力轉回到里奇身上來——當時我已經清理好艙房，他正在照顧強生。我走到甲板上去，想呼吸一點新鮮空氣，好讓我被刺激過度的神經稍為休息。海狼叼著雪茄，檢查著專利測程儀，它總是被鬼魂號拖在船尾，但是現在因為某個原因已經被收回船上。突然問里奇的叫聲衝進我的耳朵。那聲音緊繃、沙啞，夾帶著無法抑制的狂暴。我一回頭，看見里奇正站在位於舵樓休息處下的廚房口左邊。他臉上筋肉抽搐著，臉色煞白，雙眼閃著亮光，拳頭緊握，向上高舉過頭頂。

「上帝會把你的靈魂打入地獄的，海狼，下地獄已經對你很客氣了，你這個孬種，殺人犯，你這頭豬！」這是他的開場白。

我大吃一驚，眼看著他即將要被打死。但是海狼卻沒有摧毀他的念頭。他緩慢地走到舵樓休息處，把手肘倚在船艙一角，若有所思、好奇地俯視著那情緒激動的小伙子。

被一個毛頭小子指著罵，對海狼來說還是第一次。水手們害怕地擠成一團，站在艙窗外，看著、聽著。獵人們也在「狗窩」外面亂七八糟地站著。但當里奇繼續發表他那激烈的演說時，我看見他們的臉上再也沒有輕率的神情。他們甚至開始感到惶恐，不僅僅是因為里奇極端的言語，而是他那駭人的無禮態度。沒有任何活著的生物敢這樣撩撥海狼的鬍鬚和尖牙。我知道我對那小子由擔心轉化為欽佩。在他的身上升起一種無可匹敵的永生光輝，戰勝身體上的畏懼，如同亙古的先知，正譴責著邪惡。

如此激烈的譴責！把海狼的靈魂赤裸裸地拉到眾人面前來起訴。他向上帝和高貴的神祇們乞求，給予那罪惡的靈魂雷電般的詛咒。靈魂在他熱血的謾罵下枯萎，就像中世紀時期天主教將人們逐出教門般。他放開所有聲音罵著，從神盛的憤怒巔峰一路罵到下流齷齪的骯髒粗話。

他的憤怒進入白熱化的階段，嘴邊圍繞著白沫。他罵到噎住了，喉嚨裡發出咯咯的怪聲，言詞模糊。但自始至終，海狼好像都沉湎於好奇之中，忘記了一切。他面無表情，一隻手撐著臉，一直盯著里奇。這個盡情綻放發酵的生命，這公然挑釁的活躍物質，讓他激情沸騰，讓他沉醉，深深地吸引了他。

每個人都等著看他如何衝向那小子，把他揍扁。但是他沒有動。雪茄熄了，他仍是沉默地、饒有興致地盯著里奇。

里奇罵了個痛快，無能為力的狂怒使他迷亂。

「豬！你這頭豬！豬！」他咆哮，「為什麼不下來把我幹掉？你這個殺人犯！你能做到的！我才不怕！沒人攔你！死了也比半死不活來得痛快。來呀，你這個孬種！殺了我！殺了我！殺了我啊！」

馬格瑞吉一反常態，溜進了舞臺。他一直躲在廚房門口聽著，現在突然竄了出來，佯裝往海裡倒垃圾，但顯然是想要觀賞一場屠殺。他對著海狼諂媚地笑著，但是海狼對他視若無睹。那個廚師顯然已經昏了頭，竟然轉過身對著里奇說：「你的話可真粗俗，讓人作嘔！」

里奇的狂怒不再無能為力了。這裡終於來了一個「出氣筒」，並且恰好又是這個倫敦佬第一次沒有帶刀就出門。他的話剛一出口，就被里奇打倒在地。他三次想要爬起來，逃回廚房裡去，但是每一次都被重新擊倒。

「噢，天啊！」他哭叫著，「救命啊！救命啊！把他帶走好嗎？把他弄走！」悲劇落幕了，鬧劇上演，獵人們在這全然的消遣中大笑。現在水手們都已經大膽地簇擁到後艙，哄笑著、慢慢地移動，等著觀賞那倫敦佬被揍。我得承認，就連我都因為里奇對湯瑪斯．馬格瑞吉的一頓痛打而感到快慰。儘管這也是非常的殘忍，就跟強生所受到的程度差不多。但是海狼依然不動聲色，連姿勢都沒有變一下，只是繼續保持好奇地觀望。

為了確信他所有的實用主義信條，又似乎是在觀察生命的戲劇和活動，希望能夠藉此發現更多東西，從生命最瘋狂的扭動當中發現一些他迄今為止還未能把握住的東西——彷彿是打開迷霧的鑰匙，讓一切變得清晰明瞭。

一頓狠揍！跟我之前描述的發生在艙房裡的情形差不多。那倫敦佬在船艙裡四處逃竄，想避開里奇的拳頭。他想往艙房那一層躲，但是被掀翻在地，朝著艙房滾過去，當他爬起來的時候趕緊向艙房爬去。但是拳頭不斷地從四面八方飛來，打得他天昏地暗。他像毽子一樣被踢來踢去，最後，像強生一樣，只能無助地倒在甲板上，被拳打腳踢。沒有人出來干涉，里奇完全可以把他打死，但是他已經出了一口惡氣，懲罰已經夠了，便轉身離開那倒在地上的敵人，向前走了——

那人正像一條狗一樣，抽抽噎噎地哭著。

但是這兩場打鬥，不過是混戰的開端。下午，老菸袋和亨得森又打了起來，「狗窩」裡響起一排槍聲。另外四個獵人一團慌亂，急忙逃到甲板上去。艙房門口升起一股黑煙，辛辣嗆鼻，海狼鑽入濃煙。

一陣拳頭聲和亂七八糟的腳步聲傳了出來，兩個人都受傷了。海狼正在狠揍那兩個人，因為他們違反了船上的命令，捕殺還沒有開始，就自己打傷了自己。事實上，他們兩個受的傷都不輕。海狼收拾他們之後，又幫他們動手術、治療，就像一個外科醫生，但動作顯得粗獷豪放得多。他探測著子彈打傷的地方，清洗了傷口，我充當他的助手。那兩個人必須痛苦地忍受海狼操作的外科手術，無法麻醉，只能依賴一大杯濃烈的威士忌撐著。

然後，在第一個值班點，水手艙又發生了暴動。由強生的被打而引起的閒聊和搬弄是非升級成打群架。從聽到的嘈雜聲和第二天見到的受傷者身分來看，一派完全把另外一派打得落花流水。

而後，在第二個值班點，這一天在詹森和拉提莫的互毆中結束。拉提莫是一個像山姆大叔那樣的瘦削型獵人。起源是拉提莫說到了大副睡覺時震天動地的鼾聲。大副雖然被打了，但是所有「狗窩」的人後半夜都沒有睡著。因為大副沉入了睡夢之後，在夢中不斷反覆地繼續激戰。

至於我，夢魘在夢裡、夢外都糾纏著。一整天簡直就是一場噩夢，暴力接踵而至。狂暴的憤怒和嗜血的暴力，驅策人們投入相互殘殺之中，竭盡全力去傷害對手，置人於死地。我的神經被強烈地震撼著，心靈受到極大的震驚。

上船之前，我對人類的獸性了解和經歷極少。我只對生命裡有關人的智慧各個方面有所體驗。雖然我也曾經見識過暴力，但那也只是語言文字方面的「暴力」——弗洛薩的「唇槍舌劍」，「筆陪老」俱樂部伙伴們的「刀光劍影」和「風趣幽默的戰爭」，還有大學時代一群教授們的「演講火炮」。

那就是我全部的經驗。我還是第一次見識到，用傷害別人肉體的暴力血腥來發洩憤怒。我在床上輾轉反側，被夢魔死死糾纏。我想，我被叫做「娘娘腔」凡·威登是有理由的。以前，我根本是遠離了真實的生活。我尖刻地嘲諷著自己，好像發覺用海狼的「絕望哲學」來解釋這個世界，比我曾經的「希望哲學」更加符合現實。

當我意識到自己的想法時，嚇得跳了起來。在我的周圍，暴力行為此起彼伏，我一定會跟著墮落。我所認知的高尚美好的世界將要被摧毀。我的理智告誡我，湯瑪斯·馬格瑞吉所挨的打是不應該的；即使要我去死，我也無法控制內心的快慰。即使自覺罪大惡極——這是一種罪孽——我也仍然暗中歡樂不已。我已經不是亨普瑞·凡·威登了。我是駝子，三桅船鬼魂號上面的茶房夥計，海狼來森是我的船長，湯瑪斯·馬格瑞吉和其他的人都是我的同夥。曾在他們身上打下的烙印，也不斷改造著我。

第十三章　馬格瑞吉的苦難

我做著自己的事情，也擔當起馬格瑞吉的工作，幹了三天。我做他分內工作很是得心應手，並得到了海狼的讚許。在我短暫的「代理」之下，水手們都樂得合不攏嘴。

「第一次吃到乾淨的飯菜」，哈里森在廚房門口對我說，「馬格瑞吉做的飯菜總有一種油膩的感覺，我猜他離開舊金山市以後就沒有換過衣服。」

「對的。」我回答。

「我敢打賭他睡覺也穿著那件衣服。」哈里森再補充道。

「你贏了。」我贊同道，「就那麼一件衣服，他一直穿在身上。」

但是海狼只給他三天的時間養傷，第四天，就一把把他從床上拎起來，讓他去做事。他的腿還有點瘸，全身疼痛，眼睛腫得變成一條縫，幾不可見。他抽泣著，但是海狼無動於衷。

「當心，別再弄成一鍋漿糊，」海狼命令他，「別再弄得油膩膩的，記住，多換換衣服，否則我就把你丟到海裡餵魚，清楚了嗎？」

馬格瑞吉搖搖晃晃地進了廚房，但是鬼魂號一晃蕩，他就穩不住身子。他想站穩，伸手去抓爐子周圍的鐵欄杆，卻抓到滾燙的爐子上，再加上他把身子的重量都壓在了上面，只聽「吱」的一聲，一股肉被燒焦的味道隨著他的嚎叫聲傳了出來。

「天啊！天啊！我到底造了什麼孽啊？」他一屁股跌坐在煤箱上，嚎啕大哭，顫抖著收拾著自己的手。「怎麼都報應到我的身上來了？我真想吐啊！我這一輩子可從來不去害人啊！我可從來沒有害過誰啊！」

腫脹的臉上涕泗橫流，他的臉疼痛地扭曲著，上面掠過一個狠毒的表情。

「我恨他！我恨他！」他咬牙切齒地說。

「誰？」我問。那倒楣的傢伙又哀嘆起命運了。猜測他恨誰，還不如猜猜他不恨誰。我彷彿看見他心裡有一條毒蛇，使他痛恨著全世界。生活對他極度荒謬殘忍，他甚至可能也恨自己。這時，我心裡開始同情起他了。我感到慚愧，因為我曾經為他受到了折磨而感覺到快樂。生活對他並不公正，把他耍得團團轉，把他變成了怪物，之後還把他當作猴一樣耍。他還有機會變成一個嶄新的人嗎？似乎是為了回答我心中的問題，他哀嚎道：「我不曾有過一個機會！連半個機會都沒有！誰送我去讀過書嗎？又有誰在我肚子餓的時候給過我一片麵包嗎？小時候我的鼻子摔破了，又有誰幫我擦過血嗎？有誰向我伸出過救援之手嗎？有誰？」

「沒事的，馬格瑞吉老弟。」我伸出一隻手，抓住他的肩膀，說：「鼓起勇氣，一切都會過去的。你還有很多的時間。你想變成什麼樣子，都可以的。」

「騙人，騙子騙人！」他對著我叫嚷起來，甩開我的手。「謊言，你知道那不過是謊言。我命該如此。我是被用邊角料拼湊起來的人，但是你不一樣，駝子，你生下來就是一個紳士。你從來沒有品嘗過饑餓的滋味，肚子餓腸轆轆，就像有個老鼠在裡面不斷地啃噬著，咬啊、咬啊，好難受啊！只能哭，哭啊、哭啊，哭著就睡著了。有一天，我當了美國的總統，我就可以吃遍美酒佳餚、山珍海味。我從小就沒有吃過一頓飽的。

「怎麼可能？我天生命苦，活該受罪的命。我吃過的苦，十個人加起來還不夠，真的！我這一輩子，一半的時間都花在醫院裡。我在阿斯斌瓦爾、哈瓦那和紐爾良一直高燒；在巴巴多斯得了敗血病，活受罪整整六個月，差點就沒命；在檀香山出過天花；在上海斷過雙腿；在烏拉斯加染上了肺炎；在舊金山市斷了三根肋骨，內臟完全移位。現在我又變成這個樣子。你看看我！你看看吧！我的肋骨又從後面被踢傷了，老是咳血。我想問問，我遭受的這些罪孽應該找誰算啊？上帝嗎？上帝讓我來到這個淒苦的世界上，簽約到這個船上來，就是因為他厭惡我啊！」

他關於命運的這番傾吐持續了一個多小時，也許更多。然後他又攢足了勁頭幹活了。他瘸著腿、呻吟著，眼裡充滿了仇恨。他的論斷沒有錯，他的病不時地發作，一發作就會吐血，非常痛苦。就像他說的，上帝似乎非常憎惡他，讓他生死不能，他好不容易好了點，但是卻比任何時候都要惡毒了。

幾天之後，強生爬上了甲板，精神恍惚地幹著活。他病奄奄的，我不止一次地看見他忍受著極大的痛苦爬到桅杆頂端，或是垂頭喪氣地掌著舵。最壞的事情是，他的精神好像徹底垮掉了。他在海狼的面前搖首乞憐，對詹森也恭敬有加。里奇則截然相反，他在甲板上橫衝直撞，就像一隻老虎，公然怒視著海狼和詹森。

「我會讓你好看的，你這個鴨腳瑞典佬。」一天夜裡，我聽見他在甲板上對詹森說。

在黑暗裡大副咒罵了他一句，緊跟著一個東西劃過空中，「噹」地釘在廚房壁板上，於是響起一陣哄鬧聲和咒罵聲。當一切歸於平靜，我偷偷溜出廚房，只見一把沉重的匕首扎在結實的木頭裡。幾分鐘之後，大副過來了，四處搜尋，想找到那把匕首。第二天，我悄悄把匕首拿給里奇。他露齒一笑。那笑裡，蘊含著發自內心的感謝，比我原來那個階層的大堆精美華麗之詞要誠摯得多。

我不同於船上的任何一個人。現在我受到眾人的喜愛，跟每個人的關係都不錯。獵人們對我也許只是容忍，但也並沒有討厭。老菸袋和亨得森在雨棚下休養，天天在吊床上晃著。他們評論我比專業的護士服務得更周到，一旦航行結束拿到工資，他們是不會忘記我的。似乎我很缺他們那幾個錢一樣！二十艘鬼魂號包括上面的人，我都有能力買下來！為他們治療，讓他們痊癒，不過是我的職責，我盡力而已。

海狼又開始劇烈頭痛，痛了兩天。他一定很痛苦，因為他把我叫過去，就像一個生了病的小孩子一樣服從我的指示，然而似乎我依然無法減輕他的痛苦。但是他接受了我的建議，不再抽菸喝酒了。像他這樣一頭健壯的野獸也會頭痛，真讓人感覺不可思議。

路易士的看法是，「那是上帝的手，我跟你說。那是對他那些沒有良心的勾當所做的懲罰。接下來還會有報應的，馬上就要來的，否則……」

「否則……」我問道。

「那就是上帝睡著了，褻瀆了祂的職責，不過我不應該這樣說的。」

我剛才說眾人都喜愛我，這是不準確的。馬格瑞吉一直在恨我，而且似乎有了更新的理由。

我弄不明白，後來才知道，那是因為我生來運氣就不錯，用他的話來說，生來就是一個紳士。

「為何還沒有死更多的人呢？」我嘲笑路易士。那時老菸袋和亨得森正在甲板上並排做運動，彼此友善地交談著。

路易士那雙精明的雙眼掃視了我一下，不明白地搖搖頭。「馬上就要來了，告訴你，一來可就是地動山搖。那風一吼，你就等著救人吧。我早就預感到了，現在也能感覺到它，宛如黑夜裡能夠感覺到索具一樣。它已經迫在眉睫，就快了。」

「誰會先行動？」我問。

「總之不會是胖子路易士，我保證，」他笑了，「我從骨頭裡感到，明天的這個時候，我就能夠看見我媽媽的眼睛了。她總是看著海面，等待著她送出去的五個兒子歸來，看得好疲憊啊！」

「他剛才跟你說什麼？」過了一會兒，馬格瑞吉問道。

「他說總有一天他要回去看媽媽。」我敷衍著。

「我沒有媽媽。」廚師解釋道，眼睛緊緊盯著我，閃爍著絕望和黯然。

第十四章 叛亂

直到現在我才明白，我從來沒有給過女人們她們應得的評價。我發覺自己雖然不是個多情種子，但是直到不久之前，都還沒有離開過被女人圍繞的氛圍。媽媽和姊妹們總是在我身邊，而我卻一直想方設法躲開她們，因為她們總要問我的健康情況，還要定期跑到我的安樂窩，我被煩得快要瘋了。

她們一來，我已經習慣的「混亂中的邏輯」就變成「井然有序中的混亂」。她們前腳才走，我立刻就傻了眼，儘管看起來確實美觀整潔得多。但是現在，唉，那種她們依然在身邊的感覺，她們衣裙發出的聲音是多麼動聽啊！儘管以前我對她們老覺得要抓狂。我確信如果我能夠回家，我再也不會亂發脾氣了。早上、中午、晚上，她們隨時都可以叫我吃藥，幫我看病，隨時都可以打掃、整理我的房間。我只要靠在我的椅子上看著，感謝上帝給我這麼好的媽媽和姊妹。

我思考著鬼魂號上面這二十多人的母親都在哪裡，突然覺得男人們離開自己的女人獨自闖蕩天涯是不對的，其中一個必然的後果就是變得粗俗。在我身邊的這些人假如身邊有妻子、姊妹或女兒，那麼，他們應該會懂得溫柔、仁慈、親和。

照目前來看，他們都是還沒有結婚的。在漫長的時光裡，誰也沒有跟好女人接觸過，或受到好女人的影響、陶冶、感化、改邪歸正。他們沒有可以用來平衡自己生活的東西。天性中的雄性因素已經朝不正常的方向扭曲，而他們天性中的另一面，人性的東西，卻受到發展的阻礙——事實是退化了。

他們是一群單身漢，相互粗野地碰撞，彼此折磨得近乎遲鈍麻木。有時我覺得他們好像從來沒有過母親，是半獸人，一個孤單的種族，沒有「性別」這個東西，如同海龜，是由太陽孵化出來的，或用某種隱祕的方式獲得生命。他們的一生都在暴力裡活動，活得可怕，死得恐怖。

這個新觀點激起我的探尋心。

昨天夜裡，我和詹森聊天——那是他第一次肯和我聊一聊。他十八歲就離開了瑞典，現在已經三十八歲了，中間沒有回過一次家。幾年前，他在智利的一家水手公寓碰到一個同鄉，據說他的母親還健在。

「現在她已經是一個老太婆了。」他說，安靜地看著羅盤針蓋子，然後又狠狠地瞪了哈里森一眼。哈里森偏離了航向。

「你最後一次寫信給她是什麼時候？」

他心裡默默計算著，嘴裡說了出來：「八一年，不，八二年，對嗎？不——是八三年。是的，八三年。十年了。在馬達加斯加的一個小海港寄的。我在那兒做事。」

「你看，」他繼續說，似乎是對著地球的另外一端那被忽略的母親說著，「我每年都想著要回去，所以，寫信幹什麼呢？再等一年就可以了。可每年都碰到麻煩事，不能回去。現在我是大副了，到舊金山市的時候領了工資——說不定能拿到五百美金呢，就到另一艘船做事，繞過合恩角再到利物浦，多賺點錢；再從那兒買票回家。到那個時候，她就可以不用再做事了。」

「那麼她還在幫人做事嗎，現在？她多大年紀了？」

「七十了吧！」他回答著，然後聲明道，「在我們國家，人一生下來就要做事，一直到死的時候為止，所以我們壽命都很長。我會活到一百歲的。」

這一次的談話，我永遠都忘不了。這大概是他留在這個世上最後的話了。我準備到艙房去睡覺的時候，覺得下面有些悶熱（那是一個無風無浪的夜晚，我們已經離開了信風，鬼魂號前進的速度只有每一小時一海哩），於是就拿了毯子和枕頭到甲板上去睡覺。

當我從哈里森和固定在艙房頂上的羅盤針箱之間路過時，發現他已經足足偏離三個方位。我以為他在打瞌睡，怕他挨罵或情況更糟，就去提醒他。但是他並沒有睡覺，反而眼睛睜得很大，好像心裡正掀起狂風巨浪，無法言語。

「怎麼了？你生病了？」

他搖搖頭，深深地呼吸了一口氣，似乎突然清醒過來，閉上了嘴巴。

「你最好把航線撥正。」我指正他。

他往回打了幾把。我看到羅盤慢慢轉到西北偏北的方向，輕輕晃了幾下，停了下來。

我重新捲好我的鋪蓋，準備往前走。這時，一個東西撞入我的眼簾。我盯著船尾的欄杆。一隻溼漉漉的巨手正在抓欄杆。第二隻巨手也從旁邊的黑暗裡冒了出來。我一看，嚇壞了。難道是海怪趁著夜晚從海裡爬了上來？我看見那東西（不管是什麼）正抓住測速器的繩子往上爬。一個頭冒了出來，黑髮溼漉漉的。然後海狼的眼和臉露了出來，不會錯的。他右臉血紅，是被頭上傷口流出的血染紅的。

他迅速一用力，翻身、上船、站穩；同時飛快地打量著舵邊的人，好像想看清楚是誰，是否需要防範。海水從他身上滴下來，汩汩之聲模糊可聞，吸引我的注意。他向我走來，我忍不住向後退縮，他的眼裡射出能殺死人的光亮。

「沒事，駝子，」他低聲說，「大副在哪兒？」

我搖搖頭。

「詹森！」他輕聲地喊，「詹森！」

「他到哪兒去了？」他問哈里森。

那個年輕人似乎鎮靜了下來，因為他的回答顯得很平靜，「我不知道，老闆。剛才還看見他走過去。」

「我也是剛才走過去的，但你也看見了，我不是走原路回來的。你能解釋一下嗎？」

「你一定掉到海裡去了，老闆。」

「要我到『狗窩』裡去找找他嗎，老闆？」我問。

海狼搖搖頭。「你找不到他了，駝子，你會知道的。來吧，毯子就留在那兒吧，別管了。」

我跟著他走了。中艙沒有任何動靜。

「那些獵人，混蛋，」他說，「又肥又懶，四個小時的班都值不下來。」

但是我們在前甲板下的水手艙裡發現三個在睡覺的水手。他把他們都扳了過來，看了看臉。他們本來應該在值班的，但是船上有一個習慣，在無風無浪的夜裡，值班的人去睡覺，負責人、舵手和守望人除外。

「是誰守望？」他問。

「我，老闆，」霍利奧克回答，帶著一絲顫抖。他是下艙的水手，「我剛才迷糊了一會兒，老闆。對不起，老闆。以後再也不會這樣了。」

「你在甲板上聽見什麼了嗎？看見什麼了？」

「沒，老闆，我……」

海狼惡狠狠地哼了一聲，走了。留下那個水手揉著眼睛納悶：「就這麼沒事了？」

「輕一點。」海狼悄悄警告我。他弓下身子，靠近了水手艙的門，準備下去。

我跟在他後面，心裡怦怦直跳。我不知道即將發生什麼事，就像不知道已經發生了什麼事。但是血已經流出來了，海狼掉到海裡，腦袋也被打傷了，這可不是我在胡思亂想，何況詹森又不見了。

這是我第一次來到水手艙。我站在樓梯下的時候，印象深刻。那艙房是直接修築在船頭的兩個圓窗之間的，是一個三角形。三面都是床鋪，上下鋪，共十二個。那艙房並不比窮酸文人寄宿的格子間大，但是十二個人就蜷縮在裡面，在那裡吃喝拉撒睡。我家裡的臥房雖然不是很大，但是可以裝下十二個這樣的水手艙，如果再加上天花板的高度，那就可以容納二十個了。

那房間裡瀰漫著酸臭味。在閃爍的燈光裡看去，板壁上掛滿了各種水靴、雨衣，以及或髒亂或潔淨的衣裳。鬼魂號每晃動一下，這些東西就跟著晃動一次，刷刷直響。雖然無風無浪，但是吱呀聲和海浪的拍打聲依然合奏著，綿綿不絕。

睡覺的人並不在乎這些。他們一共有八個——兩個剛值過班的睡在下面，大家的體味和呼吸使空氣污穢難當。我的耳朵裡充滿他們的呼嚕聲、嘆息聲和呻吟——那是野人睡覺時的作風，但是他們真的睡著了嗎？都睡著了嗎？剛才睡著的嗎？很明顯，這就是海狼要查清楚的事情。他要找出那些裝睡的人、沒有睡著的人、剛才沒有睡的人。這個作法，讓我想起一個笑話：國王在夜裡去捉姦……

海狼從架子上拿下搖曳著的風燈遞給我。他從右前方的床鋪開始查看。上鋪睡著的是沃夫特，一個優秀的水手，大夥兒叫他「檀香山」。他平躺著，呼吸平穩，就像一個女人。他的一隻手枕在腦後，另一隻手放在毯子上。海狼用拇指和食指扣住他的手腕處，默數著脈搏。沃夫特醒來了，就跟睡著的時候一樣安靜，他的身體沒有動，只有眼睛睜開了，瞪大，眸子大而黑，閃著亮光。他瞪著我們的臉看，沒有動。海狼把手指頭往唇上一壓，那眼睛又閉上了。

下鋪睡的是胖子路易士，熱得直冒汗，真的睡著了，但是睡得很不舒服。海狼把脈時，他亂動著，身子抬起來，只用肩膀和雙腳支撐著重量，嘴裡喃喃自語著猜不透的話語：「一先令是半美金的一半，要當心三便士的錢，否則旅館的老闆會裝作是六便士塞給你。」

而後，他嘆息一聲，轉過身去，說：「六便士是皮貨匠，一先令是丘八，但是銀馬駒我可是沒有見過的。」

海狼感到很滿意，兩個人確實是睡著的。又繼續往前走，來到右邊船舷兩個後面的床位旁。燈光下照出，上面睡著的是里奇，下面的是強生。

海狼彎下腰，去量下鋪強生的脈搏，我站直腰，舉起燈，看見里奇的頭悄悄抬了起來，偷窺著下面的床位，想看看出了什麼事。他一定知道海狼的招數，我手上的燈猛地被打落，水手艙一下子陷入黑暗中。他肯定同時也撲到海狼身上。

黑暗裡，傳來了野牛和野狼的搏擊聲。海狼怒號著，里奇大聲吼叫。強生肯定也加入了戰鬥，他這幾天的屈服只是一個圈套。

黑暗裡的搏鬥，把我嚇得靈魂出竅。我靠在樓梯上發抖，沒有力量爬上去。我又想要吐了，只要一有暴力事件我就會這樣。這次雖然眼睛看不見，但是耳朵卻可以聽見肉搏的聲音——那是肉與肉撞擊發出的軟悶響聲，接著是肉糾纏在一起發出的喘息聲，吸氣聲。

又有人加入了戰鬥，看來參與謀殺船長和大副這次叛亂的並不是兩個人。

「誰去拿把刀來？」里奇喊道。

「砍他的腦袋！砸出他的腦髓！」這是強生的聲音。

此刻，海狼沉默地戰鬥著。他被圍住了，從一開始就倒了下去，一直沒能再站直身子。雖然他有著超人的力量，但是我仍然覺得他沒有勝算了。

搏鬥的力量我深深能夠體會。他們的身體撞來撞去，擠倒了我，我像一個肉丸子一樣被推來推去，被碰得遍體鱗傷。最後總算鑽進一個沒有擋道的空床位。

「水手們，我們抓住他！抓住他了！」里奇大聲喊叫。

「抓到誰了？」真睡著了的人被吵醒了，糊里糊塗地發問。

「大副！他媽的！」里奇奸詐地回答。他幾乎不能喘氣了。

一陣嗚嗚啦啦的歡叫聲，一共有七個人壓到海狼的身上。我相信只有路易士沒有加入其中。水手艙喧鬧得就像一個被捅開的馬蜂窩。

「喂！下面怎麼了？」我聽見拉提莫在艙口處大叫，下面一團漆黑，一片混亂。他不想輕易下到這充滿暴力的地獄裡。

「誰去拿把刀？誰拿把刀來？」里奇又問。

行刺的人又多又亂，互相招呼著拳腳，海狼趁著混亂的場面出來了。他打出了一條路，一直來到樓梯口。雖然一片漆黑，但是我聽聲音就知道他有什麼進展。

他居然到得了樓梯口，這只有巨人才做得到。雖然一大堆人竭盡全力按住他，但是他卻僅憑著手臂的力量，硬是從地板上撐起了身子，站直了腰，一步一步地往上挪動。

拉提莫的燈照了進來，在我眼前出現最後的一幕。在艙口，一大堆人糾纏在一起，扭動著，中間包裹著的就是海狼。那一堆扭動著的人群，就像是一隻多腳的大蜘蛛。「人蜘蛛」隨著鬼魂號搖晃著。它緩緩地向上爬。有一次，「人蜘蛛」搖晃了一下，幾乎要往後掀翻過來，但卻又穩住了身形，繼續往上爬。

「是誰？」拉提莫問。

他的那張臉伸出來，往下張望。

「人蜘蛛」裡響起一個悶悶的聲音，「海狼。」

拉提莫伸下一隻手。「人蜘蛛」裡伸出一隻手，抓住他的手。拉提莫往上一拉，緊接著的一、兩步有什麼撲了上來，然後海狼的另一隻手也伸了上來，抓住樓梯口的邊緣。「人蜘蛛」被扯得散開了，被甩開的部分仍舊緊緊抓住那個快要逃開的「軀幹」不放。下面的「肢體」已經散落開了，有被樓梯口尖銳的邊緣刮到的，有被海狼踢腿蹬掉的。最後一個掉下來的是里奇，一頭掉入亂爬的人群中。海狼、燈光一起不見了，我們被遺棄在黑暗裡。

第十五章　戰鬥到死

亂七八糟四處爬散的人群，七嘴八舌地謾罵。

「誰快點根火柴，我的大拇指就要脫臼了。」帕森斯說。他是一個皮膚黝黑、直言快語的人，是斯坦迪什小船上的舵手，哈里森是槳手。

有人在摸索著火柴、擦亮火柴。風燈亮了，冒著煙。在燈光裡，一群赤手臂大腿的人奇異地搖晃著，趕緊各自查看傷口。沃夫特抓緊帕森斯的大拇指用力一扯，它就恢復了原位。這時，我看到檀香山的拳頭上關節處已經橫裂開來，露出了鮮活的肉。他展示給大家看，閃動著一排漂亮整齊的白牙傻呼呼地笑著，並解釋那是揍到海狼嘴上才受的傷。

「啊，原來是你啊，哼，你這個黑鬼。」凱瑞一下子怒髮衝冠。他是一個美國籍的愛爾蘭人，原來是碼頭工人，現在是寇福特的槳手，這是他第一次出海。

他吐出一口血和牙齒，臉色猙獰，湊到沃夫特面前。檀香山趕緊撤回自己的床位邊，又迅速地閃回來，手上多了一把長刀。

「好了好了，放回去。」里奇說話了。儘管他還很年輕，缺少經驗，但是卻儼然是水手艙裡的頭兒。「得了，凱瑞，別去找沃夫特的麻煩了。黑壓壓的，他怎麼知道會是你？」

凱瑞哼哼唧唧了兩聲，氣消了，檀香山的白牙一亮，露出感激的笑容。他是一個長得很俊俏的人，身材適中，帶點女人的陰柔美，大大的眼睛裡常常浮現出溫情，真的很難想像他竟然是以敏捷善鬥而出名。

「他是怎麼跑掉的？」強生問。

他坐在自己的床位上，萎靡不振。他累到不行，猛烈地喘息著。他的襯衣被扯得稀爛，臉上有傷口，血流著，滴到他的胸膛上，再流到腿上，畫出一條血色的線，最後滴到地板上。

「魔鬼，我說過的。」里奇回答道。他站起身來，眼睛裡閃爍著淚花。

「你們，怎麼就沒人拿把刀過來？」他反覆地叨念著。

但是大家都沉默了，都在擔心。

「他怎麼知道是誰下的手？」凱瑞問，惡狠狠地掃視了一圈，「除非這裡有人去告密。」

「他只要看我們一眼，就什麼都知道了。」帕森斯回答，「只要一眼就夠了。」

「告訴他，你的牙齒被打掉了，是因為甲板掀起來。」路易士笑吟吟的，他是唯一一個沒有下床參加搏鬥的人，他為自己身上沒有一丁點兒傷口而得意。「等明天讓他看看你們的破臉吧，兄弟。」

「我們就說以為是大副。」一個說。另一個接著說，「我知道該怎麼說——我聽見打架了，從床上跳了起來，但是下巴卻被狠狠地揍了一拳，於是我就跟那人對打了起來。一片黑，誰知道是誰呢，只是亂打。」

「不錯，你打的就是我。」凱瑞附和著，臉上放光。

里奇和強生並沒有參加討論。顯然，同伴們都認為等待著他倆的是最可怕的下場，他倆已經完全沒有希望了，完蛋了。里奇聽著他們的討論，突然爆發了。

「你們這群傢伙！要是少說些、多做些，他早就死了。你們就沒有人拿把刀給我。齷齪！還好意思互相埋怨，好像他會宰了你們似的！他媽的，你們知道他不會的。他沒有辦法。這兒沒有皮條客，他還需要你們替他幹活兒，絕對需要。沒有你們，誰來給他划槳、掌舵、開船？他只會衝著我和強生來。現在，你們都上床去，把臉蒙上，睡覺吧。我要去睡了。」

「好啦，好啦，」帕森斯說話了，「也許他不會太為難我們的，但是要記住，從此地獄的大門可是向這條船上的無名屍體打開了。」

我一直為自己感到憂心忡忡，要是被這群人發現了怎麼辦？我不可能像海狼那樣殺出一條路來。

這時，拉提莫從樓梯口向下叫嚷：「駝子，老闆要你過去。」

「他不在這兒！」帕森斯回答。

「在！」我說，從床上溜了下來，極力讓聲音聽起來鎮定勇敢。

水手們一起詫異地看著我。先是滿臉驚恐，接著一臉猙獰。

「我來了！」我向上喊道。

「不行，你不能離開。」凱瑞叫了起來，堵在我和樓梯之間，右手比出一個卡脖子的姿勢。

「你這個間諜！我得讓你閉嘴！」

「放他走！」里奇命令道。

「不行，你用命擔保都不行。」他怒吼。

里奇坐在床邊上一動不動。「讓他走，我說的。」這一次他的聲音變得剛猛起來。

那個愛爾蘭人猶豫了。他閃到一邊。我來到樓梯下，往後轉過臉，昏黃的燈光中，一群凶神惡煞的臉盯著我，我心裡升起深深的憐憫之情，想起廚師的話：「上帝既然如此折磨他們，一定是很恨他們。」

「我什麼都沒有看見，也什麼都沒有聽見，相信我。」我平靜地說。

「我告訴你，他沒有問題的！」上樓梯時，我聽見里奇說，「他不會比你或我更喜歡老闆。」

我發現海狼在艙房裡，脫光了衣服，滿身血污，正等著我。他笑著招呼我。

「來，醫生，動手吧。看來這次航海，你實習的機會多得很啊！我真的不知道鬼魂號上如果缺了你會是什麼樣子。如果我也是一個品德高尚的人，我會對你說，鬼魂號的老闆謝謝你。」

我明白鬼魂號上的那個藥箱是什麼樣的。我在艙房的爐子上燒水，做著包紮的準備工作。海狼來回走動，談笑風生，自己檢查著傷口。我以前從未見過他脫光衣服的樣子，他的身體讓我震驚萬分。我並沒有讚美肉體的癖好——從來沒有，但我擁有藝術家的眼光去欣賞人體的奇蹟。

我必須說，海狼那健美的身軀使我為之傾倒，那種剛健之美令我深深著迷。剛才在水手艙，我也注意過那些人的身體。有的肌肉強壯，但都有瑕疵，或這裡沒有發育好，或那兒發育得過分，或這裡略微歪扭了一點，破壞了均勻；有的腿太短了，有的腿又太長；有的露出了太多或太少的肌腱或骨頭。唯一一個全身協調的是沃夫特，但好看是好看，卻帶了些陰柔的美。

海狼卻是男子漢的氣魄，剛健完美，一如希臘的天神。他的舉手投足之間，巨大的肌肉群就會在玉石般的肌膚下起伏躍動。有一點我要說明，他的膚色只有脖子以上是古銅色的，他的身體就像漢白玉的雕塑，這是因為那來自北歐的血統。他抬手去摸頭上的傷，於是二頭肌就像有個活著的東西在裡面跳動。

上一次，就是這二頭肌差點要了我的命。這二頭肌能打出多麼強勁的拳頭。我目不轉睛地盯著他的身體，呆若木雞，一捲消毒棉花從我手上滾到地上。

他意識到了，我立刻清醒過來。

「上天的傑作！」我說。

「是嗎？」他回答，「我也時常這麼想，而且思考過它的目的何在。」

「目的是……」我張嘴。

「實用。」他接下去。「創作這個身體就是為了實用。肌肉是用來撕咬、毀滅生命的。然而你想過別的生命嗎？它們不也同樣擁有這樣或那樣生來就為了廝殺和毀滅的肌肉嗎？在它們危害我生命的時候，我就要比它們更狠、更凶猛，撕咬得更殘忍，毀滅得更迅速。不能用美學上的觀念來闡釋。只有用實用才能理解。」

「這種理解是沒有美感的。」我反駁。

「你的意思是說，生命不美是嗎？」他笑了，「可是你也說，上天把我創造得很美。你看看這個？」

他的腿和腳用力，腳趾抓緊艙房的地板。一塊塊肌肉就在玉石般的肌膚下起伏、糾結著。

「摸摸看。」他命令我。

那肌肉如同鋼鐵般堅硬。我還注意到，他全身是本能地收攏起來，緊實而敏捷；肌肉沿著柔和的曲線滑動，滑過雙肩，順著脊背，構成臀部。他略微舉起雙臂，肌肉立即收緊，他曲起手指，就像野獸的腳爪；即使是眼睛也閃爍出機警的光，那是一種充盈著較量、戰鬥的光。

「穩定，平衡，」他說著，身子放鬆，後背靠著休息。「腳是用來踩住地面的，腿是用來幫助站立和承受重量的，手臂、雙手、牙齒和指甲，是用來搏鬥殺死別人，以免自己被殺的。這就是目的嗎？還是『實用』這個詞更加恰當？」

我沉默不語。我已經見識過這原始猛獸的戰鬥能力，一如見識到巨艦或大西洋皇后巨輪的發動機，印象深刻。

我感到驚奇的是，水手艙裡那一場那麼凶猛激烈的戰鬥，讓他受到的創傷竟然如此輕微。我巧妙地把傷口包紮好，自以為很不錯。除了幾處較厲害的傷勢之外，其餘的不過是一些瘀青和裂口。他落海之前的那一擊，在他頭上打破了幾吋頭皮。這個地方在他的指示之下，我先修剪了傷口邊緣的頭髮，清洗之後，再把傷口縫合起來。他的小腿傷痕密布，像是被猛犬咬了。他告訴我，在戰鬥剛開始的時候，一個水手就一口咬住他的小腿不放，直到被他拖到扶梯下的時候，才被一腳踹下去。

「哦，駝子，我說過，你是一個很有能力的人，」當我做完了工作，海狼開口說，「你很清楚，我又缺了一個大副。今後就由你負責監管了，每月七十五塊美金，船上所有的人都要叫你凡·威登先生。」

「我——我不懂得航海術，你也知道的，」我倒吸一口冷氣，惶恐地說。

「根本不需要。」

「位居高位會讓我暈頭轉向的，」我反對。「在現在這麼低微的位置上我已經感覺到生命的險惡了。我又沒有任何經驗。」

他微笑起來，好像一切都不是問題。

「我才不願在這艘鬼船上當大副！」我不客氣地大聲嚷起來。

我看見他的臉色變得嚴厲，眼睛裡露出凶狠的閃光。他走到臥室的門口，說：「現在，凡·威登先生，晚安。」

「晚安，來森先生。」我垂頭喪氣地回答。

第十六章　逃亡

除了不需要洗碗碟，當上大副對我來說百無一益。我對大副的基本職責完全不清楚，如果不是水手們同情我，我一定會弄得亂七八糟。至於繩子和索具、起帆和收帆的技巧，我更是一無所知，不過水手們都竭盡全力地幫助我——路易士是一個特級教師，我和手下們也都還算和睦相處。

獵人們就不同了。以對大海熟悉的程度而言，他們純粹把我當作笑話。事實上我也覺得很可笑。我，一個完完全全的陸地人，居然填補大副的空缺。別人把我當作笑話是一回事，我不怪罪，但是海狼卻特別要大家對我講究海上的禮節——比對可憐的詹森講究多了。他罵了幾次人，威脅了幾次，引起了一些嘀咕，但最終還是把獵人們調教好了。我在前艙和後艙都變成「凡．威登先生」，海狼也只有在私底下的場合才叫我「駝子」。

真有意思。我們用餐時，有時風向會改變好幾個方位。當我離開桌子，他就說：「凡．威登先生，您是否可以調整一下朝左舷搶風轉向前進。」我就到甲板上，打個手勢讓路易士過來，請教他應該怎麼做。幾分鐘後，我弄明白他的指導，懂得怎樣操作，就開始發號施令了。剛開始的時候，有一次我剛剛下達命令，海狼就過來，抽著雪茄安靜地看著一切，直到我做完所有的事情，然後和我並排沿著舵樓的露天甲板走向船尾。

「駝子，」他說，「不好意思，凡．威登先生，恭喜你。我認為你現在已經完全可以不依靠你爸爸的腿，讓它們回墳墓去了。你已經找到自己的雙腿，學會靠自己的腿站立。再學習一些關於繩索的本事、用帆的技巧，多點對付暴風雨的經驗，以及諸如此類的東西，航行結束的時候，你就可以駕駛任何一艘沿海航行的三桅帆船了。」

從詹森死後，直到抵達捕獵海豹區的這段日子，是我在鬼魂號上最快活的時光。海狼很關心我，水手們很幫忙我，和馬格瑞吉的來往也心平氣和。坦白說，隨著時光的流逝，我心裡還暗自為自己感到驕傲。儘管事情很荒謬——一個旱鴨子當上水手們的主管，但我還做得滿不錯。那一段時間我很有成就感，並且喜歡上鬼魂號。它正在向北航行，然後轉向西面，穿過熱帶海洋，到達我們要去裝淡水的小島。

但是晴天也有陰霾，不過相對來說，這算是在過去痛楚的高山和未來痛楚的大山之間的緩衝地區。因為對水手們來說，鬼魂號就是他們痛苦的地獄。他們得不到一絲的休息和平靜。海狼把他們對他的叛亂和在水手艙裡對他的群毆牢記於心。上午、中午、晚上以及深夜都折磨他們，讓他們痛苦不堪。

他很明白「魔鬼在細微裡」這個道理，他在細微處玩花樣，把全船的人折磨得快瘋狂。他把哈里森從床上叫起來，去把一把沒有放對的油漆刷子放好，還把下面兩個休班的人從酣眠的床上拉起來，看他怎麼做。一個聰明的頭腦懂得設計出這樣數不勝數的小事，水手艙的人心情如何鬱悶可想而知。

當然，沸沸揚揚的抱怨聲和小小的衝突不斷。拳頭一出，於是總有兩、三個人處於療傷狀態，是那個人皮野獸做的。面對著「狗窩」的獵人們和艙房裡的武器庫，暴動是沒有用的。里奇和強生受到的攻擊最狠。強生的臉上、眼睛裡沉澱下來的悲痛，牽扯著我的心。

里奇就不一樣了。他身上有著殘暴的品性。他似乎被濃得化不開的憤怒控制，沒空悲哀。他的嘴角扭曲著，好像不斷在怒吼。一看到海狼就嘖嘖作聲，我確定這是天性。他用眼睛尾隨著海狼，就像猛獸盯著管獸人。那猛獸般的咆哮就從他的喉嚨深處發出，在他的獠牙之間回盪。

一個晴天，我打算向他下達一個命令，在甲板上向他的肩膀拍了一下。那時他正背對著我，我的手一接觸到他，他馬上跳起來，一蹦老高，怒吼著，扭過頭來。他把我當作海狼了。

他和強生伺機要殺海狼，但是總沒有機會下手。海狼經驗老到，不會讓他們有機可乘。更何況他們並沒有有用的武器，赤手空拳是毫無勝算的。海狼與里奇交過幾次手，里奇就像野貓一樣，拳頭、尖牙、指甲一起上，但總被揍得昏死在甲板上。

然而他屢敗屢戰，以一種瘋狂的勁頭對抗著魔力。兩個人一在甲板上遇見，就怒吼著開打。有一次，里奇突然襲擊，撲到海狼身上，沒有預警也沒有挑釁。還有一次，他從鞘裡冷不防拔出一把重刀甩向海狼，那刀鋒從他的喉嚨邊掠過，只差一吋。另外一次，他從船尾風帆的桅杆頂端丟下一根穿索用的鋼錐。在顛簸的船上那是很不容易命中目標的，但是那鋼錐從七十五呎的高空破空而下，差一點就釘在海狼的頭上——當時他正從艙房的樓梯裡爬出來。鋼錐砸進了甲板的木頭裡，足足有兩吋深。還有一次，他偷偷溜進「狗窩」，摸到一支裝了火藥的槍，正想往樓上跑，卻被寇福特一把抓住，給繳了過來。

我常常詢問海狼為什麼不乾脆殺了他一了百了，但海狼總是仰天大笑，似乎覺得十分過癮，簡直像一個把猛獸當作寵物的勇士。

「這樣才刺激，」他說，「當命掌握在某人手上的時候。人天生就是賭徒。最帶勁的就是賭命。我為什麼不讓里奇的靈魂熊熊燃燒，讓我自己玩得快樂呢？這是我對他的恩典。快樂是雙刃劍，他可比水手艙裡的任何一個人都活得帶勁呢！儘管他自己沒有意識到這一點。他有生活的調味料——目標、事業、希望，他沉迷於他的目標——殺了我，就是他的希望。駝子，他的生活過得非常充實呢！我懷疑他以前是否有過這麼快意的人生。說實話，我看著他上竄下跳，有時還真羨慕他呢！」

「啊，這是懦弱！」我叫喊道，「你占盡了優勢。」

「我們倆誰更懦弱？是你還是我？」他板起臉問，「情形不妙，你就昧著良心同流合污。你要真的是英雄，真的要獻身於理想，你就應該和里奇、強生結盟。但是你害怕，想活下來。你身體的生命在大聲叫著：『好死不如賴活。』你過著做牛做馬的生活，不敢去實現你的夢想，逃避你那一套小小的信仰，如果真的有地獄，那就讓靈魂墮落吧。呸！我的角色要更加勇敢一些，我沒有犯罪，因為我忠實於內心，但你卻不是。」

這些話好像懸掛在我心上的一把刀。或許，我真的是一個膽小鬼。我愈想就愈覺得應該照他的話做，和里奇以及強生聯合起來殺了他。此時在我心中，清教徒祖先的靈魂出現了，他們嚴峻的道德法庭開始審判，命令我去行凶。我安撫著自己，為人世間清除一個魔鬼是應該的，人類會得到幸福，生命會因此而美麗。

這個念頭不斷地折磨著我，讓我在床上輾轉反側，回想著流逝的過去。上夜班的時候，海狼在艙下，我跟強生和里奇聊天。兩個人都絕望了。強生心情沮喪，里奇則筋疲力竭。有一天晚上，他抓住我的手，激動地說：「你是正直的。凡．威登先生，但是你不要輕舉妄動，閉上嘴，除了打鼾以外，不要出聲。我很清楚，我倆是完蛋了。說不定哪天在我們最需要的時候，你能幫我們一把。」

第二天，溫萊特島已經在上風的方向隱約呈現。那時，海狼襲擊強生，又被里奇偷襲，他把兩個人同時打敗了，於是預言道：

「里奇，有一天，我會殺了你，懂嗎？」里奇的回答是一聲怒吼。

「至於你，強生，還不等我把你玩夠，你自己就會痛苦不堪，跳海自盡。你會嗎？」

「我這個提議，」他對我說，「他會一絲不苟地執行的，我拿一個月的工資打賭。」

我心裡有個願望，在我們給水箱裝淡水的時候，他倆可以逃掉。但是海狼的拋錨地是經過深思熟慮的。鬼魂號停在一個荒涼海灘海岸線以外半哩的地方，被一個幽深的峽灣懷抱，三面都是險峻的火山岩懸崖。在這裡，他親自監督——他自己到岸上去了。里奇和強生把淡水桶滾下海灘。他們沒有機會划著小船逃跑。

倒是哈里森和凱瑞嘗試了一下。他們划著一艘小船，在三桅帆船和海岸之間穿行，每趟運輸一桶水。午飯前，他們載了一個空桶向海岸划去，卻改變了路線，划向左邊，想要繞過海峽——

它直入大海，阻擋在小船與無限的自由之間。一朵朵浪花拍打著海峽，外面是日本移民的村莊和深谷，直通內陸。只要到了那些村莊，他倆就可以向海狼做鬼臉了。

我早就注意到亨得森和老菸袋了。他們一大早一直在甲板上晃盪。我現在明白了他們的職責。他們不慌不忙地端起槍，向逃亡者開火。那是一種冷靜的打靶競賽。剛開始，他們的子彈只在小艇兩邊濺起水花，當那兩人仍然拚命划槳時，子彈就朝小船上飛過去了。

「現在，讓我來打掉凱瑞的右槳。」老菸袋說，開始瞄準了。

從望遠鏡裡，我看到槳片被打了個粉碎。亨得森不甘示弱，打碎了哈里森的右槳。小船轉了過來。剩下的兩支槳也被打碎了。兩個人用破槳划著，也被打飛了。凱瑞從船底掰下一塊木板，用它來划，但是痛得尖叫起來，趕緊扔掉，手被破木板刺傷了。他們只有放棄，讓船順水漂流，直到海狼從岸上打發另外一隻小艇，去把他們拖了回來，拉上船。

那天下午，我們拔錨啟航。前面再也沒有發生什麼事情，只剩下海豹捕獵場上三、四個月的狩獵了。前途茫茫，我心事重重地工作著。似乎有一股陰魂，裹屍布般地纏繞在鬼魂號上空。海狼倒在床上了，是那奇特的頭痛把他給打倒的，真是頭痛欲裂。哈里森頹廢地靠在舵輪上，好像已經厭倦自己的這堆肉。人人都陰沉沉的。凱瑞蹲在水手艙的天窗蓋上避風的地方，頭放在膝蓋上，雙手抱頭，絕望之至。

強生直直地趴在水手艙前端，凝視著船頭飛濺的浪花，我想到海狼的預言，毛骨悚然。這是完全有可能的。我想把他叫走，打斷他那沉鬱的思緒，但他只是衝著我抑鬱地一笑，不肯離開。

我回到後艙時，里奇靠了過來。

「我想請求你一件事，凡．威登先生，」他說，「你如果有機會回到舊金山市，請幫我去找馬特。他是我的爸爸，住在山上，在五月市集的麵包坊後面開了一家皮鞋修理店，很多人都知道的，不會很麻煩。跟他說，我很抱歉給他惹了那麼多麻煩，也替自己做的事感到抱歉。請替我轉告他，『願上帝保佑他』。」

我點了點頭，說：「我們都會回去舊金山，里奇，我去見馬特的時候，我們會一起的。」

「我希望如此，」他回答，握著我的手，「但是我回不去了。海狼會幹掉我的。我只希望他幹得乾淨俐落一些。」

他離開的時候，我也意識到自己有著同樣的願望。既然逃不掉，倒不如早來早了。我也沉浸在陰鬱裡。最壞的下場看來躲不掉。我一連幾個小時在甲板上走來走去，發現海狼那恐怖的人生信條把我纏得愈來愈緊。我們在做什麼呢？人生的美麗在哪裡？靈魂就這樣肆無忌憚地墮落了！這種生活是卑下的，早點結束也好！

我趴在欄杆上，呆呆地望著大海，感覺自己遲早也會穿越這冰冷的綠色深淵，沉墜、沉墜，不再升起。

第十七章　風暴

氣氛很詭異。

大家都有一種惡兆，但是鬼魂號上卻一片平靜。我們往北行駛，然後往西，來到日本海岸附近，碰上了巨大的海豹群。海豹們不知道是從太平洋哪裡游過來的，正進行牠們一年一度的大遷移，朝白令峽的棲息地遊去。我們跟著海豹往北走，擄掠、屠殺，把剝皮的屍體餵給鯊魚，把毛皮用鹽醃好，這毛皮將在大都市貴婦們的肩頭顧盼生輝。

那是屠殺，為了女人的大屠殺。沒有人吃海豹的肉或油。屠殺一天，毛皮和屍體就鋪滿了甲板，脂肪和血使甲板變得滑溜溜的，船身兩側的排水孔邊積著血水，船的桅杆、繩索以及欄杆上都濺滿了鮮血。大家像屠夫一樣，雙手沾滿海豹的血，忙碌地揮舞著屠刀，從那海上生物的身上剝下斑爛的皮。

他們從小船上回到鬼魂號後，我的工作就是負責登記海豹皮的數量，監管剝皮的工作以及沖洗甲板。那是一件十分令人作嘔的事情，從心靈到腸胃都讓我無法忍受。但是指揮眾人也有好處，它開發了我在管理方面的小小才華。我明白這是在鍛鍊自己，對「娘娘腔」凡．威登是有幫助的。

我不再是以前的我了。當然，對人生的信仰和希望並沒有被海狼的壓倒性批判所消融，但是他在小事上改變了我。他打開一道通往真實世界的大門，那曾是我一無所知且極力逃避的。現在我學著逼視生命的真實樣貌，明白世界上還有「現實」這東西，不再被束縛於觀念的世界，開始懂得一些在現實裡生存的技巧。

我成了海狼的「寵物」以後，和他見面的機會就增加了。如果是晴天，而我們又在海豹群裡，那所有人都會坐上小船去捕獵，三桅船上只剩下他和我，還有不能算在內的馬格瑞吉。但那並不好玩。六隻小船從三桅船放下去，呈扇形展開，從第一艘上風處的小船，直到最後一艘下風處的小船之間，大概有十到十二哩。它們在海上暢遊，直到黃昏才歸來或面對風暴才逃回來。我們的任務就是駕駛好鬼魂號，行駛在最後下風處那艘小船的下風面。這樣一來，所有的小船在遇見龍捲風或風暴來臨之前，都可以順風而行回到大船邊上。

兩個人駕駛一艘大船是很費力的事情，特別是在強風颳起的時候。我們得掌好舵，不斷盯著小船，升帆、降帆。我的任務是學習，快點學習。我很快就學會了掌舵。然而要飛竄到桅杆頂上，離開繩梯，把全身重量掛在手臂上再往上爬，那難度就大多了。但我還是很快就學會了。我在賭一口氣，向海狼示威，除了精神生活，在現實生活裡我也很棒。我在桅杆上自由上下，僅靠雙腿也可以定在高空中轉動望遠鏡搜尋小船，這樣「玩耍」，我很高興。

一天，風和日麗，六艘小船早早就離開了，在海上鋪散開來，漸漸遠去。獵人們的槍聲漸漸消失。微風從西方吹來，我們靠近最後一艘小船時，一點風也沒有。六艘小船追逐著海豹，向西而去，一艘接一艘消失在天邊——這是我在桅杆頂上看見的。船橫躺在海面上一動也不動，幾乎無法跟隨。海狼著急了。氣壓在下降，東邊的天空讓他心神不安，他目光炯炯地張望著。

「如果它從那邊颳過來，」他說，「猛力颳過來，把我們調轉到小船的上風處，那麼水手艙和『狗窩』恐怕就都會有空床位了。」

十一點，大海如鏡面般平靜。正午時分，儘管正處在高緯度，天卻異常悶熱。沒有絲毫的風，那麼悶熱和壓抑，讓我想起加州的一句諺語：「大地要翻身了。」很不吉祥，讓人隱約感到要出大亂子了。東邊的天空漸漸堆積了烏雲，向我們船頭輕壓過來，就像是地獄裡的一座座黑山，那上面的巨峰深谷、懸崖峭壁歷歷可見，陰霾密布，讓人不由自主地想著海岸線那邊應該是波濤翻滾。但是我們的船仍然只是輕微地晃動著。無浪無風。

「不是龍捲風。」海狼說，「大自然這個潑婦，要開始破口大罵了。哪怕我們只是想收回一半的小船，舵子，也會手忙腳亂的。你最好趕快爬上去，放鬆那幾片中帆。」

「不過，潑婦既然要滿海打滾，而我們又只有兩個人……」我問，帶著反對的口氣。

「我們必須努力趁著風暴剛剛起來，還沒把帆颳掉時，趕上小船。只要趕上了，無論發生什麼事，我都不在乎了。桅杆禁得起颳，我倆想不挨吹都不行——雖然我們還有很多活要幹。」

但是空氣沉重極了。我們吃完了午餐。我心急如焚，胡亂扒了幾口。有十八個人在海上，在天的這面；而在天的另一邊，那烏雲卻沉重地向我們傾壓過來。海狼彷彿滿不在意，雖然我倆回到甲板的時候，我注意到他的鼻翼稍微張了張，動作迅速，但還是被看見了。他板起臉，線條堅硬，但是在他眼裡——今天那眼睛是亮藍色的——閃爍著一種奇異的強光。我感到他有一種興奮，帶著殘暴的快感。因為戰鬥正在迫近，他明白生活裡最偉大的一刻即將到來，所以激動。生活的潮流正在洶湧澎湃，向他奔湧而來。

他突然仰天大笑，也許並沒有意識到我就在旁邊，那是在嘲諷洶湧而來的暴風雨。就像《天方夜譚》裡海邊的小人兒，向巨靈那充滿海天之間的危險挑戰，毫不畏懼。

他走進廚房：「廚子，洗完碗碟，就到甲板上來，準備做事。」

「駝子，」他說，意識到我正在觀察他，「這可比威士忌還迷人呢，是你那個奧瑪所沒有體驗過的。依我看，他只算活了半個人生。」

這時，西面的天空也暗了下來。太陽淡去了，暗沉了，不見了。下午兩點，一個厲鬼般的黃昏在我們頭頂盤旋。偶爾有血紅之光穿透烏雲。海狼的臉在血光裡神采奕奕，在我激盪的幻覺裡，他的頭上籠罩了一層光環。我們的船正在一種非人間的沉寂之中，預示著即將發生的事情。天氣悶熱得難以忍受。我的額頭掛滿晶瑩的汗珠，能感覺到它們正順著鼻尖紛紛流下，我好像要熱暈了，伸手去扶欄杆。

那一瞬間，就在那一瞬間，一絲微弱的聲音從耳邊擦過。它來自東方，如同細細的耳語，隨即消退，下垂的風帆一動不動，臉上吹過一絲涼意。

「廚子，」海狼低聲叫道，馬格瑞吉轉過臉，帶著畏懼。「去把前帆下的索具解開，牽過來，風一動就放出帆的腳索，再捆上索具。你要是弄砸，那就是你此生最後一個錯誤了。懂嗎？」

「凡・威登先生，你在他旁邊放鬆頂帆的索具，然後跳上去，把中帆展開，上帝讓你能夠多快就多快——愈快愈容易。至於廚子，他的動作一慢，就給他臉上一拳。」

他給我的命令沒有脅迫性，我感覺到其中的讚賞，覺得很高興。那時，我們的船頭正對著西北面，他的計畫是風一颳就趁機轉向。

「我們要讓風颳到船側的後半部分。」他對我解釋，「從最後的槍聲判斷，小船是往略微西南方向去的。」

他轉身去掌後面的舵，我向前走，在船首三角帆的下面站住。第二次，風帶著細語而來，然後是第三次，都過去了。船帆懶洋洋地晃動著。

「感謝上帝，風沒有突然颳起，凡・威登先生。」廚師尖聲叫喊。

真的得感謝上帝！我頓悟了其中的凶險。明白如果所有的帆都張開來，加上風猛力一颳，那將是滅頂之災，風的細語就會變成笑語。船帆鼓脹了，鬼魂號啟動了。海狼用力地往左邊船舷打著舵，我們開始鬆開繩子。現在，風正對著船尾吹，愈來愈強勁，前帆猛烈地拍打起來。我沒看到別的地方是什麼情景，但是卻瞧見前帆和主帆隨著風向的變化而鼓了起來，三桅船突然搖晃起來，向一邊傾倒。我手忙腳亂地弄著船首的斜桅帆、三角帆以及桅杆支索三角帆。等我完工，鬼魂號已經往西南方向疾馳而去。風在它側後方鼓動著，全部的風帆都向右邊船舷轉了過去。我的心就像被大錘重擊，無法喘息，逕直攀上了中帆，趁著風力還不太猛烈的時候，把它們整齊地放下、捲起，然後到後艙等待命令。

海狼讚許地點頭，把舵交給我。風力在加強，海浪愈來愈高。我掌了一個小時的舵，一分鐘比一分鐘更難駕馭。這船飛一般行駛著，我缺乏相關的經驗。

「現在，帶著望遠鏡，爬上去搜尋小船，我們的速度起碼是十海浬，現在已經到十二到十三海浬。這老女人跑得可快了。」

我爬到前桅杆頂部的橫杆上停了下來，這裡距離甲板有七十呎左右。我掃視著茫茫大海，明白想要拯救同伴，必須抓緊時間。事實上，在我注視著翻滾的海面時，我懷疑是否還會有船能夠浮在上面。一葉扁舟怎抵得住這驚濤駭浪？

船順風而行，我沒有感覺到風的吹拂，從所處的高處向下看去，只覺得飄然飛升。我看見洶湧的浪花將船托起，它憑藉本能在破浪前行。有時鬼魂號激起千層浪，淹沒了右邊船舷的欄杆，甲板到升降梯口的一片地方都淹沒在翻滾的海水裡。假使迎風起伏，我就會在空中劇烈地動盪，彷彿爬在倒掛的巨大鐘擺上，搖擺猛烈的時候，幅度幾乎達七十呎或更多。有一次，那驚天動地的晃盪把我嚇壞了，我手腳緊緊地抱住桅杆，瑟瑟發抖，腳都軟了，無法搜索迷失的小船，也看不見海上的任何東西。只看得見在下面咆哮的巨浪，奔騰著、翻滾著，肆意要吞沒鬼魂號。

但是一想到還飄盪在怒海裡的人，我的心就鎮定下來，尋找他們的同時，我可以忘記自己。一個小時過去了，除了白浪滔天的大海，什麼都沒有找到。突然間，一道陽光打在海面上，黑色的大海頓時變成銀海翻騰，這時，我瞥見一個小黑點在空中升騰，隨即被浪花吞沒。我耐心地等候著，在我們的左邊船舷外兩、三個方位的地方，那個小黑點又在耀眼的陽光裡閃了一下。我沒有叫喊，只揮動手臂，向海狼發出信號。他改變了航向，當那個黑點再次在正前方出現時，我發出肯定的暗示。

那黑點變大了，非常迅速。我第一次體驗到我們行進的速度。海狼向我打手勢，要我下來。我來到舵邊，站在他面前，他向我發出停船的種種指令。

「地獄之門打開了，魔鬼將蜂擁而出。」他警告我，「但是不要害怕，你的職責就是好好幹活，讓廚子站到前帆帆腳索的旁邊去。」

我向前行進，走哪一面都一樣，迎風面的甲板和背風面的甲板都被不停湧上的海水淹沒。向馬格瑞吉傳達指令後，我爬上前索具幾呎的地方。那艘小船現在離得很近了。它的船頭迎著風浪，拋到海裡當作浮錨的帆和桅杆拖著它。三個人在往外舀水，浪花一湧，他們就不見了。我只好等待，心中十分焦慮，生怕他們不再出現。那小船又突然竄出浪尖，頭往上，露出溼黑的船底，三個人猛力地舀水。一瞬間，小船又栽進了浪底，頭朝下，露出艙面——船尾朝天。小船的每一次出現，都是一次奇蹟。

鬼魂號突然改變航向，開走了。我呆住了，以為海狼要放棄救援。但是我馬上就明白過來，他是打算把船停住。我下到甲板上聽命。我們現在完全順風了，小船遠遠地與我們平行，我感到三桅船驟然一鬆，飛快地加速。然後船身突然一個急轉彎，逆風停船。

船頭正對著浪花時，風暴迎面而來——我們一直都在迴避它。確實是無知者無畏啊！我和風面對面。一堵「風牆」向我壓過來，灌滿了我的肺，讓我吐也吐不出去。我正在嗆噎著，鬼魂號已經在巨浪中沉浮一次，歪著船舷。整個大海在我的頭頂高聳，我急忙側身，屏息再看。那巨浪正砸向船身，我抬頭對著它，一道陽光閃進巨浪，我看見迎面撲來的透明翡翠，背後是一大堆奶白色的泡沫。

然後，它便鋪天蓋地地過來了。一瞬間，水妖、夜叉噴湧而出，四處飛奔。我被狠狠地撞了一下，幾乎倒下，不是身上某一處地方受到撞擊，而是全身所有地方同時被撞了一下。抓緊的手鬆開了，人浸入水中。我心中一驚，糟了，被捲進了波谷。身體被浪翻來滾去，東撞西碰。我憋不住氣，海水嗆進肺裡。我只剩一個念頭：一定要把斜桅帆轉回來對著風。我不怕死，相信可以渡過難關。海狼的指令高掛在昏迷的意識之上，我好像看見他站在舵邊，用他的意志與風暴抗衡，向它挑戰。

我死命抓住以為是欄杆的東西，呼吸，再次吸到甜蜜的空氣。我想站起來，卻被撞了回來，手腳落地，被戲謔的浪花塞進水手艙前面的圓形窗子裡。我爬了出來，從馬格瑞吉身上跨過。他縮成一團，正在呻吟。我沒空理他，必須把斜桅帆扯過來。

我爬過水手艙，上到甲板，世界末日彷彿已經降臨。木料、鋼鐵和帆布四處折斷、破裂。鬼魂號正被風暴撕扯。前帆和中帆因為船頭的轉向漏去了風，沒有人及時把它們收下，被撕成了碎片。沉重的帆底橫杆折斷了，敲打著從左邊船舷到右邊船舷的欄杆。空中四處飛舞著碎片，綳斷的帆索和支索就像蛇一樣嘶鳴飛舞。斷裂的前帆斜杆在這之間嘩嘩落下來。

只差幾吋，那斜杆就砸在我身上，但是它卻激勵著我去行動。也許事情並非無望。海狼的警告聲在耳邊響起。他預言地獄的魔鬼會傾巢而出，果真如此。但是他在哪裡？我瞥見他在主帆邊上忙碌著，用超人的臂力把主帆拽起來，扯平。三桅船的船尾高高翹起到空中，沖刷過來的一片白色浪花襯托著他的身軀。這一切，還有更多的東西——整個的混沌和毀壞——我看見的、我聽見的，我清楚地知道，大概是在十五秒之內。

我沒看巨浪裡的那艘小船，只顧著往斜桅帆跑去。斜桅帆也拍打起來，叭叭響著，時而半鼓，時而耷拉，我用帆腳索慢慢地扭轉它的方向。我知道我盡了全力，每根手指頭都拉到破裂冒血，而此時，三角飛帆和桅杆支索帆的帆布卻轟的一聲巨響，被風撕扯得無影無蹤。

我依然死死地拽著，每一次拽進來一點，就穩住一點，直到下一回的拍打讓我拽進更多。再拉扯起來就容易了，原來海狼來到我身邊，獨力把帆拽到定位，我則忙著捲收鬆下來的繩子。

「拴緊！」他叫道：「過來！」

我跟在他後面，船上一片凌亂，但是整體好了很多。鬼魂號穩住了。她能行動，而且正在行動。許多帆沒有了，迎風的斜桅帆和拉下的主帆還能用，它們在怒海裡穩住了船頭。

海狼收拾著索具，我尋找著小船。它在下風的驚濤駭浪上，離我們不到二十呎。海狼的計算十分精確，我們正好飄到它對面。只要用索具鉤住它的兩頭，就可以拉上來了。但是說來容易做來難。

小船頭上是寇福特，尾部是沃夫特，中間是凱瑞。我們靠近的時候，小船正升到浪尖上，我們則墜入了波谷。三個人差不多就在我們的頭頂，伸直脖子向下俯視著我。隨後，我們翻上來，他們又墜下去，落到我們腳下面。不可思議的是，海浪居然沒有把鬼魂號砸到那小船上。

我算好時間，把繩子甩給沃夫特，海狼也把繩子甩到寇福特手上。兩套索具瞬間就鉤住了，三人借著海浪一起跳，落到了船上。船晃動著身子從水裡冒出來，小船已經依偎在它的身邊。不等海浪再次湧過來，我們已經把它吊了起來，拉上船。底朝天地擱在甲板上。我看到血從寇福特的左手湧出來，一個指頭已經軋得血肉模糊了，但是他不在乎，用一隻手幫我們一起把小船拴牢。

「站在一邊，把那斜桅帆轉過去，你，沃夫特！」我們剛綁好小船，海狼就吼出一個又一個命令。「凱瑞，到後面去把主帆腳索放鬆。你，寇福特，到前面去看看廚子怎麼樣了。凡・威登先生，再到桅杆上去一趟，把一路上的亂東西割斷！」

下令後，他用老虎般的步伐向船舵跳去。我吃力地爬上前護桅索，船頭正慢慢轉向下風面。這一次，船墜入了波谷，巨浪沖船而過，再沒有可以撕裂的帆了。爬到桅頂橫杆一半的地方，颶風把我結結實實地壓在索具上，想掉都掉不下來。鬼魂號忽然近乎直立起來，桅杆幾乎和海平面平行。我看見船身淹沒在喧騰的浪花裡，兩根船桅從浪花中伸出來，鬼魂號從海水裡扳正身子，甲板像鯨魚背一樣竄出海面。

我們穿越驚濤駭浪。我像一隻蒼蠅附著在桅頂的橫杆上，尋找著其他的小船。半個小時後，我發現另外一隻小船，底已經朝天，和拉、路易士和強生死抓住它不放。這一次，我停在空中，海狼把船停穩，沒有翻沉。和上次一樣，我們對著那小船開過去。索具鉤好了，繩索扔給三個人，他們像猴子一樣跳上了船。小船被拉上來時碰壞了，但那些壞的地方被捆得很結實，可以修好。

鬼魂號再次調轉船頭，這次，它一下子就鑽入水面下，足足有好幾秒鐘，我懷疑它無法再竄出水面了。高高的舵樓被海浪吞沒，那一刻，我感覺到獨自和上帝待在一起，被拋離了人世，依偎在上帝的身旁，看著他天譴下的洪濤巨浪。然後，海狼寬闊的肩膀和巨臂衝出水面，舵樓浮現。那巨臂抓緊舵把，讓船按照他的意志行動。他是人世之神，他玩弄著風暴，把撲上來的浪花甩掉，凌駕於怒濤之上，向著目標前進。啊！渺小的人類啊，依靠這樣一個由木頭、帆布組成的纖弱之物，竟然能與海天搏鬥，並且活著、呼吸著、行動著！奇蹟！真是奇蹟！

現在是五點半，鬼魂號穿越過波谷，躍上波峰，在風暴中挺進。半個小時以後，就在最後一絲餘暉快要被凶狠的黑暗吞噬時，我發現了第三艘小船。小船底朝天，不見人影。海狼故技重演，穩住，繞到上風頭，然後對著它開去。但這次，他偏離了四十呎，小船從身後滑過去了。

「是四號船，」沃夫特叫嚷道，在那小船跳出浪花的一瞬間，他那雪亮的眼睛捕捉到那顛倒的小船號碼。

那是亨得森的船，跟他一起失蹤的還有霍利奧克和另外一個水手威廉斯。他們消失了，但是小船還在。海狼準備冒險一搏，把小船收回來。我已經來到甲板上，和拉以及寇福特不贊同這樣做，但是抗議無效。

「以上帝之名，我絕不讓風暴奪走我的小船！哪怕它是從地獄逃出來的！」他嚎叫。雖然我們四個人湊在一起想要聽清楚他說什麼，但是他的聲音依然微不可聞，似乎來自於千里之外。

「凡・威登先生！」他叫道。在轟鳴聲中，他的聲音聽起來像耳語般輕柔，「你跟強生還有沃夫特站在斜桅帆旁邊！其他人都到後面的主帆那裡去。快！要不然我把你們全部掀翻到海裡去，清楚了嗎？」

他狠狠地轉著舵，鬼魂號轉過船頭，獵人們無計可施，只好極力去做。我再次捲入到驚濤激浪裡，拚命抓住前桅杆腳下的欄杆不放，此時，我才體會到多麼危險。我抓不住了，被捲到船邊，沖進海裡，又被猛地沖了回來。一隻有力的大手把我拽住。船身出水的時候，我才發現是強生救了我的命。他還在繼續焦急地四處張望，我才發覺凱瑞不見了。

這一次，海狼又錯過了小船，沒能到達預定的位置。他只好改變方法。鬼魂號順風行駛，船身右斜，向左舷搶占風口掉轉船頭，開了過去。

「真棒！」船從洪流裡升起來時，強生在我的耳邊讚美道。我知道他並不是說海狼那高超的駕駛技能，而是指鬼魂號的卓越性能。

夜色濃厚，小船無影無蹤，但是海狼憑藉超群的本能，穩穩當當地穿過激流。這一次，浪濤淹沒了我們的半身，但是沒有墜入波谷，沒有被沖走的危險。我們對準底朝天的小船衝過去，小船被拽了上來，但是已經破爛不堪。

隨後，忙了兩個小時，大家一起動起來。兩個獵人、三個水手、海狼還有我——把斜桅帆和主帆一張張收好，靠著兩張短帆前進，帆上滴下來的水就沒有那麼多了。船就像個軟木塞在浪頭上搖晃。

一開始我的指頭就已經裂開了，摺疊帆布時，痛得淚水都流出來。一幹完活，我就像個女人一樣暈倒在甲板上，軟綿綿地不能動彈。

馬格瑞吉像一隻被淹得半死不活的老鼠，被從水手艙拖了出來。他嚇得癱成一團。我看見他被拖到船後面的艙房裡，才大吃一驚，廚房不見了，那裡現在只剩下一片空白。

我在艙房看見所有人都到齊了，水手們也在。在小爐子上燒煮咖啡的時候，我們喝著威士忌，啃著硬梆梆的麵包。從我出生到現在，從來沒有覺得食物這麼好吃過，也從來沒有覺得咖啡像今天這樣鮮滑香濃。船身瘋狂地搖晃，走路的時候必須得抓住一些什麼。有幾次我們齊聲叫著「啊，倒了！」大家滾成一團，摔倒在右舷板壁上，就像是摔在地板上。

「無需派人值班了。」大夥兒吃飽喝足之後，海狼說，「甲板上沒什麼可做的事情了。如果要出事的話，躲也躲不掉。大家好好睡一覺。」

水手們往前走去，一路走一路弄好船燈。兩個獵人也留在艙房裡睡。海狼和我一起合作，把寇福特被砸壞的手指切除，縫好殘指。馬格瑞吉被要求不斷地煮咖啡、上咖啡，維持著爐火，他一直抱怨身體很痛，後來又賭咒說一定是斷了一根或兩根肋骨。但直到第二天我才確診他斷了三根。主要是因為我對於肋骨折斷的知識一無所知，得先讀資料，才懂得診斷。

「不應該啊，」我對海狼說，「一艘破船，丟了凱瑞的命。」

「但是凱瑞並不值錢。」他回答，「晚安。」

也只能這樣了。我的指頭錐心地痛，失蹤了三艘小船，加上船身瘋狂地擺動，看來我是睡不著了。但是我的頭一碰到枕頭，就進入夢鄉了。累得稀哩嘩啦，睡得昏頭昏腦。這期間，鬼魂號無人掌舵，獨自與風暴搏鬥、漂浮。

第十八章　船上的女人

第二天，風暴漸漸小了，海狼和我研究起解剖學和外科醫術，好替馬格瑞吉治療肋骨。風暴漸漸遠去了，鬼魂號掉頭往西，在海上遊弋。我們把小船修好，做了新的風帆掛起。一艘艘捕獵海豹的船隻互相打著招呼。大多數的船都在四處找尋自己丟失的小船，大多數船也帶著他們收留的、並不屬於自己的小船和人員。因為大多數船隻都在我們的西邊，而分散得很遠的小船卻都往最近的「諾亞方舟」拚命逃竄。

我們從「奇思科」號收回了兩艘小船，人員都安然無恙。最讓海狼開心卻讓我難過的是，在「聖達戈」號上找到了老菸袋和同一艘船的尼爾森和里奇。這樣，五天之後，鬼魂號上只少了四個人：亨得森、霍利奧克、威廉斯和凱瑞。我們又繼續在海豹群的兩側打獵。

我們追趕著海豹，往北遷移，濃霧開始籠罩天空和大海。一天接著一天，被放下的小船還沒有挨到水面，就被濃霧吞沒了。留在船上的人，定時要吹號，每隔十五分鐘放一次信號。但還是不斷有小船在失蹤。海上有一個規矩，如果小船被哪艘三桅船找到，就在哪艘船上打獵分紅，直到被自己的船找回。不難理解為什麼海狼喪失了一艘小船，就會抓住別人走失的小船不放，強迫它上面的人替鬼魂號打獵，就算看到它原屬的三桅船也不會還回去。海狼曾經用槍抵住一個獵人和他兩個助手的胸口，那時他們的三桅船正和我們擦肩而過，他們的船長正在跟我們打招呼，向我們打聽消息。

馬格瑞吉竟然撐著活了回來，瘸著腿又開始擔負起廚師和茶房夥計的雙重工作了。這真是一個奇蹟！強生和里奇仍然被海狼虐待著不斷遭受毆打，估計當狩獵季節結束的時候，他們也差不多玩完了。

其他人的日子也並不好過，就像狗一樣活著。海狼和我相處還算好。但是我的腦海裡總是纏繞著一個念頭，應該殺了他！另一方面，我既被他深深吸引住，又對他心生畏懼。我沒有辦法想像他死後蜷縮在地上的樣子。在他的身上瀰漫著青春的堅毅氣息，我無法容忍那種景象的出現。我希望他永遠活著，永遠霸氣，搏鬥著、毀滅著、永生著。

他是一頭快活的牲畜。船在海豹群裡，風浪很大，獵人們都不敢下去，但是他就樂呵呵地帶著兩個槳手和一個舵手自己親自下海了。他的槍法可謂萬眾挑一，獵人們都無法捕獵的氣候，他也能帶回許多豹皮。他凡事都要拚命，似乎和呼吸一樣不可或缺。

我漸漸精通了航海技術。很難得的一個晴天，海狼的頭痛又發作，我也快活了一回，自己駕著鬼魂號去收回小船。從早晨到黃昏，我一直站在舵旁，追著最近的一艘下風面的小船。不用他，我自己也能操縱，收回一艘，接著，又把另外五艘也收了回來。

那是一個常年經受風暴的地區，颶風是家常便飯。一到六月中旬，颱風就席捲而來。那颱風讓我永世難忘，那是我一生中重要的轉捩點。我們肯定是接近了風暴的中心，海狼駕船往南逃去，先是只用了摺了又摺的斜桅帆，到了最後，只剩下光光的桅杆。一座座浪花像山一樣撲來，我做噩夢都沒有見識過，原來之前所經歷的驚天巨浪只不過是漣漪而已。從一個浪峰到另外一個浪峰之間，大概有半哩之遠，我發誓，挺立的浪巔超過我們的桅杆尖。直直打過來的浪峰，就連海狼都不敢逆風停船。颱風早就把船趕到遠方，我們已經遠離了海豹群。

颱風減小時，我們肯定是進入了太平洋的輪船航線。就在這裡，海豹獵人們又驚又喜——我們遇到了第二群海豹，或說是上一群的後續部隊。他們都說這是難得一見的。那裡變成「屠夫的樂園」，槍聲此起彼伏，大屠殺持續了一整天。

我剛剛登記完最後一艘小船的皮毛，里奇趁著夜色來到我身邊，悄悄問我：

「凡．威登先生，你能告訴我，我們距離海岸還有多遠嗎？橫濱在什麼方位？」我的心劇烈地跳起來，我明白他的想法。我把方位告訴了他，橫濱就在西北偏西的方向，大約五百哩。

「謝謝。」他只說了一句，轉身鑽進了黑夜。

第二天早上，強生、里奇和三號小船不見了。其他船上的淡水桶和食物盒，還有兩個人的鋪蓋和背包也都不見了。海狼暴跳如雷。立刻升帆，向西北偏西的方向趕過去。總有兩個獵人站在桅杆頂上用望遠鏡搜索海面。而他自己則像一隻殘暴的雄獅在甲板上打轉。他很清楚我對兩個逃亡者的同情，不讓我去瞭望。

清風徐來，時斷時續。要在茫茫大海中尋覓一艘小船，如同撈針一般困難。但是他命令鬼魂號全速快進，趕在逃亡者和陸地之間必經的航線上巡弋。

第三天早上，老菸袋在桅杆頂上發出吼叫：「看見小船了。」大夥兒跑到欄杆邊，風從西邊吹來，顯然不久將有大風來臨。海天之間，一輪紅日的映襯下，冒出一個黑點，隨即又消失了。

鬼魂號把船頭對準它，直開過去。我的心如墜大石，沉甸甸的。海狼的眼裡冒著得意的火花，他的影子在我眼前跳動。我的心中升起一股無名之火，恨不得向他撲過去。想到里奇和強生即將吃到的苦頭，我失去了理智，迷迷糊糊地下到「狗窩」，拿起一支上了子彈的獵槍就要跑到甲板上去。忽然間我聽到一聲驚呼：「船上有五個人！」

我靠在梯子邊，渾身戰慄。驚叫聲不斷響起。我癱坐下來，頭腦冷靜了，嚇出一身冷汗，心中暗自慶幸。於是放回獵槍，溜上甲板。

沒有人注意到我的行蹤。那艘小船已經很近了，它比一般獵海豹的小船大些，船型也不同。我們靠近時，他們已經收了帆，從底座上把帆放倒，裝好了槳。小船上的人正等著我們停船，救他們上來。

我站在老菸袋旁邊，他已經從桅杆上下來了，笑聲有點奇怪。我瞄了他一眼。

「真好笑！」他還在咯咯地笑著。

「怎麼啦？」我問。

他又咕咕地笑了起來。

「你還沒看出來？那船尾坐著的要不是一個女人，我就再也不打海豹了。」

我定睛望去，卻看不清楚。四周響起一聲又一聲驚呼。那艘小船裡有四個男人，第五個顯然是一個女人。大家心中都敲起了小鼓，咚咚咚咚，只有海狼除外。他顯然很失望，那不是他自己的小船，也沒有找到那兩個要發洩的對象。

我們向著在風中招搖著的斜桅帆跑去，拉起斜桅帆的腳索對著風向，展開主帆，迎風向前。船上的人划著槳，幾下之後，小船與三桅船平行了。這時我才看清那位女士。晨風微涼，她身上裹了一件綁著腰帶的寬鬆長大衣。我只能看見海員帽下露出的一縷棕髮和一張臉，眼睛是褐色的，大而明亮，嘴唇甜美而敏感，臉型是精緻的鵝蛋臉，在陽光和海風的渲染下變成了紫紅色。

她就像是天外飛仙。我產生了渴望，就像乞丐見到了麵包。很久沒有見過女人，我迷糊了——這是一個女人？我精神恍惚起來，忘記了大副的職責，沒有去幫助新人們上船。一個水手把她舉了起來，交到海狼伸下去的手臂裡。她抬頭看著那些充滿好奇的面孔，甜甜地一笑，只有女人才能笑得這麼甜。我已經很久沒有見過甜甜的笑容了，幾乎忘記人世間還有這麼甜美的笑容。

「凡．威登先生！」

海狼的厲聲「打」醒了我。

「你能把這位女士帶到下面去，讓她感覺稍微舒服一點嗎？把左邊船舷的那間空艙房收拾好。讓廚子去。再想辦法治療一下她被曬傷的臉。」

他迅速轉身離去，向新人提問。那艘船被遺棄，隨浪漂走了。有人發出「太遺憾」的嘆息。橫濱已經不遠了。

帶著這位女士向後艙走去的時候，我發現自己竟然怕她，而且感到尷尬，好像初次領略到女人竟是如此嬌媚的精靈。我扶住她的手臂，帶她走下樓梯的時候，震驚於她手臂的纖柔。事實上，以女人來說，她確實婀娜娉婷。那纖細的手臂彷彿輕輕一捏就會斷掉。坦白講，這是我對梅蒂的首次印象。

「不用太費心了。」我從海狼的艙房裡拖來一把椅子，讓她坐下來時，她說，「幾位先生們預計今天早上隨時都會見到陸地的。我們的船應該晚上就可以到達，您說是嗎？」

她想得如此簡單，我暗自吃驚。我該怎麼說呢？怎樣解釋這個海上的怪獸？怎麼說清楚我現在才明白過來的海盜邏輯？我決定實話實說。

「要是碰到的是別的船長而不是這個，我可以說你們明天就能到達橫濱。但是我們的船長是個很乖張的人，請妳做好準備，什麼事都可能發生，妳明白我的意思嗎？不管是什麼事。」

「我——我不明白。」她猶豫了，眼睛裡閃現一絲迷惑的神情而非恐懼。「我錯了嗎？我以為凡是遇到海難的人都應該得到幫助。這並不難辦，您知道的。我們離陸地已經很近了。」

「究竟會發生什麼，我並不清楚。」我安慰她，「我只是請妳做最壞的打算。這個人是一個魔鬼，誰也猜不到他會幹些什麼。」

我有點激動。但她只是說了一聲：「啊，我懂了。」就打斷了我。她的聲音透著疲憊，精神不濟，人都快累垮了。

她不再問，我也沒有再說。只是趕緊做事，讓她可以舒服一點。我就像個管家婆一樣忙碌著，給她找鎮痛劑，在海狼的房間找到一瓶葡萄酒——我知道酒在那裡。我命令馬格瑞吉去收拾那間空著的小房間。

海風大了些。鬼魂號傾斜起來。小房間收拾好時，鬼魂號正在乘風破浪。里奇和強生已經被我拋諸腦後。一聲雷鳴般的大吼在艙口轟然作響：「啊哈！小船！」那是在桅杆頂上的老菸袋在嚷嚷。我瞥了那女子一眼，她正閉眼靠著扶手椅子，疲倦之極。那一聲大吼她並沒有聽見，那種暴力場面不能讓她看到。她累了，那很好，她應該睡一覺。

甲板上響起了命令聲、腳步聲和風帆的拍打聲。鬼魂號調轉風帆，向一側傾斜，扶手椅滑動起來。我趕緊上前，擋住椅子，她才沒有被甩出去。

她抬起頭，撐開眼皮，看見是我，只略微示意。一路上她腳步輕浮地走，差點就跌到了。我把馬格瑞吉趕出房間，他對著我詭祕地笑了，跑到獵人那裡去造謠，說我是「夫人的男寵」，以示對我的報復。

她靠在我身上，我確定她在路上就已經睡著了。船一晃盪，她差點撲倒在床上。她的眼睛睜了睜，對著我笑一笑，又睡了過去。我幫她蓋上兩床水手的毛毯，她的頭陷進枕頭裡——那是我從海狼的床上拿來的。

第十九章　追殺

走上甲板，我發現鬼魂號正在向左急轉彎，打算搶風快速前進。大家都到了甲板上，明白一旦里奇和強生被捉上船就會沒命的。

路易士到後面接班掌舵。空氣充滿潮溼的味道，我看見路易士已經穿上雨衣。

「會是什麼天氣？」我問。

「一場非常猛烈的颶風，先生。」他回答，「還會下一些雨，打溼我們的臉。就這樣。」

「他們被找到了，真是糟糕！」我說，一道激流把船頭沖得一歪，小船從斜桅帆前一閃而過，進入了我們的視野。

路易士轉了一手舵，拖延了一會，「我擔心他們是到不了陸地了，先生。」

「你覺得不行嗎？」我追問。

「不行了，你覺得呢？」一陣風吹向三桅船，路易士只好馬上倒轉一手舵，好擺脫風。「一個小時以後的海上，這艘蛋殼樣的小船就漂浮不起來了。他們在這兒被我們弄上來的話，還算是走運。」

海狼大步地從艙房裡走過來。他剛才在那兒跟幾個被救起的人談話。他像貓一般敏捷，兩眼閃閃發亮。「有三個是灌油的工人，一個是四級的機械師，」他對我招呼著，「但是我要把他們都變成水手，起碼變成槳手。那位女士怎麼樣了？」

不知道為什麼，最後一句話讓我感到心口一緊，似乎被捅了一刀。我明白我有點太敏感了，但是我擺脫不了那種心情，只好聳聳肩，作為回答。

海狼吹了一下口哨。「那她叫什麼名字？」他問道。

「我不知道。」我回答，「她睡著了，疲倦到了極點。事實上，我是在等你的消息。那是一艘什麼船？」

「郵輪。」他回答，「東京號，從舊金山市過來的，前往橫濱。遭遇了颱風，被打垮了。那艘船已經太舊，都裂開了一大片，就像篩子一樣。他們飄了四天。你不知道那個女的叫什麼？是做什麼的？——是小姐、夫人、還是寡婦？」

他搖搖頭，眼睛帶著嘲弄的神情，盯著神經質的我。

「你……」我一開口，話已經到了嘴邊，我想問他是否打算把遇難的人送到橫濱去。

「我怎麼了？」他問。

「你打算怎麼處置里奇和強生？」我改口問道。

他搖著頭。「駝子，我不知道。你看，增加了這麼多人，我需要的人手差不多夠了。」

「他們也差不多到了。」我說，「為什麼不寬容一點呢？把他們救上來，好好待他們。他們也是被迫的。」

「是被我逼迫的？」

我直接說，「我警告你，海狼，你要是太過分，我會不惜跟你拚命的，我會殺了你。」

「太好了！」他叫道，「你真讓我感到驕傲，駝子。你真的能夠用自己的腿站起來，成長了。你不幸生在富豪人家，但一直在進步。這樣的你更讓我高興。」

接著他語氣一轉，臉色凝重。「你會信守諾言嗎？」他問，「一言既出，駟馬難追？」

「當然。」我回答。

「那我們就約定好，」他繼續說。後來我才知道，他的奸詐已無人能及。「如果我承諾完全不碰里奇和強生，作為回報，你能承諾不殺我嗎？」

「啊，我並不是怕你，不怕。」他補充道。

我懷疑自己的耳朵出了問題。真弄不懂這個人。

「成交嗎？」他不耐煩了。

「是！」我回答。

他向我伸出手，我忙把手遞過去，握手的瞬間，他的眼裡閃過一絲嘲弄。

我倆走過舵樓的甲板，來到背風面。那艘小船已經離我們很近了，船上的情況很不好。強生在掌舵，里奇在舀水。我們快速趕上他們。海狼打了一個手勢，讓路易士不要緊靠他們。然後鬼魂號開了過去，在距離他們不到二十呎的上風面和小船平行前進。鬼魂號擋住了風，小船不晃了，斜杆帆空擺著。兩個人馬上換了位子。小船停住了，三桅船躍上了浪尖，小船跌下了浪谷。

這時，里奇和強生一起仰頭看著水手們的臉。水手們在中間的甲板欄杆旁一字排開，沒有人跟他們打招呼。在水手們看來，雙方已經是陰陽相隔，他們正在與幽靈對視。

他倆一起轉向舵樓甲板，海狼和我站著。船身墜下浪谷，小船飛上浪尖。強生俯瞰著我，臉色憔悴不堪。我對著他揮揮手，他也揮手作答，但那是多麼絕望的樣子，彷彿在告別。我沒有與里奇對望，他正死盯著海狼，一臉怨毒，充滿凶暴。

他們往後漂走了。斜桅帆陡然鼓脹起來，向小船壓過去，看起來就像要翻船了。一道白色浪花猛地打了下來，小船又鑽了出來，進了半船的水。里奇在舀水，強生守在舵旁，臉色慘白。

海狼對著我的耳朵短促地一笑，大步走向舵樓甲板的迎風面。我以為他要下令讓鬼魂號停下來，但是船繼續前進，他一動不動。路易士沉靜地站在舵旁，下面那群水手望著我們，臉上露出焦急的神色。鬼魂號劈開波浪向前行進，小船已經變成了一個小點。這時，海狼下令了，船向右邊轉身。

鬼魂號停住了，在小船的上風面兩哩處，放下斜桅帆。捕獵海豹的小船本身並不能抵抗風暴，它需要三桅船作為後盾，風暴來臨時才好向「諾亞方舟」逃命。但是此刻在怒海波濤中，里奇和強生除了鬼魂號別無選擇，他們在驚濤駭浪裡迎風奮進，行速緩慢，隨時都會被浪花打翻。那小船一次次鑽進白色的浪花中，又像個軟木塞一樣被拋了出來。

強生是一個超凡的水手，航海技藝高超，一個半小時後，他們差不多快要追上我們了，再加一把勁就可以趕上來了。

「害怕了？」海狼嘟噥著，一半是對自己說，一半是對別人說，好像那兩個人能夠聽見一樣。「想上船？好啊，那就來吧！」

「掌好舵！」他向沃夫特下達命令，換下了路易士。

一道道命令拋了出來，鬼魂號轉向下風面，前帆和主帆帆腳索鬆開了，迎著風，三桅船開始起伏前行。強生冒險鬆開帆腳索，在我們的尾浪後面一百呎以外的地方橫著靠過來。海狼咧嘴一笑，揮手要他們追上。他並不想用船撞沉他們，而是戲弄，這是一種教訓，但是這個教訓很險惡，那小船隨時都會被浪濤吞噬。

強生馬上直轉，小船跟了上來。這是求生的唯一途徑，死神已經到了頭頂。只要一個浪花砸向小船，它就要翻了，這是遲早的事。

「怕死。」我向前走去，去安排降下斜桅帆和桅杆支索三角帆，路易士對著我的耳朵說了一句。

「過一會，他會讓他們上來的。」我胸有成竹地回答，「他只想嚇唬一下他們。」

路易士斜看我一眼，彷若看透一切，「你真的這樣想？」他問。

我回答，「難道你不是？」

「現在我除了自己這副臭皮囊，什麼都不想，」他回答，「變成這個樣子，真讓人鬱悶。舊金山的威士忌把我弄糊塗了；後艙那個女人也會把你弄得昏頭轉向。啊，你是一頭快活的豬。」

「你什麼意思？」我問，他轉身走了。

「我什麼意思？」他叫道，「是你要問我的，不是我什麼意思，而是海狼是什麼意思。海狼，我是說，海狼！」

「出事的話，你會幫忙嗎？」我脫口而出，他點到了我心底的疑慮。

「幫忙？胖子路易士只幫自己的忙。麻煩會接踵而來的。這才剛開始，記住，麻煩才剛開了個頭。」

「沒想到你是一個膽小鬼。」我瞪著他。

他白了我一眼。「既然我從沒幫過那兩個傻瓜，」他指著船後那艘小船，「你以為我會為一個素不相識的女人打爛我的頭？」

我冷冷地轉身向後走去。

爬上舵樓甲板，海狼說：「凡．威登先生，請把中帆放下來。」

我放心了，起碼不用為那兩個人擔心了。他顯然不想跑得太遠。我看到了希望，馬上執行他的命令。我發出一道道指示，水手們迫不及待地往升降繩跑去，收下帆來，幾個水手爭先恐後地往桅杆上爬。海狼看著忙亂的人們，嘴一咧，高深莫測地笑了。

鬼魂號離小船愈來愈遠，在離它幾哩的地方又停了下來。所有的目光都看向那一葉扁舟，包括海狼，但他是唯一一道冷冰冰的目光。路易士看著他，臉上露出不加掩飾的焦慮。

小船飛速而來，愈來愈近，像條小小的鯨魚，掀起浪花，衝破浪頭，時而隱入浪花，又鑽出來，拋向天空。每一次的衝刺似乎都是最後一次，但是它又活了過來。一場小龍捲風掠過，小船仍然從飛旋的浪花中蹦了出來，就快趕上我們了。

「快！」海狼大叫，跳到舵輪邊，自己轉起舵輪。

鬼魂號再次啟動，飛速前進。強生和里奇緊追不捨，又過了兩個小時。鬼魂號停、開、停、開，那片小船掙扎著緊隨船尾，時而拋到空中，時而跌到浪谷。最後，就在四分之一哩外的地方，一團濃黑的小雷陣雨把它遮住了，再也沒有出來。天空放晴了，翻騰的海面上再也沒有見到那片帆影。我好像看見那小船溼黑的底部，在一朵浪花裡閃了一下。解脫了，強生和里奇脫離苦海了。

大家三五成群地待在甲板上，誰也沒有下艙，誰也不說話，誰也不看誰。每一個人都呆住了，好像陷入了冥思，在想著剛才的一切。但是海狼馬上向全體水手下達了一個又一個命令。鬼魂號立刻轉向往北——通往海豹群而不是橫濱，但是水手們在扯帆換向時顯得無精打采。他們在咒罵，詛咒的話語從嘴唇裡低低地擠出來，沒有生氣地堆積在甲板上。獵人們倒沒有什麼，「快活的畜牲」老菸袋說了一個笑話，他們哄笑著向「狗窩」走去，嘶吼聲中帶著狂笑。

我走到廚房的背風面，那位機械師來到我身邊。他一臉慘白，嘴唇顫抖。

「上帝啊，這是什麼船啊！」他叫道。

「你沒有長眼睛嗎？沒看見？」我粗聲粗氣地說，心中充滿痛苦與恐懼。

「你的承諾呢？」我問海狼。

「我從來沒有想過要讓他們上船。」他說，「我只承諾不碰他們。」停了一下，他笑了，「不是嗎？沒碰，一點都沒有碰。」

我心中亂糟糟的，一言不發。我需要好好想一想。現在，那位已經睡著的女人是我的首要職責。理智的火光在我心裡閃動，想要幫助她，就絕不能衝動。

第二十章　人生何處不相逢

接下來倒是風平浪靜。一陣喧鬧的小雷陣雨「打溼了臉」，就過去了。四級機械師和三個灌油工人和海狼喧嘩一陣之後都套上了工作服，成了獵人們的助手，或到甲板值班去了。他們煩亂地往水手艙走去，邊走邊叨嘮——他們已經見識過海狼的恐怖，接著在水手艙又親耳聽到很多故事，於是一聲都不敢出。

梅蒂小姐——我從機械師那裡知道了她的名字——一直在沉睡。晚飯時，我請求獵手們放低聲音，因此她沒有受到打擾。但是次日早上，她出現了。我原想讓她單獨用餐，但是海狼干涉了。「她是哪裡的大小姐？為什麼不能到艙房的餐桌跟大家一起吃？」他問。

很有意思，她一來到桌邊吃飯，哄鬧的獵人們都變成了啞巴，只有和拉和老菸袋不害臊，不時用眼睛偷看她兩眼，甚至還參與了談話，其餘四個人只盯著盤子，咀嚼得一本正經，耳朵隨著下巴的節奏搖晃著，活像一群在吃草料的牲口。

剛開始，海狼什麼都沒有說，只有在被問到時才會回答。那倒不是害羞，他的頭腦裡沒有害羞這個詞，對他而言，這個女人是個新品種，未曾見過，他觀察著。除了看看她的手或肩膀，他的眼睛沒有離開過她的臉。我也在探究著。儘管是我在主持談話，但是也有點怯場，不夠沉穩，但是海狼鎮定自如，他有自己的自信。面對女人，對他來說就像面對風暴和廝殺一樣，不怕。

「我們什麼時候可以到達橫濱呢？」她轉過臉，正視他的眼睛。

開門見山。所有人都靜止了，儘管眼睛都盯著盤子，但是所有人都豎起了耳朵。

「四個月以後，說不定三個月就可以了，如果狩獵的季節結束得早。」海狼說。

她屏住了呼吸，喃喃自語：「我——可是人家告訴我，只要一天就可以到達橫濱了。這……」說到這裡，她停住了，環顧一張張盯著盤子的冷漠的臉。「這不對啊。」她下了結論。

「這個問題妳得找那位凡．威登先生回答。」他對我點點頭說，眼睛裡跳動著玩味的火花，「在關於人權的問題上，凡．威登先生可以算得上權威。我，身為一個船員，看法不同。妳得和我們一起。對於妳來說，這也許是不幸。但對於我們，卻肯定不勝榮幸。」

他看著她，瞇眼一笑，露出尖牙。她垂下眼睛，但又馬上抬起，挑戰似地看著我的眼睛。那意思是：「他說的是真的嗎？」我是個左右為難的角色，只好保持沉默。

「你怎麼說？」她問。

「如果妳在之後的幾個月跟人有約，那可真是抱歉了。但妳說是為了療養而到日本去的，那麼我可以向妳保證，如果想要讓身體變強壯，沒有比鬼魂號更好的地方了。」她的眼睛噴出怒火，這次是我垂下了眼睛。在她的怒目而視下，我的臉灼燒得通紅。真是一個懦夫，可是「忍」字頭上一把刀啊！

「凡．威登先生，就這麼決定了。」

我點點頭，她平靜下來，等著後面還要說什麼。

「不是說他現在的身體有多結實，」海狼繼續說，「但是他進步很多。你應該看看他剛上船時的身體。必須把他想像成一個『竹竿』才行。對嗎，寇福特？」

話題點到寇福特身上，他嚇得連餐刀都掉在地上，嘴裡衝出一個字：「是。」

「在削馬鈴薯和洗盤子中獲得很大的進步，對嗎，寇福特？」

那位仁兄嘴裡又吐出一個字：「對。」

「再看看他現在，當然絕不能說他四肢發達，但他總算朝強健的體魄跨出了一大步，他有了自己的腿，可以站起來了。現在再看他，不會覺得他是沒有腿的。可是當初他確實是躺在生活上面的。」

獵人們吃吃地笑了，但她憐憫地看著我，這大大地減輕了海狼對我的尖酸奚落。事實上我已經很久沒有體會到這種受人憐惜的滋味。我的心在那一刻融化了，一下子成了她的裙下之臣；而我對海狼卻感到大為光火。他正在嘲弄我的男子氣概，對我新鍛鍊出來的「腿」挑戰。

「我大概學會了靠自己的腿站穩，」我反駁道，「但我還沒有學會用它們去踩別人。」

他輕蔑地看著我，「那你還只是半吊子。」他冷淡地說，然後轉向她。

「鬼魂號很大方，凡・威登先生就發現了這一點。我們竭誠讓來賓感覺到賓至如歸。對嗎，凡・威登先生？」

「是的，甚至跟在家裡一樣，削馬鈴薯、洗盤子。」我回答，「提到深厚的友誼，就不說去掐別人脖子的事情了。」

「啊，請不要聽他胡謅。」他裝出驚慌的表情，「妳會發現的，梅蒂小姐，他隨身帶著一把

『匕首』，哇塞！這對高級船員來說可真是稀奇呢。凡．威登先生真是個寶貝，但是有時——怎麼說呢，唉，有些暴力傾向，而嚴厲的措施也是必要的。通常，他都是理性和公正的，像今天這樣。但他不會狡辯的，就在昨天，他還威脅過要我的命呢！」

怒火在我的胸中激蕩，我感到義憤填膺，所有的眼光都飛到我臉上來了，我的眼睛則憤怒地瞪著他。

「妳看，在妳的面前，他也快要大發雷霆了。總之，他不是很習慣和女士在一起。我和他同行需要冒著很大的風險，必須武裝好才可以。」

他哀傷地搖搖頭，喃喃地說：「太可怕了，太可怕了。」獵人們迸出哄堂大笑。各種各樣野獸的吼叫和狂笑聲在艙房裡四處飄蕩——一群快活的、原始的獸類。看著這個女人，對比是如此強烈，我突然發現自己也是其中一隻野獸。我了解這些人，很清楚他們是怎麼想的。我已經同化成他們其中的一個，捕獵海豹的、吃海豹的、想著海豹的。低劣的衣服、野性的臉龐、狂暴的笑聲，還有那些搖晃著的壁板和閃動的風燈，我已經習慣了這一切。

往麵包上塗黃油的時候，我的目光偶然落到自己的手上。它破爛、發炎、腫脹、黑油油的。我感覺到脖子上那大片大片毛絨絨的鬍子。我清楚地知道我的外衣捉襟見肘，貼身的藍色襯衣雖然質地還算優良，但是挨近喉嚨的那顆鈕釦早已經不知去向。海狼說的匕首掛在腰間的刀鞘裡——彷彿它很自然地就是該在那兒。我沒有想過自不自然，現在用她的眼睛一看才知道，這一切在她眼裡該是多麼的蠻荒。

她聽出海狼的嘲弄，又愛憐地看了我一眼，但那一眼中有著迷惑。這些嘲弄讓她更加不解。

「說不定可以讓路過的船把我帶走。」她建議。

「除了捕獵海豹的船，這附近不會有其他船隻了。」海狼回答。

「我沒有衣服換，什麼都沒有。」她抗議，「你好像不明白，我不是男人，不習慣『浪蕩』的生活。你和你的人似乎是樂於此道的。」

「適者生存啊，」他說，「我提供布、針和線，自己動手，豐衣足食，希望這不是太困難。」

她嘟起了嘴，臉上泛起苦笑，好像在說她不會做衣服。我明白，她心中惶恐，但還是硬撐著。

「我估計妳和那位凡．威登先生一樣，飯來張口，茶來伸手。自己動手，手是不會脫臼的。順便問一句，妳靠什麼謀生？」

她睜圓了雙眼，望著他。

「我並無觸犯之意，人人都要吃飯，就應該有吃飯的資格。這些人為了生存而追捕海豹。同樣，我也必須駕駛三桅船。而凡．威登先生，至少現在正在當我的助手，獲得食物。那麼，妳是做什麼的？」

她聳了聳肩。

「妳自己養活自己嗎？還是靠別人養活？」

「恐怕這一生我都要靠別人來養活了。」她笑說道，試著鼓起勇氣應和他的嘲弄，雖然她看著海狼的眼神裡有一絲恐懼。

「我想有人幫妳鋪床？」

「我自己鋪。」她回答。

「一直這樣？」

她裝可憐地搖搖頭。

「妳知道，在美國，他們怎麼對付那些像妳一樣不靠自己謀生的可憐傢伙嗎？」

「我真是無知呢。」她承認，「他們怎麼對付像我這樣的可憐人呢？」

「丟進監獄，罪名是流浪罪。如果我是那位總糾纏在對與錯當中的凡．威登先生，我就要問一問，妳既然無法謀生，有什麼權利活著？」

「但你並不是凡．威登先生，我可以不回答你的問題，對嗎？」

她的眼裡滿是恐懼，臉上卻對他綻放出燦爛笑容，那種酸楚真讓我心疼。我必須把話題引開。

「妳曾經靠自己的勞動賺過一美金嗎？」他問。他對她的回答似乎早已經成竹在胸，口氣有著報復的快感。

「有過。」她慢慢地回答。海狼似乎矮了一截。我差點笑了出來。「我記得有一次爸爸給了我一美金——那時我還是一個小姑娘——因為我堅持了五分鐘不說話。」

他不以為意地笑了。

「那是很久以前的事情了，」她說，「你總不會要求一個九歲的小女孩自力更生吧。」

「不過現在，」她略微頓了頓，說，「我一年可以賺到一千八百美金。」

盯著盤子的眼睛全部轉向她的臉。年收入一千八百美金的女人值得好好看看。海狼毫不掩飾他的欽佩之意。

「年薪還是計件？」他問。

「計件。」她一口回答。

「一千八百美金，」他計算著，「那就是說每月進帳一百五十。好，鬼魂號上也不會少。妳跟我們待在一起的日子，就把自己當作是在領月薪吧。」

她不動聲色，有些摸不透這個人的奇思異想，無法坦然接受他的提議。

「哦，我忘了問，」他輕聲問：「妳的職業是什麼？生產什麼產品？使用什麼工具和材料？」

「紙、墨水，」她笑了，「啊，還有——一部打字機。」

「那麼妳就是那位寫詩的梅蒂？」我胸有成竹而緩慢地說，就像在判她什麼罪名。

她驚奇地抬起眼睛：「你怎麼知道？」

「妳是嗎？」她點頭承認。這次輪到海狼茫然了。他對那個名字和它所帶的魔力一無所知。

但是對此，我卻是知道得太多。在備受煎熬中，我首次占了上風。

「我寫過一篇文章，評論過一本小書……」我隨口道，她打斷了我的話。

「你！」她叫起來，「你就是……」這時，她再次睜圓了雙眼，但是這次看著的是我。

我點點頭，也承認了我的身分。

「寫評論的凡．威登。」她說了出來，然後鬆了一口氣，不經意看了海狼一眼。「太棒了！」

「那篇評論，我一直銘記在心。」她匆匆說下去，有點扭捏，「那篇評論有點太過獎了。」

「一點也沒有，」我大膽否定，「妳這是在怪罪我理性的判斷，貶低我的評論。更何況評論界的同行也英雄所見略同。郎昂不是把妳的〈親吻苦難〉列入四首最佳的英文十四行詩之一嗎？」

「但是你稱我為美國的門內爾夫人①啊！」

「不是嗎？」我反問。

「不，不是那個意思。」她回答，「我有點受傷。」

「我們只能用已成名的人來衡量未成名的人，」我以學者的口吻回答，「身為評論家，我是一個喜歡排座位的無聊之人，現在的妳也是時代的標準，妳那七本薄薄的詩集就放在我的書架上。還有兩本，厚一點的，是隨筆集——請原諒我，和妳的詩歌絕對並駕齊驅。我不知道應該誇獎哪一個了。不久的將來，英國如果出現了某個無名的女詩人，評論家們或許會把她稱為英國的梅蒂了。」

「你真是太厚道了！」她喃喃道。那典雅的語調喚醒了遠方的記憶，讓我心潮澎湃——升騰起陣陣鄉愁。

「而妳是梅蒂．布魯斯特。」我鄭重地說，凝視著她。

「而你是亨普瑞．凡．威登。」她說，以同樣鄭重、敬畏的眼神望著我，「真是奇妙！我不明白。當然我們並不期望你用冷峻的筆調來寫浪漫的海洋小說？」

「我向妳保證，我並不是在蒐集素材。」我回答。「對於小說，我既無天分，也不愛好。」

「那麼告訴我，為何你總是在加州隱居？」她接著問，「你太吝嗇了，我們東岸的人難得一睹廬山真面目呢，美國文壇教父。」

我向她鞠躬，對於這樣的溢美之詞可無法笑納。「有一次，我在費城差點遇到妳。那是一個關於白朗寧的詩會——妳要去演說。我的車則誤點了四個小時。」

然後我們有些忘乎所以了，自顧自地滔滔不絕，把海狼晾到一邊。獵人們都離開餐桌上甲板去了，我們還在交談。只有海狼還在。我突然意識到他的存在，他背靠著椅子，好奇地聽著我們陌生的話題。

我停住了。現實帶著所有的威脅和憂患，閃電般擊中了我的心。它也擊中了梅蒂小姐，她看著海狼，眼裡浮現莫名的恐懼。

海狼站了起來，尷尬地笑了笑，裡面充滿了鐵器鏗鏘的聲音。

「別管我，」他自嘲地揮揮手，「我什麼都不是，你們繼續談吧，請求你們。」

但是談話的興致已經失去，我們兩人也自嘲地笑笑，從桌邊站了起來。

① Alice Meynell（一八四七至一九二二），英國女詩人、散文家、評論家，也是主張婦女應有參政權的前衛女性。

第二十一章　一個遊戲

在餐桌上的談話，海狼被冷落了，心裡憋著氣，這口氣總是要發作的，於是馬格瑞吉就成了受氣包。馬格瑞吉沒有改變作風，也沒有換衣服，儘管他非要說衣服已經換過了。但他那衣服卻出賣了他。爐子上、罐子裡和盒子裡厚厚的灰塵也在與他鬧彆扭。

「我早就警告過你了，廚子，」海狼說，「現在應該讓你吃點苦頭了。」

馬格瑞吉那布滿污垢的臉色突然變得慘白。海狼大聲叫人拿繩子來，那可憐的廚師從廚房裡一溜而出，笑瞇瞇的水手們一路追趕，他在甲板上跳上跳下。廚師送到水手艙的食物和調味料是品質最差的，把他丟到海裡去清洗一下，對水手們來說顯然是最刺激的事情了。當時的情況也很方便。鬼魂號以不超過三哩的時速前進，海面平靜無風，但馬格瑞吉卻不想被丟進水裡。也許他曾見過那一幕。何況水也實在冷得夠嗆，他的身體也確實十分糟糕。

和往常一樣，有熱鬧可瞧就少不了好事之徒。馬格瑞吉似乎十分怕水，他逃跑時的敏捷程度出乎我們意料。他被堵在舵樓甲板和廚房的死角裡，卻像貓一樣竄到艙房頂上，往後船竄去。追逐的人一堵截，他又折向艙房，竄過廚房，從「狗窩」的天窗蓋子溜上甲板。他向前飛奔，哈里森緊追不捨，就要趕上他了，可馬格瑞吉往上一竄，正踢中衝上來的哈里森肚子，哈里森大叫一聲，身子一縮，倒在甲板上。

這一手贏得獵人們的掌聲與喝采。這時馬格瑞吉在前桅杆甩掉一半的追逐者，又像橄欖球場上的運動員從另一半人堆裡滑了出去，向後跑去。他直直奔上舵樓甲板，跑向船尾。在艙房轉角處腳下一滑，摔了下去。尼爾森正在掌舵，廚師的身子往前一溜，撞到了他的腿上，兩個人滾成一團。但只有馬格瑞吉跳了起來。奇怪，他那瘦弱的身子竟把那壯漢的腿撞斷了，就像折斷一根菸斗的柄。

帕森斯接過舵輪，別人又追了上來。他們一圈圈追逐，馬格瑞吉嚇得要命，水手們高聲吶喊助威，彼此指著方向，獵人們吱吱亂叫，哈哈大笑著為他們加油。馬格瑞吉被三個人逼下前艙口，但他卻像鱔魚般從人群裡溜了出來。嘴角流著血，髒兮兮的襯衫被撕成片。他向主索具跳過去，向上飛快地爬著，爬過了索梯，一直爬到桅杆頂上。

五、六個水手一擁而上，跟著他爬上桅杆的橫杆，擠成一團等著，沃夫特和拉提莫的舵手黑鬼繼續爬上細細的鋼絲索，靠雙臂的力氣愈爬愈高。

那遊戲很危險，在距離甲板一百多呎的高空靠雙手吊住身體，還要躲開馬格瑞吉的腿可真不容易，並且馬格瑞吉的腿法很凌厲。沃夫特一手吊著，另一隻手抓住了廚師的一隻腳。過了一會兒，黑鬼也現學現賣，抓住另外一隻腳。三個人扭來扭去，擠在一團搖搖晃晃，掙扎著滑了下來，落到橫杆上伙伴們的手裡。

空中激戰結束了，馬格瑞吉哀嚎著，嘴上起了血泡，被帶上甲板。海狼把繩子一端在帆腳索上綁緊，再繞過他的腋下。大家就把他抬到船後，扔進水裡。繩子往海裡放出，四十呎、五十呎、六十呎。這時，海狼大喊一聲：「停！」沃夫特把繩子往纜柱上一繞，繩子就繃直了。鬼魂號向前衝，拖著廚師在海面上跳盪。

那景象真是淒涼！他雖然肯定不會溺斃，卻得忍受淹個半死的煎熬。鬼魂號在風浪中走得很慢，船尾升起來的時候，那可憐的人就被拽出水面，可以喘口氣。船尾落下，繩子一鬆，他又沉了下去。

我忘記了梅蒂的存在。她悄悄來到我身邊時，我陡然一驚。那是她上船後第一次上甲板，迎接她出現的是一片死寂。

「為什麼要開這樣的玩笑？」她問。

「去問海狼。」我鎮定地回答，想到她親眼見證這樣的暴行，我熱血沸騰起來。

她正要轉身去問，目光卻落在沃夫特身上。他就在她的眼前，抓著繩圈，身形靈活優美。

「你在釣魚嗎？」她問。

他沒有回答，正全神貫注地看著身後的海，眼睛突然放出光彩。

「啊，鯊魚，船長！」他叫了起來。

「往上拉，快，排隊一起拉！」海狼大叫起來，一下子超過所有人，飛身躍到繩子前。

馬格瑞吉聽到沃夫特的警告，狂叫起來。一片黑色的鯊鰭向他飛奔過來，比他被拖上船的速度還快。是鯊魚？還是我們會先搶到他？那是一場驚心動魄的拔河賽，是一個瞬間的較量。馬格瑞吉正拖到我們的下方時，船尾剛好隨浪落下，鯊魚占了上風。那片鰭不見了，肚皮猛然往上一翻，閃出一道白光，海狼使出渾身力氣猛力一拉，差不多同樣迅猛，但仍然遲了半步。廚師的身體飛出了水面，鯊魚隨之竄了出來。馬格瑞吉兩腿一縮，那食人魔王似乎只碰到了一條腿，就掉回了水裡，濺起另一片水花。但是馬格瑞吉卻因為那一下大聲叫喊起來，然後就像釣魚線上被釣到的魚一樣被高高拽起有掉落到船裡，手腳觸地砸在甲板上，又翻轉過來。

他血如泉湧，右腳沒有了，從靠近踝骨的地方被咬掉了。我瞥了一眼梅蒂，她一臉慘白，兩眼大睜，充滿恐懼。她看著海狼，而不是馬格瑞吉。海狼明白，他一笑，說：「男人的遊戲，梅蒂小姐。對妳而言可能『浪蕩』一些，但我相信這仍是男人的遊戲。但是鯊魚不在遊戲的範圍之內。這是……」

這時候，馬格瑞吉抬起頭來，明白自己已經殘廢了。他在甲板上一滾，一口咬住海狼的腳。海狼冷靜地彎下腰，用大拇指和中指掐緊廚師的耳下齶，齶骨不情願地張開了，海狼把腳抽了出來。

「如我所言，」他好像無事人一樣繼續說下去，「鯊魚不在遊戲範圍之內。這——啊哈——可算得是命運？」

她似乎什麼都沒有聽到，眼神轉為極度的憎惡，轉身想走，但身子一晃，站立不穩，虛弱地伸出手來想抓住我的手。我及時扶住了她，她才沒有跌倒。我扶她到艙房的一個座位上坐下。我本以為她馬上就會暈過去，但是她鎮定了下來。

「你去拿一條止血帶過來好嗎，凡．威登先生？」海狼喊道。

我猶豫了一下。她的嘴唇蠕動了一下，沒有發出聲音，但那雙眼睛卻無言地要求我去幫助那可憐的人。「去吧。」她低低地說了一聲，我只好服從。

現在我成為船上的外科手術「第一刀」了。海狼只點撥了幾句，由兩個水手做助手，讓我去完成任務。他則去報復鯊魚。用一個粗壯的旋轉鉤穿上肥肉做餌，扔到海裡。等我包紮好被咬斷的血管時，水手們已經唱起歌，往上拽那惹禍的怪獸了。我沒有去看，但我的助手們輪換著離開我去中艙看熱鬧。那鯊魚據說有十六呎長，是用主索拉上來的。他們把它的嘴撬大到極限，塞進一根兩頭尖銳的粗棍子，等到支棍一拿開，被撐開的上下齶就固定在那根棍子上了。接下來砍掉鉤子，讓鯊魚回到海裡。它雖然還是充滿力量，但是身手已經無法施展，注定要忍受饑餓的煎熬——那是一條漫長的死亡之旅，比起酷刑的發明者，鯊魚不過如此。

第二十二章　結盟

她向我走來，我明白她的來意。我看著她和機械師嚴肅地交談著。看了有十分鐘，我打了一個「請勿大聲」的手勢，把她帶到舵手們聽不見的地方。她一臉慘白，神情生硬。那雙大眼睛變得更大了，探究了我的「心靈之窗」。我覺得慌亂。她是來搜查凡．威登的靈魂的。而凡．威登自從上了這條「賊船」，就沒有什麼可以值得自豪的東西了。

我們走到舵樓甲板的樓梯口，她在那兒轉身面對著我。我看看四周，確信沒人能聽見我們的說話。

「怎麼了？」我溫和地問。但她冷若冰霜。

「早上那件事，」她說，「我可以了解，那主要是意外。但我跟海斯金斯先生談過，他告訴我，就在我們遇救的那天，我在艙房裡睡覺的時候，有兩個人死在海裡，是蓄意的，是謀殺。」

她聲音裡有明顯的譴責之意，針對我，彷彿那是我做的，至少也是幫凶。

「對，」我回答，「是謀殺。」

「但你卻什麼也沒做！」她叫道。

「準確地說，無能為力。」我平心靜氣。

「你盡力了嗎？」她說「盡力」兩個字的時候，加重了語調。

「啊，你沒有，」她懂得我無言的回答，急忙說下去，「為什麼不制止？」

我聳聳肩。「梅蒂小姐，請記住，在這個小世界裡，妳還是一個新居民，還不懂這裡的法規。妳帶來了一些美妙的觀念，人性的、道義的、倫理的，但是在這裡，妳會發現那些都是誤導人的觀念。這一點，我比妳發現得稍微早些。」我補上最後一句，嘆息一聲。

她搖搖頭，不置可否。

「那妳要我怎麼辦？」我問，「拿起刀、槍或斧頭殺掉他？」

她嚇得後退一步。

「不！」

「那麼我該怎麼辦？自殺？」

「你完全站在利己主義立場上。」她反駁道，「有一種存在，叫做正義。正義總會有作用的。」

「呵呵，」我一笑，「我不去殺他，也不殺自己，而讓他來殺我。」她才張嘴我就舉手制止了她，「在這個『浪蕩』的小世界，正義一文不值。里奇是被害者之一，他的正義之力雖然強大超群，還有另外一個人強生也是，但是那些全不實用，反而喪失了性命。我如果把我那一點正義表現出來，也是同樣的下場。

「妳必須明白，梅蒂小姐，要真正地明白，這個人是怪獸。在他面前，沒有所謂良心為何物，沒有神聖，沒有不敢做的事情。首先，我之所以被扣押在船上，僅僅是他興之所至；而我還活著，也是因為他一時的心情。我無能為力，因為我是這個怪物的玩物，就像其實妳也是他的玩物。因為我要活下去，就像妳也想要活下去。因為我無法與他硬碰硬，就像妳不可能跟他硬碰硬一樣。」

她聽著，我繼續說下去。

「有什麼辦法呢？我擔當著弱者的角色。沉默、屈辱，就像妳也必須沉默、忍辱偷生一樣。這不是錯誤，這是活下來的最佳方式。競爭並不是永遠都偏袒強者，我們沒有實力與他硬戰，就需要迂迴戰術。如果贏了，就是以智取勝。如果妳能夠聽從我的忠告，就一定要照這樣做。我十分清楚我現在的處境非常不妙，實話說，妳的處境更不妙。我倆必須祕密地結成聯盟。我不能太過公開地站在妳這邊。不管我受到什麼樣的侮辱，妳也必須保持沉默。我們不能惹火這個人，不能和他作對，不能違背他的命令。不管多麼狼狽，都必須笑容可掬，表現出友好。」

她的眼神有些茫然，手放在前額擦了擦說：「我不懂。」

「妳得按我的話去做。」我深沉地說，海狼的目光已經掃到我們身上——他剛才在中間甲板上和拉提莫來回走動著談話。「按照我的話去做，不久，妳就會明白我是正確的。」

「那我該怎麼辦呢？」她覺察到我正焦慮地偷偷看著我們話題中的那個人，被我的誠摯打動，為此我鬆了一口氣。

「盡力拋開妳那所謂的正義，」我直入核心，「不要惹火他。盡量友善。跟他閒聊一下，探討文藝吧，他對這些東西十分著迷。妳會發現他為之深深沉醉，並且一點也不愚蠢。為了妳自己好，不要去看、去聽暴力事件，這樣，妳就能更加平心靜氣地扮演妳的角色。」

「那我就要撒謊了。」她也沉靜下來，「用言行來欺騙別人。」

海狼已經離開了拉提莫，朝我們走過來。我們有點焦急了。

「請按我說的做，」我壓低聲音，匆匆說，「妳過去的一切經驗在這兒都沒有用，妳必須得從頭開始。我能了解——我也經歷過了——妳的其他招數我不知道，但是妳很擅長用眼神俘虜人，似乎很喜歡用眼睛表達妳的正義。我就拜倒於妳的眼神之下。但是不要用在海狼身上。妳可以用同樣的招數輕鬆地馴服猛獅，但是海狼卻會朝著妳獰笑。他會的——我一直以能夠徹底看穿他而自得。」海狼踏上舵樓的甲板，向我們走來。我把話題一轉，「編輯都怕他，發行人不想理他，但是我能理解他。當他完成壯麗的〈鍾錬〉，轟動一時，他的天賦和我的評論都得到了證實。」

「那是一首登在報紙上的詩歌。」她伶俐機警地說。

「它的確是在報紙上熠熠生輝，」我回答，「但那並不是因為雜誌編輯退了他的稿。」

「我們在談論哈里斯。」我對海狼說。

「啊，是的。」他說，「我記得〈鍾錬〉那首詩。裡面充滿了不可思議的瘋狂，和幻想著人類無所不能的信仰。順便說一句，凡．威登先生，你最好去看一下廚子，他在胡說八道，並且情緒很焦躁。」

我就這樣被「踢」來舵樓甲板，發現馬格瑞吉服用了我給他的嗎啡正在熟睡。我並沒有急著回到舵樓甲板。但是當我回去的時候，我欣慰地發現梅蒂和海狼正聊得很熱烈。如我所言，她確實按照我的要求去做了。那場面令我歡喜。但是她竟然能夠按照我的要求去做她不喜歡的事情，這令我不禁有些訝異，或說感到一絲酸澀。

第二十三章　愛情

鬼魂號順風而行，十分順利地進入北方的海豹群裡。在北緯四十度附近，我們見到了海豹。那是一個風暴頻頻來襲、寒冷多霧的海域，海風追趕著海霧，四處飄蕩。有時很多日都不見陽光，什麼也看不清。然後又風捲霧散，海天一線，波光粼粼，我們能很清楚地看見自己的位置。接著的三、四天裡，晴空萬里，再接下去又是濃霧瀰漫。

捕獵海豹是危險的工作。小船一艘又一艘放下去，隱入灰霧之中，消失無蹤，直到傍晚——通常是過了傍晚——才又像鬼影一樣從灰濛濛的霧中一艘一艘的顯現。溫萊特——海狼連人帶船搶來的獵人，利用濃霧逃走了。一天早上，他和兩個助手在霧中消失了，再也沒見到，數日後聽說他們換過一艘又一艘的船，終於回到自己的三桅船。

我決心仿效他們，但是沒有機會。大副並沒有駕船出外的權利，儘管我找到了十分巧妙的藉口，但是海狼仍然不同意。只要他能答應，我就能想辦法帶著梅蒂一起逃走。當時我並不願意去細想這件事情，但是這個念頭總像幽靈一樣纏繞著我。

我曾讀過一些浪漫的海洋小說。在整船的男人中間總會有一個孤獨的女人。當時我並不理解其中深刻的蘊涵，現在我能懂得那些意思了——那是作家們不斷揭示的含意。此刻我正身臨其境，真是太生動了。梅蒂令我著迷，一如她的詩歌對我的吸引力。

她就像一位仙子，與周圍的一切形成鮮明的對比。她是一個嬌媚的生物，像水仙一樣輕盈婀娜。她彷彿從不直直地行走，起碼不是平常人那樣。她是朝著你飄過來的，腳步輕盈飄逸，搖曳生姿，就像羽毛的炫舞，如同白鳥的翩然。

她就像是一件精美名貴的瓷器，易碎，讓我憐惜。那天，我扶著她的手臂走下扶梯，我的心裡就升起了種種憐惜。我時刻都在憂慮著：一碰到外力或粗魯的對待，她就會碎成粉末。靈與肉如此相融為一體，她還是第一個。當你使用「昇華」、「純潔」這類評論家們慣用的詞語來描述她的詩歌時，你所描繪的也正是她的形體。她的肉體應該是她的靈魂的一部分，具有統一性，是把靈魂跟人生聯繫在一起的最精巧的媒介。事實上，她輕盈地來到大地上，並不由粗陋的塵土構成。

她跟海狼形成鮮明的對比。她的一切，海狼統統沒有。海狼的一切，她也都不具備。一天早上，他們兩人在甲板上漫步。那是人類進化的兩個極端。一個是野性的登峰造極，一個是文明的精華極品。不錯，海狼也有著超凡的智力，但是它只服務於野蠻的衝動，這使他變成巨獸。他的肌肉很飽滿，步履矯健，步態蘊涵荒野之性，行走如同貓科動物，柔韌、敏捷。他是一隻猛虎，善於與食肉猛獸搏擊——就像那樣，眼裡時常閃現猙獰的火焰，在關在囚籠裡的豹和其他猛獸眼裡，我也曾看見過這種光亮。

今天，他們兩人並排漫步，後來她停了下來，兩個人來到我站著的樓梯口。她不動聲色，我卻感覺到她內心的煩亂。她望著我，隨口說笑，笑容勉強。她的雙眼不自覺地看向他，然後垂下眼簾，但無法掩飾湧上來的恐慌。

從海狼的眼裡，我明白了她煩亂的原因。那雙眼睛通常是冷漠的、嚴厲的深灰色，此刻卻顯得溫暖、柔和、黃金般跳躍著星光，忽而消隱，忽而光亮，雙眸正為愛火所燃燒。那金黃色的光或許正由此而生。那雙黃金眼魅惑而專斷，動人而蠻橫，任何女人都能感受到裡面迸射著血液裡的欲望，遑論梅蒂了。

她的恐慌讓我的內心一下子洶湧澎湃。在那驚懼的時刻——男人最高的恐懼，我感到她是人間極品。愛欲夾雜著恐懼的洪流沖刷過我的心頭，我的心狂跳起來，冰涼的血液在體內翻騰、衝撞。我被一股奇異的靈力所掌控，我的眼違背了我的意志，盯著海狼的眼睛，他陡然靜默，金光和星光都不見了，眼裡只剩下深灰色。他匆匆地躬了躬身，轉身走了。

「我很怕。」她顫抖了一下，低聲說，「太害怕了。」

我也害怕，我發現她對於我來說是那麼珍貴，心中狂亂不已。但是我用鎮定的聲音說：「一切都會好起來的，梅蒂小姐，相信我，會好起來的。」

她拋來一個感激而嫵媚的笑容，走下樓梯，我的心咚咚地鼓聲震天。

在她離去的地方，我長久地站立著。整個世界在這一刻忽然改變，我必須改變我自己了。愛神來臨了，在我最無法期待的日子，在最殘忍的處境裡，愛神降臨了。當然，我的信仰一直都認為：愛的召喚無法避免，遲早都會來到。但是多年來的書齋生涯，讓我充耳不聞。

愛情來了，梅蒂！我的思緒回到遠方書桌上一本薄薄的小書，書架上那一排薄薄的小書。我曾忐忑不安地迎接其中每一本的光臨！每年出版一本。對於我而言，每本都像耶穌基督降生，是生命精靈的布道。我多麼虔誠地迎接著她們，她們在我的靈魂中詠嘆歌唱，而現在她們更被我供奉在內心。

我的心啊！我被情感激蕩著，彷彿已經沒有了自我。我驚奇地審視自己。梅蒂！凡．威登，弗洛薩稱之為「冷血魚」、「無情怪獸」、「分析魔」的凡．威登，竟然陷入了愛河！我的心帶著惶惶然，飛回到一本紅色書皮《名人錄》裡的小傳上。我對自己說：「她出生於坎布里奇，今年二十七歲。」然後又自問，「二十七歲還沒有結婚，沒有談戀愛嗎？」我怎麼知道她沒有心上人？嫉妒之苦初次出現了，它驅除了一切懷疑。這是毋庸置疑的，我嫉妒是因為我正在愛。我愛上的女人就是梅蒂。

我，凡．威登，陷入了愛河！疑慮再次襲擊了我。但是，我並不怕愛，也並非不歡迎它。恰恰相反，作為最強烈的理想主義者，我的信仰一向承認愛是人世間最壯麗的奇景。它是生命的巔峰，極樂天堂，生命因之震顫、雀躍、擁吻。她來了，我卻無法置信。在萬般不幸中，竟然會降臨這麼美麗的萬幸？太美好的，便太不真實了。西蒙斯的詩行在我的心裡吟誦：

沿著女兒國飄零

多少年了

我尋找著你。

我停止了尋找。我曾斷言人世間最壯麗的存在與我無緣。弗洛薩是對的。我變態，我是一個「無情怪獸」，一個善於鑽進書堆的書蟲，只懂得文字遊戲。雖然我一直都生活在女兒國裡，對女人的欣賞卻全是美學的角度，再也沒有別的。事實上我有時認為自己是一個世外高人，一名隱士，沒有激情——我能看見別人身上的「永恆」或是「一瞬」在燃燒，也能明瞭。但是現在，激情到來了！不曾夢想過，沒有任何預兆，卻來了。我離開樓梯口，沿著甲板走去，沉浸於狂喜中，喃喃地念誦著白朗寧夫人的絕妙詩行：

我與夢幻一起生活
不與男人、女人一起生活
這已經很多年了
如今這些優雅的好友
無法奏出更為美妙的樂曲

但是更為美妙的樂曲在我的耳朵裡轟鳴，我忘懷了周圍的一切，視若無睹。是海狼的嚎叫聲喚醒了我。

「你在做什麼？」他問我。

我誤闖進了水手塗油漆的區域，猛然驚醒過來，抬起的腳差點踢翻了油漆罐。

「在夢遊，在發燒——是不是？」他叫道。

「沒有，只是撐得太飽了。」我辯解道，繼續漫步，似乎什麼都沒有發生過。

第二十四章　割錢行動

我一生中最絢爛的記憶，就是我在鬼魂號意識到自己愛上梅蒂之後的四十個小時。我一直生活得波瀾不驚，直到三十五歲，卻進入最荒誕的歷險當中。這四十個小時，可謂是我平生最精彩紛呈、高潮迭起的華麗篇章。一個聲音一直在我耳邊低語：「總之，你那時做得不錯。」這話我愛聽。

午餐時，海狼向獵人們宣稱，以後他們都得到「狗窩」裡去吃飯。這種事情在捕獵海豹的三桅船上算是史無前例。尊敬獵人本應是船長們的慣例。雖然海狼並未說明原因，不過動機一覽無遺。和拉和老菸袋都爭著向梅蒂大獻殷勤。這本是消遣，於她無所謂，但是海狼卻很覺得不快。

桌子上一片憤怒的靜默。四個獵人瞥了瞥惹禍的那兩位。和拉默不作聲，老菸袋卻翻了臉，滿臉通紅。他正想張開嘴巴，海狼卻盯著他，眼裡迸射著金屬的亮光。老菸袋又把嘴閉上。

「你有什麼意見嗎？」海狼逼上一步。

那是一種挑戰，但是老菸袋並不迎戰。

「什麼什麼意見啊？」他裝出一副不清楚的模樣。這下讓海狼杵在那裡有點尷尬。其他人則掩著嘴巴吃吃笑了。

「呃，沒事。」海狼悻悻地說，「我以為你要反對呢！」

「反對什麼呢？」老菸袋又裝傻了。

他的哥兒們終於忍不住咧開嘴大笑起來。海狼眼裡冒出一道殺氣。若不是梅蒂在座，只怕又有流血衝突了。其實，老菸袋敢這樣做，就是因為有她在場。他為人機警，是不會以身犯險的。我正在擔心呢，這時，艙外的舵手大叫一聲，大家正好都有了臺階可下。

「煙！」叫聲從樓梯口傳了進來。

「哪兒？」海狼朝著上面大喊。

「船尾，老闆。」

「俄國佬？」拉提莫猜想。

一聽這話，其他獵人面面相覷。俄國佬只有一個意思——巡洋艦。獵手們雖然只是大體知道自己的位置，卻很清楚已經接近了禁止海域。而海狼又是以偷獵而聲名狼藉，於是所有目光都看到他臉上。

「沒事的。」他一笑，「不會又被抓去採鹽的，老菸袋，我可跟你們說——一賠五，我賭那是眾王之王號。」

沒人應聲。他又說，「那麼一賠十，如果會有麻煩的話。」

「謝謝，我不賭。」拉提莫說，「輸點錢我不在乎，可是我也想贏一局。你跟你那位大哥一見面就惹出麻煩，這個，我願意賭一賠二十。」

大夥兒笑了，海狼也笑了。於是午餐又順利地吃下去。隨後的時間裡，海狼把火力轉向我，極力挖苦、諷刺、嘲弄，我氣得瑟瑟發抖，但是我也明白必須控制怒火——終於有了回報，梅蒂看著我，那眼神彷彿在說：「你是勇者。」

大家離開了餐桌，走上甲板。總是在海上漂泊，只要有船出現，就可以暫時緩解心頭的鬱悶。更讓人高興的是，大家斷定那是閻羅王和他的眾王之王號。昨天下午起了風浪，今早風浪平息了。現在可以放下小船，下午就能捕獵海豹了。從天亮開始，我們就游走於海上，現在追上了海豹群。

看那煙的距離還在後面好幾哩，我們放下小船時，它趕了上來。小船散開來，往北而去，我們不時看見一張風帆落下，響起槍聲，又看見風帆升起。海豹密密麻麻。風快要停了。豐收的時候到來了。鬼魂號前行著，跟在最近的一艘小船後面。海豹擠擠嚷嚷如同鋪了一層地毯，到處都是，這場面我還是第一次看到。它們三五成群，躺在水面上，就像趴在陽光裡打盹的懶狗。

那輪船在黑煙中愈來愈大，在我們右後方不到一哩的地方行駛著。我用望遠鏡看過去，眾王之王號。海狼狠狠盯著那船。梅蒂則顯得十分好奇。

「哪兒有麻煩呢，海狼船長？」她歡快地問道。

他瞟了她一眼，覺得有趣，臉色變得柔和了。

「妳以為會發生什麼麻煩呢？有人上來割喉嗎？」

「大致上如此吧，」她承認，「我對這些一竅不通，你也知道的，再大的事，我都有準備。」

他點點頭。「很好，很好。妳還沒有想到更糟糕的事情。」

「怎嗎？還有比割喉更糟糕的事？」她天真地問。

「割錢啊，」他回答，「當今世道，人都是靠錢活命的。」

「偷走我的錢包等於偷走一件廢物。」她引用一句俗語說。

「偷走我的錢包等於偷走我的老命。」他這樣回答，「妳把那句俗語顛倒了。他偷了我的麵包、肉和床，也就偷了我的命。沒有那麼多的地方，可以去排隊吃救濟糧，妳知道的。人的錢袋空了，通常就只有死，而且死得很慘——除非馬上能夠把錢袋塞滿。」

「可是我看不出來這艘輪船有割你錢包的打算啊。」

「等著瞧吧。」他的臉沉了下來。

沒有多久，我們就看見了。眾王之王號超過我們小船的分布線幾哩後，開始放下自己的小船。我們只有五艘小船，溫萊特逃走之後少了一艘，而他們卻有十四艘。他們把小船放在我們最近一艘小船的下風面很遠，又橫插入我們前面繼續放著。放完時，他們已經在我們第一艘上風船的前面很遠了。我們的狩獵被破壞了。後面再也沒有了海豹，前面的十四艘小船一字排開，又掃盡了前面的海豹，就像是海上大掃除。

我們的小船，只在眾王之王號的小船和我們之間兩、三哩內的海面上狩獵一會便回來了。風小了，波平如鏡，海豹成堆，真是一個美極的狩獵日——這樣的日子，整個幸運的狩獵季節也只能碰上個兩、三天。一大堆人從我們身邊紛紛走過：獵人、槳手、舵手，每個人都覺得被搶劫了。小船在詛咒聲中被吊了上來。如果詛咒真的有用的話，閻羅王早就回到地獄作威作福去了。

「不得好死，滾回地獄吧。」路易士說，他的眼皮扯個不停，他剛被拽上小艇，在一邊喘氣。

「聽一聽，找找看，他們靈魂裡是什麼，難找嗎？」海狼對我說，「那東西是信仰，還是愛？還是理想？是善？是美？還是真？」

「他們天賦的正義感受了傷害。」梅蒂加入我們的談話。

她站在十多呎外，一隻手扶住主要護桅索，隨著晃動的船身，身子搖曳著。那銀鈴之聲撥動了我的心弦，兩相應和、纏繞！我幾乎不敢看她，怕露了馬腳。她的頭上扣了一頂男孩式的小帽子，棕髮鬆鬆地垂落，襯托著嬌嫩的臉蛋，陽光映照其上，像是一道光環。她純潔甜美，就算不能以神聖來形容，卻動人之極。見到生命的七彩絢麗，生命的禮讚又回到我心裡。海狼對生命的唯物解釋，委實荒唐。

「感傷主義者，」他嘲弄道，「又一個凡．威登。那幫人叫罵，只是因為別人擋了他們的欲望，不過如此。擋了什麼欲望？大筆的鈔票到手，去岸上胡吃海塞，顛鸞倒鳳，這是人的獸性，這是野蠻原始的欲望。這是他們的真我，是他們最嚮往的宏偉目標，也算是他們的理想吧。場面不太感人，但是他們的心靈受到最深的震撼，他們的錢包受到最深的震撼。摸到他們的錢包，也就摸到了他們的心。」

「你倒不像被摸走錢包的樣子。」她笑瞇瞇地說。

「我的錢包和靈魂的確也被摸去了，只是我的表現方式不同而已。按照倫敦的市價，按照今天下午可能到手的毛皮，眾王之王號的貪欲，讓鬼魂號喪失了大約一千五百美金。」

「你倒十分平靜……」她接著說。

「那只是臉上；我會殺掉搶我的人。」他打斷她的話，「不錯，我明白，那人是我的親哥哥——傷感吧！呸！」

他的臉起了變化。話音一落，傷感浮現。

「你們或許是快樂的，你們這些感傷主義者。在做美夢時，確實是快樂的。你們找到一點善，就覺得自己也善了。請告訴我，我善良嗎？」

「你看起來很善良——從某一點來說。」我不動聲色。

「你有向善的能力。」梅蒂說。

「老套！」他有些惱怒了，對她叫道，「廢話。妳的思想不成形，不能放在手上觀察。妳那還不是思想，只是一種感覺——一種情緒，一種幻想，不是理性的結晶。」

他的聲音柔和下來，變得懇切：「知道嗎？有時我也希望不看人生的現實面，只沉迷於夢幻。當然那是虛偽的，完全虛偽的，是違背理性的，可是從另一面來看，理性告訴我，沉醉於夢想會快樂點。歸根究底，快樂是生活的薪水。沒有快樂的生活有何意義？為了生活而工作，卻得不到薪水，這比死了還要難受。最快樂的人，是生活薪水最高的人。夢幻，使得你們更少一些煩惱而更多一些滿足。真實對於我來說，正好相反。」

他沉重地搖著頭。

「我懷疑，常常懷疑理性的作用。夢幻反而更實用——讓人快活；情感比理智更讓人開心。並且你還得為理性帶來的歡樂付出利息——你總是憂心忡忡。情感讓人快活過後，是感官的疲倦，而疲倦可以很快消失，快樂又來了。我羨慕你們，我真的羨慕你們。」

他陡然停下，嘴角蕩起一個莫測的微笑，繼續說下去：「切記，我的腦袋羨慕你們，並非內心。是我的理性讓我羨慕你們。羨慕是理性的產物。眾人皆醉我獨醒，太令人厭煩。真希望可以一醉方休。」

「或說聰明人看著傻瓜，卻希望自己也是一個傻瓜。」我朗聲大笑。

「沒錯，」他說，「你們是一對傻瓜窮光蛋，錢包裡沒有真錢。」

「但我們花得跟你一樣闊氣。」梅蒂說。

「更闊氣，因為你們毫無損失。」

「也因為我們是從永恆的真理中支取。」她回道。

「無論你們真的是，或自以為是，都一樣，你們花用的是你們從未到手的東西，得到的價值卻比我花用我到手的東西更大。而我這些東西是用血汗掙來的。」

「那你為什麼不改用一下別的鈔票呢？」她揶揄著。

他盯著她，半帶希望，然後懊惱地說：「晚了。也許我想過，但是已經不可能了。我的錢包裡塞滿了舊鈔，那東西很頑固，別的鈔票在我這裡很難流通。」

他不說話了，目光視而不見地掠過她，凝望一平如鏡的大海。遠古的傷感揪住了這個人，他渾身戰慄，冥思把他拖入了陰鬱，幾個小時候他的魔性又會發作。我想起了弗洛薩，明白這個人的傷感，其實是唯物主義者為自己的唯物主義所付出的代價。

第二十五章　兄弟相鬩

「天氣怎樣？」第二天早上，海狼在餐桌邊問。

「晴朗。」我回答，瞥了一眼從樓梯口射入的陽光。「西風吹來，路易士說，風力會增強。」

他開心地點點頭：「有降霧的跡象嗎？」

「北方和西北方都有濃濃的霧氣形成的牆。」

他又點點頭，更開心了。

「眾王之王號如何了？」

「沒看見。」我回答。

一聽這個消息，他的臉垮了下來。他為什麼失望，我不懂。但我馬上就弄清楚了。「煙！」甲板上一聲吼，海狼馬上開心了起來。

「好！」他叫道，離開餐桌，上到甲板，進入「狗窩」。獵人們在那裡吃著他們被趕出餐廳之後的第一頓早餐。

梅蒂和我差不多沒碰面前的食物，焦慮地默默看著對方，聽著海狼的聲音。那聲音從隔壁傳來，他說了很久，話一說完，就響起一陣狂熱的呼聲。板壁太厚了，聽不清他說了什麼，但是那話引發獵人們的激情，因為「狗窩」裡狂呼聲、猛吼聲、亂嚎聲響成一片，不亦樂乎。

甲板上傳來雜亂的腳步聲，水手們正在放小船下海。我和梅蒂一起上了甲板，但我讓她留在舵樓甲板的樓梯口，在那兒她能看到一切，又不至於捲入其中。不管是什麼計畫，水手們肯定都很贊同。他們積極行動著，情緒飽滿。獵人們拿著獵槍和子彈盒，一起上了甲板。最奇特的是，還帶上了步槍和大量子彈。步槍是很少上小船的。因為海豹被步槍遠距離射中之後，不等小船趕到就會沉下去。他們一見到眾王之王號的煙，就獰笑了。那煙隨著船從西面而來，愈來愈大了。

五艘小船迅速下海，扇形展開，往北而去，跟昨天一樣。我們緊跟在後。我好奇地看著，降帆、開槍、升帆、行進，跟我平常所見一模一樣。眾王之王號故技重施，橫插上來，把它的一串小船放到我們的小船前面。要讓十四艘小船盡情打獵需要很大的海面，等它把我們的捕獵區域完全吃掉以後，就又冒著煙往東北行去，一面走一面放下更多的小船。

「這是在幹什麼？」我實在忍不住了，問海狼。

「你別管，看著，」他沙啞地說，「不用等多久，現在你就祈禱暴風雨來得更猛烈些吧！」

「好吧，我並不介意告訴你，」停了一會，他說，「我要請老哥嘗嘗苦頭。一句話，我也要蠻橫一回。不是一天，而是霸占整個狩獵季——如果運氣好的話。」

「如果運氣不好呢？」我問。

「不管它。」他笑了。「我們的運氣只能好，否則我們就都見鬼了。」

他掌著舵，我便到水手艙的病房去。那裡躺著兩個病號，尼爾森和馬格瑞吉。尼爾森撞斷的腿癒合得很好。他很快活，這不難預料，但是廚師卻悲痛欲絕。我對他頓生憐憫。他還活著，頑強地活著，這令人驚奇。殘暴的命運，把瘦小的他折磨得死去活來，但他體內的生命之火仍頑強地燃燒著。

「裝上義肢，你照樣能在廚房咚咚地跑到死，他們做的義肢好極了。」我向他快樂地保證。

但他的回答卻很鄭重——不，很肅穆。「你說的我不清楚，凡．威登先生，但有一點我很清楚，我不見到那條地獄走狗死掉是不會快活的。他不會比我的命長，他沒有權利活著。《聖經》說的：『他必死。』我說，『阿門，願他快死吧。』」

回到甲板上，我發現海狼一手掌舵，一手拿著望遠鏡，琢磨著小船的分布。他對眾王之王號的方位特別在意。我們的船唯一變化是迎風而進，向西北方向行進了幾度。我仍然不懂得他布陣的意圖。空曠的海面上，眾王之王號的五艘小船一起迎風行駛。向西北漸漸散開，距離其他小船愈來愈遠。我們的小船又升帆，又划槳，連獵人們也成了槳手。三雙槳在水裡划著，很快就趕上了敵軍——沒錯，就是這個詞。

眾王之王號的煙縮成了東北海平線上一粒模糊的黑點。鬼魂號一直在飄蕩，風帆飄搖著，船兩次停了下來。現在風帆扯滿，海狼讓鬼魂號全速前進，我們行駛過自己的一串小船，向對方的那串小船趕上去。

「收起斜桅帆，凡．威登先生，」海狼命令我，「站在旁邊，隨時準備調帆。」

我急忙跑上前去，把斜桅帆全部收好。我們正從那小船下風面一百呎處駛過。小船上的三個人警惕地盯著我們。他們霸占了海面，也知道海狼。那獵人是個北歐人，坐在船頭，步槍為了方便橫在膝頭上，那原該放在槍架上的。我們跟他們的船尾並列時，海狼對他們揮了揮手，叫道：

「上來滴答滴答，怎麼樣！」

「滴答滴答」在捕獵海豹的圈子裡是「吹牛」、「聊天」之意。表示海上人喜歡交談，沖淡一下沉悶的生活。

鬼魂號在風中打轉，我完成任務，又到船後主帆去幫忙。

「請妳留在甲板上，梅蒂小姐，」海狼去會見客人時說。「你也一樣，凡．威登先生。」

那小船落了帆，跟我們並排行駛。那獵人一臉的金鬍子，活像一個大海盜，一翻欄杆，立到了我們的甲板上。他那巨大的身軀，並不能掩飾心裡的疑懼，儘管有金鬍子遮擋，仍看得出他臉上謹慎的表情。他看了看海狼，又瞟了我一眼，臉上鬆弛了。他又掃了一眼跟他上來的那兩個人，於是無所畏懼。他一定有六呎八、九寸高，一個巨無霸聳立在海狼面前。後來我知道他的體重是二百四十磅，渾身是肌肉。

他來到樓梯邊，海狼請他下去，疑懼又回到他身上，但他瞥了一眼海狼，那疑懼又溜走了。海狼雖然也高大，在他身邊卻成了矮子，因此不用猶豫了，兩人往艙房走去。這時，他的兩個同伴也按照水手做客的習慣去拜訪水手艙。

突然，從艙房裡傳來一聲掐住的暴吼，隨後是激戰的轟響。那是豹、獅之鬥，獅子在吼，海狼是那匹豹子。

「待客之道，妳懂嗎？」我對梅蒂犀利地說。

她滿臉厭惡地點頭，待在鬼魂號上最初的十幾天，我也同樣難過。

「妳離開一下比較好，比如下『狗窩』去，等打完了再回來？」我建議。

她搖搖頭，悲憫地望著我。她並非害怕，而是被人的獸性震驚。

「妳會懂的，」我趁機說，「現在和以後，無論什麼情況，我在充當的角色都是無奈的——要是妳、我還想活下去的話。」

「狼狽不堪的角色。」我補充道。

「我理解。」她的聲音像是從遠方傳來，那眼神充滿同情。

下面安靜下來。海狼一個人上了甲板。古銅色的臉除了略微泛紅以外，一如平常。

「讓那兩個人到後面來，凡·威登先生。」他說。

我照辦。一、兩分鐘之後，那兩個人來到他面前。

「把你們的小船拉上來。你們的獵人已經決定在船上玩玩，不願意讓小船留在旁邊磕磕碰碰。」

「我說，把小船拉上來。」看那兩個人猶豫著，海狼又重複一遍，口氣嚴厲起來。

「說不定你們會跟我在船上待一段時間，誰知道呢。」兩個人不肯聽話，海狼的聲音變得和氣極了，但是話裡卻暗含刀鋒。「我們最好從互相體諒開始。好了，快點吧，在閻羅王下面，你們跳得可是快多了。」

經過他這一勸導，兩人的動作馬上變快了。小船拉上來以後，我又被打發去放開斜桅帆。海狼掌舵，向眾王之王號的下一隻小船開去。

我回頭看後面的海上。眾王之王號的第三艘小船正受到我們兩艘小船的攻擊，第四艘也受到其餘三艘小船的攻擊。第五艘小船掉過頭來，想要保護它最近的伙伴。槍戰開始了，槍聲不斷。海濤洶湧，小船搖晃。我們靠近了，子彈吱吱地鑽進浪頭。

我們追逐的那艘小船順風而行，想要甩開我們，不斷反擊。

這時，我忙著照看索具和帆腳索，沒有時間觀戰。海狼在逼迫兩個新水手向前走，下到水手艙去。兩個人惱怒地走著，但還是下去了。然後海狼又命令梅蒂小姐到下面去。眼前的槍戰已經讓她眼露恐慌。

海狼微笑了。「下面沒事的。只有一個人被捆綁在螺栓環上，他傷不了你。子彈可能打到船上來，我可不願意妳被打死，妳知道的。」

他說著，一顆子彈打在他兩手間的舵輪銅軸上，「噹」的一聲，逆風彈進了空中。

「看見了吧？」他對她說，然後又轉身對我，「凡．威登先生，你來掌舵好嗎？」

梅蒂踏入升降梯，只露出了頭，海狼拿起一支步槍，壓進一顆子彈。我使眼色要她下去，但是她微微一笑，說：「我們或許是軟弱的陸上動物，沒有腿，可是我們可以向海狼船長證明，我們的勇敢不會遜色。」

他看了她一眼，滿含欽佩。

「我對妳的喜歡更增加了一倍。書籍、頭腦和勇氣，妳倒是均衡發展呢！好一個女中豪傑，做海盜王的夫人再好不過了。這個嘛，我們以後再談吧。」他笑了，一顆子彈打進了艙房的板壁。

他眼裡放出金光，而她眼裡泛起一絲恐慌。

「我們更勇敢，」我急忙說，「起碼，就我而言，比海狼船長還勇敢。」

他瞥了我一眼。那眼光在質疑我是否在耍他。風吹得鬼魂號偏離了航道，我倒打三、四把，糾正過來，然後穩定了方向。海狼還在等著我解釋。我指著我的膝蓋。

「看見了吧，」我說，「它們在發抖，我的肉體怕了。我的心裡也怕，我不願意死，但是我的意志主宰了恐懼的肉體和畏縮的心。我比勇敢者還勇敢，我渾身是膽。你的肉體不怕，你不恐懼。從一方面看，你面對危險，輕裝上陣；從另一個方面來看，危險使你感到興奮，你喜歡危險。你不害怕，可是海狼先生，你必須承認勇敢的是我。」

「說得好。想得很妙。不過，反過來是不是也對呢？既然你比我勇敢，我是不是就比你膽小呢？」

這個荒誕的推理使我們仰天大笑。他下到甲板上，把步槍靠住欄杆。剛才打過來的子彈飛了大約一哩，現在我們已經縮短了一半的距離。他瞄準，連開了三槍。第一槍打到小船上風五十呎的地方，第二槍接近小船，第三槍打出去，舵手把舵一扔，身子向船底栽去。

「解決了。」海狼說，「不能打獵人，槳手可能不會掌舵，我這樣一打，獵人就無法既掌舵又開槍了。」

確實如此，小船馬上隨風亂晃，獵人忙跑到後面掌舵。槍聲停止了，別艘小船仍然不斷傳來槍聲。

獵人掌舵，小船再次順風急行，鬼魂號向它衝去，速度起碼是它的兩倍。一百碼之外，槳手把步槍遞到獵人手裡。海狼奔到船的中部，從鉤子上取下升降索繩圈，然後在欄杆上擱好槍，瞄準。那獵人兩次放掉舵，想拿槍卻拿不定主意。現在我們和他們並行了，浪花飛濺中靠了過去。

「喂，你！」海狼對那槳手一吼，「繞一圈！」

海狼把繩圈扔了過去，砸個正著，差點把槳手打到海裡。可是槳手並不服從，望著獵人，聽他命令。獵人進退兩難。他的槍擱在膝蓋上，放舵，取槍，小船就會一頭撞在三桅船上。並且海狼的槍正瞄準著他。他明白，不等他拿到槍，對手就開槍了。

「照做吧。」他對槳手說。

槳手服從了，把繩圈綁在槳手座板，放鬆繩索，小船橫了過來，獵人穩住小船，它在二十呎外和鬼魂號並行。

「收帆，靠近！」海狼命令。

海狼沒有放下槍。扔繩索時，那支槍仍然在一隻手上瞄著。小船頭、尾部都捆好之後，兩個沒有受傷的人準備上船。獵人拾起了他的步槍，好像打算往什麼可靠的地方放一放。

「放下！」海狼大吼，那獵人扔掉槍，彷彿手被燙了一下。

兩個俘虜上了船，把小船拉了上去。按照海狼的指示，抬了受傷的舵手下到水手艙去了。

「我們的五條小船要是幹得都像你和我這麼順手，我們的人手可就夠多了。」海狼對我說。

「你打中的那個人，他，我希望……」梅蒂的聲音顫抖著。

「傷的是肩膀，但不嚴重。凡．威登先生會幫他治療，三、四星期就會復原。」

「看樣子，那幾個人，他恐怕是治不好了。」他說，指著眾王之王號的第三艘小船。我們正對著那艘小船開去，現在差不多已經跟它並行了。「那是和拉或老菸袋做的。我告訴過他們要活人不要死人。但開槍就會想置人於死地，而殺生的快感又極為誘惑，等你學會開槍你就明白了。你有過這樣的體會嗎，凡．威登先生？」

我看著他倆做的事情，搖搖頭。確實太過血腥了。他們又衝了出去，參加另外三艘小船對最後兩艘小船的攻擊。小船無人看管，在海浪裡起伏。鬆垮垮的白帆在風裡來回晃盪，啷啷作響。獵人和舵手歪斜地躺在船底。舵手趴在船舷上，身子有一半在船裡，一半在外面，雙臂浸泡在水裡，腦袋晃來晃去。

「別看，梅蒂小姐，請別看，」我懇求道。她轉過頭，我很欣慰。

「開過去，凡．威登先生。」海狼命令道。

我們靠近小船的時候，槍聲已經停歇，剩下的兩艘小船被我們的五艘小船俘虜了。七條小船擁擠在一塊，等著我們接上船來。

「看！」我忍不住叫喊起來，指著東北方向。

煙又出現了，代表眾王之王號過來了。

「我一直盯著它呢！」海狼毫不驚慌。他估量了一下與霧牆之間的距離，停了一下，體會一下風吹在臉上的力量。「我們能趕到。不過，我親愛的哥哥已經發現上當了，正在火速趕來。看！」

煙猛然變大了，又黑又濃。

「我會贏過你的，哥哥。」他一笑。「打敗你。我只希望把你那老引擎累垮掉。」

船一停，甲板上下就忙亂起來。小船馬上從各個方向向上爬。俘虜一翻過欄杆，馬上就被我們的獵人押解著往前走，到水手艙去。然後我們的水手又往上拉小船，亂成一堆。小船一拉上來，就往甲板上放，也不捆綁好。當最後一艘小船離開水面，在索具上晃盪著，船已經開動了。所有的帆都升了起來，放鬆帆腳索，準備迎接風。

必須要快。

眾王之王號噴著黑煙，從東北方向直撲過來。它改變航向，不管其他的小船，直直往我們前方插去。它並不直接逼迫我們。雙方的航線就像是在同時畫一個角，正在會合。角的頂點就在大霧形成的牆壁邊上。眾王之王號只有提前趕到那裡才能截住我們，否則就落空了，而鬼魂號則希望在眾王之王號還沒有趕到時，衝過那頂點。

海狼掌舵，眼睛追逐著每一個細節，從一個掃向另一個。眼裡火光四射。他時而琢磨迎面而來的風，是否會減弱或增強，時而琢磨著眾王之王號。他的眼睛又掃過自己的每一張帆，發出命令，這裡的帆腳索放鬆一些，那裡的帆腳索拉緊一些。他把鬼魂號所有的潛能都發揮了出來。那些受他欺壓的人執行著他的命令，果斷迅猛，新仇舊恨完全拋諸腦後。我驚奇不已。鬼魂號揚頭、顛簸、側傾、飛速前進。我突然想起強生，很遺憾他沒有活著在場。他是多麼熱愛鬼魂號，對它的行駛性能多麼自豪啊！

「各位，最好拿起你們的步槍。」海狼對獵人們喊道。五位獵人手拿步槍，在背風面的欄杆邊一字排開等待命令。

眾王之王號離我們只有一哩了，黑煙從煙囪裡呈直角飄散。它在狂奔著，以十七海浬的速度駛過海面。海狼望著它，吟起一行詩歌：「踏波穿浪，朝天嚎叫。」我們的速度不過才九海浬，但是霧牆已經近在咫尺。

眾王之王號的甲板上吐出了一道煙霧，一聲炮響，我們張緊的主帆上出現一個圓洞。盛傳他們的小船上都帶著小炮，現在他們正在用那炮彈向我們襲擊。我們的人集中在船的中部，向他們揮舞帽子，大喝倒彩。又是一道煙霧噴出，一聲更猛烈的巨響。這次炮彈打在距離船尾二十呎的地方，在海浪裡還迎風使勁竄了兩下，落進海中。

但沒有槍聲，他們所有的獵人都在小船上，或當了我們的俘虜。兩條船距離只有半哩時，第三發炮彈又在我們的主帆上打了一個洞。我們一下子鑽進了濃霧，霧氣從四面八方把我們包圍住了。

這樣的突變讓人震驚。剛才我們還在太陽裡飛馳，頭上是碧空萬里，海浪滾滾奔向天際；一艘船正噴吐著炮火、冒著濃煙，氣勢洶洶地向我們撲來。一轉眼，就如縱身一躍，太陽沒有了，天空沒有了，連我們的桅杆也不見了。海平面迷濛一片，灰霧如雨飄過，衣服上、頭髮上、臉上都凝滿了亮晶晶的水珠。護桅索溼了，從我們頭頂的滑車上垂了下來。帆底橫杆的底下，一滴滴水珠連成了一條條閃爍的水珠線。三桅船一晃，水珠往下傾灑，有如小小的暴雨。我陡然感到窒息。三桅船破浪的聲音被霧氣反彈回來，思想也一樣。

心縮成一團，對於包裹著我們的、這個潮溼的紗幕以外的世界，不去想了。這裡面就是世界，就是宇宙本身，它的邊界那麼低，好像觸手可及，可以推開它。在霧的世界之外不會再有別的什麼東西。別的只是夢，夢影罷了。

一切是那麼奇異。我看著梅蒂，知道她有同感。我又望向海狼，但是他的臉上沒有審美的情致。他正全神貫注地關注著當下的現實。他掌著舵，我覺得他是在校準時間，在用鬼魂號的每一次晃動來計算每一分鐘的消逝。

「順風，別出聲，」他對我低語，「收好中帆，把人都安排到帆腳索去，別讓滑車發出聲響，別說話。總之，安靜，明白嗎，別出聲。」

口令透過一個又一個人的嘴傳給我：「順風。」鬼魂號左舷搶風傾側著行駛，靜寂無聲。只有帆的劈啪聲、滑輪的吱呀聲，在濃霧裡顯得怪異。那空曠的霧氣包裹著我們並產生回聲。

我們好像剛剛滿帆航行不久，霧氣便突然變得稀薄起來，又回到了陽光裡。空空的大海一望無際，狂怒的眾王之王號，既沒有闖過海面，也沒有用它的黑煙污染天空。

海狼馬上轉個直角，沿著霧牆的邊緣疾進。等到眾王之王號盲目地鑽進霧牆追逐他時，他又掉頭從霧牆的掩護裡鑽了出來。現在他正匆匆往下風面跑進去。這一招成功了，他的哥哥這下算是「霧裡尋針」。

沒有多久，前帆和主帆順風行駛，還拉起了中帆。我們又鑽回到濃霧裡。進去時，我看到一個模糊的龐然大物在上風面出現。我連忙看向海狼，我們已經鑽進了濃霧深處，他點點頭。他也看見了——眾王之王號，他哥哥猜到了他的計謀，卻晚了一點，剛好錯過。我們逃過一劫。

「他不能老追下去，」海狼說，「他還得回去收回其他小船。凡．威登先生，找一個人來掌舵，就照現在這個路線前進。你還可以繼續安排人值班。我們今晚不會在這戀戰了。」

「不過，我願意出五百塊錢，到眾王之王號上去待五分鐘，聽我哥哥怎麼罵我。」

「現在，凡．威登先生，」有人來接替掌舵，他說，「我們得給這些新人舉行歡迎儀式。給獵人們多倒點威士忌，給水手艙也來幾瓶。我可以打賭，明天無論他們是什麼人都會願意下海去替海狼打獵的，跟原來替眾王之王號打獵一樣心滿意足。」

「他們會不會像溫萊特一樣跑掉呢？」我問。

他精明地笑了。「只要我們的老獵人有利可圖，他們就跑不掉。我答應給老獵人們分紅，新獵人每得到一張毛皮，我都給老獵人加一塊錢。老獵人們今天的熱情至少有一半是這樣來的。啊，跑不掉的，只要老獵人們有利可圖，他們就跑不掉。現在你最好到前面去當你的醫生，等著你的傷患恐怕是有一個病房那麼多。」

第二十六章　逃離

海狼從我手上接過威士忌，開始分配酒。我去水手艙替新傷患療傷。喝威士忌的場面我見過，比如俱樂部的人喝威士忌加蘇打水，但是我從來沒有見過這些人的喝法。小杯、大杯、酒瓶，捧起來就灌，一杯接一杯，千杯萬盞不為多。

人人都在乾杯。受傷的人也不示弱，我的助手沃夫特也在喝著。只有路易士不喝。他只拿飲料舔一舔。可是他也照樣放鬆狂歡，不亞於其他人。那是縱情鬥酒，他們大喊大叫講述當天的戰鬥，在細節上爭論不休。或是動了真情，跟對手成了哥兒們。勝利者和俘虜彼此靠著肩膀打嗝，賭咒發誓表達對彼此的敬佩之情，為過去的苦難嚎啕大哭，為今後的苦難抱頭痛飲。他們都咒罵著海狼，控訴他的暴行。

場面荒誕。狹窄的空間，周圍都是上下鋪，搖晃的壁板、地板，昏昏沉沉的燈光，忽大忽小的黑影，渾濁的空氣裡夾雜著濃煙、體臭和防腐劑的味道。還有那些脹得通紅的臉——披著人皮的野獸。沃夫特一手拿著繃帶的一頭，看得呆住了。他那雙小鹿般的眼睛閃著，心中卻盤踞著一條惡魔。哈里森那孩童似的臉——本來很善良的，現在已經如同魔王般凶殘——因為激動而抽搐著，向新人講述這條地獄來的船，詛咒著海狼。

他們翻來覆去地談論海狼：抓人、壓迫人，把人變成豬，大家都是他的豬玀，爬在他面前的牲畜，只敢悄悄地、喝醉酒後反對他。「我也是他的豬嗎？」我在想。「梅蒂也是？」不！當然不是！我憤怒得咬牙切齒，害那個正被我治療著的人也畏縮了一下。沃夫特莫名其妙地看著我。我獲得了能量。遲來的愛情令我變得高大起來。我天不怕地不怕，要靠韌性抗爭到底——不管海狼，不管三十五年的書蟲生涯。曙光在前面，我要讓一切變好。我膨脹起來，一種能量鼓舞著我，對那嚎叫的地獄轉過身，爬上甲板。海霧，像鬼魂在甲板上徘徊，黑夜，甜蜜、純潔而安靜。

「狗窩」裡有兩個受傷的獵人，也鬧得和水手艙一樣。只是無人罵海狼。我再次來到甲板上，往後艙走時，心裡才輕鬆起來。晚飯準備好了，海狼和梅蒂在等我。

儘管一船的人都要一醉方休，海狼卻滴酒未沾，保持著清醒。眼下他不敢大意，他只能依靠路易士和我，而路易士此刻還得掌舵。我們在霧海裡穿行，無人守望，沒有點燈。海狼竟放任手下喝個痛快，我吃驚不已。但是他明白他們的心態，懂得如何用人情把血戰的雙方粘合起來。

打敗閻羅王看來對他有很大影響。昨晚，他滿心憂慮，此刻我等著他的魔氣發作。結果不但沒事，他反倒神采飛揚，或許到手的戰利品壓倒了習慣性的反應。沉鬱沒有了，暴怒的魔鬼溜走了。這是我當時的想法。可是，老天！我根本就不懂他！或許就是在那個時候，一場空前的大爆發已在他的心裡醞釀。

走進艙房，他正如我所說——神采飛揚。頭痛有好幾週沒發作了，他的眼睛湛藍，皮膚是健康的古銅色，生命像洪流在他體內奔湧。他和梅蒂談得火熱，話題是「誘惑」。他的看法是：誘惑之所以成為誘惑，只有在一個人被它吸引時墮落了，才能稱得上誘惑。

「你看，」他解釋道，「人因為欲望而行動。欲望多種多樣，可能是脫離苦海，也可能是沉迷享樂，但是不管做什麼，他都被欲望驅使著。」

「如果他想做的兩件事情正好起衝突，做這件事，就不能做那件事，那又怎麼辦呢？」梅蒂插嘴道。

「我正要談到這點。」他說。

「兩種欲望的選擇正體現了人的靈魂，」她接著說下去，「善的靈魂渴望並且行善，而惡的靈魂則恰恰相反。善惡都是由靈魂決定的。」

「胡說！」他叫道。「欲望主宰著善惡。比如一個人想喝酒，又不想喝酒，他會做什麼呢？他會怎麼做呢？他只是一個木偶，一頭欲望的牲畜。兩個欲望，他服從強者，如此而已，豈有他論。無關靈魂。喝，還是不喝呢？要是不喝，僅僅是因為清醒的欲望更強大，與誘惑無關，除非……」他停了停，一個新的念頭湧上心頭，他一把抓住，「除非他是被誘惑得去保持清醒。」

「哈哈！」他笑了，「你有何高見？凡．威登先生。」

「我認為你們兩個都在鑽牛角尖。」我說，「靈魂就是欲望。說精確些，靈魂是裝載欲望的器皿。在這一點上，你們兩個都錯了。你強調脫離靈魂的欲望，梅蒂小姐強調脫離欲望的靈魂，而事實上，靈魂和欲望是統一的。」

「但是，」我繼續說下去，「梅蒂小姐這點說對了：她認為誘惑無論起了實際效果，還是受到抵制，都是誘惑。火是被風颳成熊熊大火的。欲望就是火，如同被火點燃，被眼睛看見的欲望，或是耳朵聽見對那東西的描繪，吹成了大火。誘惑就在那裡。是風煽起了欲望之火，讓它熊熊燃燒成為大火。風就是誘惑；也可能煽動得並不厲害，沒有燃燒起來，但是它畢竟驚醒了，到這一步也算是誘惑。並且，如你所言，誘惑可能讓人向善，也可能讓人從惡。」

開始用餐的時候，我為自己感到自豪。我的話是總結陳詞，至少他們不再繼續爭論了。但是海狼看來有些滔滔不絕，意猶未盡。這在我來說以前從未見過。他似乎精力有餘，在拚命尋找可以發洩的機會。他繼而轉為討論愛情。與平常一樣，他的觀點總是唯物，而梅蒂的觀點則總是浪漫的。我呢，只需要做一、兩個字的提示或糾正，並不站在誰那一邊。

海狼高談闊論，梅蒂文思泉湧，在她說話時，我總是盯著她的臉，有時竟然弄不清楚他們談話的思路。她那張臉平時很雪白，今夜卻燦如桃花。她的語言犀利敏捷，和海狼一樣喜歡唇槍舌劍——海狼非常喜歡辯論。因為某種力量，我也說不明白，他們爭論時，我反倒欣賞梅蒂一縷披散的秀髮。海狼引用了《伊索爾在庭塔特》這首詩歌：

不理會這幫女人，
我有福了。
不理會世間所有的女人，
我有罪了。
我的罪孽無以復加。

他把悲傷讀進了奧瑪，現在他又把凱旋的歡樂讀進了史文鵬（英國詩人）的詩歌裡——尖利的勝利和歡喜。解讀得很正確，並且十分恰當。他剛讀完，路易士就從樓梯口探下頭來，低聲說：

「當心，霧散開了，一艘輪船的左舷燈正從我們船頭前橫著過去。」

海狼一閃身就不見了。等我們上到甲板，他已經拉好「狗窩」的舷窗，把醉鬼們的喧嘩關在裡面，當時正在蓋上水手艙的天窗。霧氣雖然還有，但已經升上天空，遮住了星月，夜色如墨般濃厚。前方依稀可以看見兩盞明燈，一盞血紅，一盞雪白。同時傳來輪船的引擎聲。不用說，那是眾王之王號。

海狼已經回到舵樓的甲板。我們安靜地站立著，望著燈光從我們的船頭前穿越而過。

「幸運的是他們沒有帶探照燈。」海狼說。

「假如我大叫起來會怎樣？」我低聲問。

「那就全部都完蛋了。」他回答，「但是你想過馬上會出什麼事嗎？」

我還沒有來得及追問，他已經舒展手臂，鎖住了我的喉嚨。手指輕微地扭動了幾下，像是一個無聲的警告，表示只要一扭，我的脖子就斷了。隨即他放開了我，大家盯著眾王之王號的燈光。

「如果我大叫起來又會怎麼樣呢？」梅蒂問。

「我可真捨不得妳呢，」他的聲音充滿了溫柔和愛憐，聽著真讓我難受，「但是妳可別叫，因為我依然會弄斷凡．威登先生的脖子。」

「那我就容許她叫。」我挑釁地說。

「你會用文壇亞聖來獻祭嗎？」他嘲笑她。大家都沉默了，不知道該說什麼。我們彼此熟知，仍然有些尷尬。白色、紅色的燈光都遠去了，我們又回到艙房。繼續吃完被中斷的晚飯。兩個人又開始旁徵博引。梅蒂引用道森①的《今生無悔》，她如同行雲流水般吟誦著，但我並不再看她，而是注意起海狼。他被梅蒂迷住了，忘記了其他。他的嘴唇模仿著梅蒂嘴唇曼妙的一閉一合。她吟誦到以下的詩句：

紅日隱沒在身後，
她的明眸成為我的心燈，
她六弦琴般的清音，
嫋嫋圍繞我臨終的耳旁。

這時，他插嘴道，「妳的聲音如同詩歌琴弦般清越。」他赤裸裸地表白，眼裡放射著金子般的光芒。

梅蒂的自制力令我暗自驚嘆。她不動聲色地念完了那一段，然後巧妙地把談話引到其他話題。這中間，我沉醉地坐在那裡，享受著「語言的盛宴」。「狗窩」裡醉漢們的胡鬧聲穿過板壁傳了過來，我畏懼的男人和我心愛的女人在不斷交談。餐桌還沒有撤下，接替馬格瑞吉的人顯然跑到水手艙跟伙伴們快活去了。

今夜，此時此刻，海狼登上了他生命的巔峰。我不時拋開自己的思想去追隨他，跟隨他的時候我感到萬分驚訝。他正在宣揚反叛的豪情，我一時竟被他沉醉於激情而昇華出的妙言警句所折服。彌爾頓②筆下的撒旦是必須提到的。而海狼對撒旦性格的精確描述和鞭辟入裡的分析，顯露出他被命運所壓抑的天賦。我想到了泰納③，但是我明白他並不知道那位才華卓越而危險的思想家。

「他領導了一場未完的事業，並不害怕天庭的震怒，」海狼說，「他被打進了地獄，但是並沒有被打垮。他帶走了上帝三分之一的天使；他煽動人類反抗上帝；他為自己和地獄贏得了各個時代的絕大多數人類。他是怎樣被逐出天堂的？他不如上帝勇敢嗎？比不上上帝的驕傲嗎？還是沒有他那樣的宏圖偉略？不是！一千個不是！只是上帝更為強大，如他所言，是因為有雷霆。

「撒旦是一個無拘無束的精靈，而服從就是壓制。他選擇了因為自由而遭受苦難，而沒有選擇因為服從而享受安適。他不願意服從上帝，他對一切都不服從。他不是床頭的人像雕飾，他依靠自己的雙腿站立，他是獨立的個體。」

「最早的無政府主義者。」梅蒂大聲笑了，站起來，準備回到她那特別的小房間去。

「那麼，無政府主義者是好樣的！」海狼喊道，也站了起來，面對她。她在自己的房間門口停了下來，海狼朗誦彌爾頓的詩：

在此，至少
我們能夠狂歡無拘束；
此地並非全能者所建立；
不會把我們驅逐出這裡，
我們可以安全地統治著，
有權利最快樂，
即使身在地獄。
我的選擇是——
寧可下地獄當撒旦，
也不上天堂，當牛做馬。

這是一個勇猛精靈的強音，那聲音在艙房裡震盪。他站在那裡，身體晃動著，昂著頭，古銅色的臉神采飛揚，眼睛放射出金色的光，面對門邊的梅蒂，英姿颯爽，又溫柔體貼。

她的眸子，再次浮現莫名的恐懼，幾乎是輕聲細語地說：「你就是撒旦。」

門一關，她走了。他還站在那兒，盯了好一會兒才回過神來，看見了我。

「我去掌舵，接替路易士。」他簡短地說，「我半夜來叫醒你接替我。你最好現在先去睡一會兒。」

他戴上一雙手套，扣上帽子，走上樓梯。我上了床。不知道為什麼，我感覺到一種神祕的警示，沒有脫衣服就躺了下去。我聽著「狗窩」裡的喧鬧，感嘆著從天而降臨的愛情。但是我對在鬼魂號上的睡眠已經十分適應，喧嘩聲很快就消失了，眼睛合起來，我進入了夢鄉。

不知道是什麼東西驚醒了我，我發現自己已經下了床，清醒地站著。神祕的警告，我的心靈震顫了，如同悚然於號角的呼喚。我猛地拉開了艙房的門，燈光昏暗。我看見了梅蒂，我的梅蒂，掙扎著，卻被海狼的擁抱所壓倒。我看見她徒勞無功地拍打著他，扭動著身子，頭頂住海狼的胸口，想要掙脫。僅僅是一瞬間，我已經跳了過去。

他一抬頭，我的拳頭打中了他的臉，但是力道不大。他猛獸般一叫，一巴掌推過來，手腕一撥，我竟然彈了出去，撞在馬格瑞吉以前住的那間房門上。門被撞了一個大洞。我並不感到疼痛，掙扎著爬了起來，怒氣沖沖地拔出腰間的匕首，狂吼著撲了上去。

奇怪！他們兩人搖搖擺擺地竟然分開了。我靠近海狼，舉起匕首，卻頓住了。情況的奇特讓我茫然失措。梅蒂一手靠在板壁上，海狼跌跌撞撞，左手按住前額，捂住眼睛，右手茫然地摸索著。手一碰到壁板，身體就放鬆了下來，似乎是找到了所在的位置，有了依靠。

這時，怒火再一次瀰漫我的全身，我所受到的侮蔑、別人的折磨、他的罪惡，都在我心裡猛烈閃現。我瘋狂地撲上去，一刀捅在他的肩膀上。我知道這對他來說只是皮肉傷——刀刃和他的肩骨磕了一下。我又舉起匕首，想直接刺進他的致命處。

但是梅蒂看見我的第一刀之後，大聲叫道：「不要，求求你！」

我的手臂落下來，但是又舉了起來，如果不是她突然站到我們中間，海狼必死無疑。她雙臂摟著我，頭髮輕輕拂過我的臉頰，我的心狂跳著，怒火更甚。她勇敢地看著我的眼睛。

「為了我。」她懇求道。

「正是為了妳，我才要殺了他！」我叫道，想要掙脫手臂。

「噓！」她說，把手指輕輕放在我的嘴唇上。我如果敢的話，真想親吻她一下——即使是在那個時候，在我狂怒的時候，那手指的觸摸也是那麼的甜蜜，甜蜜極了。「別殺他，求你。」她懇求我，她的話溶解了我的殺機。她的話永遠能夠溶解我的殺機——我以後還會發現這一點的。

我從她的身邊退了開來，把匕首插回刀鞘。我看了看海狼。他仍然用手按著額頭，遮住了眼睛。他彷彿是癱瘓了，身體從腰部垮了下來，巨大的肩膀向前吊著。

「凡．威登！」他嘶啞地叫喊，聲音裡帶著恐懼，「啊！凡．威登，你在哪裡？」

我看了看梅蒂，她點了點頭，沒有出聲。

「我在這裡。」我回答，走到他的身邊。「怎麼啦？」

「扶我坐下。」他的聲音仍然沙啞、可怕。

「我病了，駝子，我病得很重。」他放開我扶著他的手，坐在椅子上。

他的頭往前一垂，落到桌上，雙手抱住頭。他看起來非常痛苦，頭每隔一會就晃幾晃。他半抬起頭，額頭上大顆大顆的汗珠滾動。

「病了，病得很厲害。」他說了一遍，又說了一遍。

「怎麼呢？」我把手放在他的肩膀上問，「我能為你做些什麼？」

但是他惱怒地甩開了我的手。我在他的身邊默默地站著。梅蒂在一旁看著，滿臉恐懼。我們不明白海狼到底發生了什麼事。

「駝子，」他說，「我要上床去，扶著我。過一會兒我就好了。又是那可怕的頭疼。我真的很怕它。我感到——唉，我不知道自己在說什麼。扶我到床上去吧。」

我把他扶上了床，他用雙手抱頭，手臂擋住了眼睛。我轉身要走，聽見他還在喃喃自語地說：「病了，病得很重。」

我走出房間，梅蒂期待地看著我。我搖搖頭說：「他發生了什麼事情我不太清楚。但是他無可奈何並且感到害怕，這個樣子我是第一次看到。那肯定是挨我一刀之前的事情，我那一刀傷得很輕。妳一定有看見發生什麼事。」

她搖搖頭：「我什麼都沒有看見，我同樣感到莫名其妙。海狼突然放開了我，搖晃著離開了。我們應該怎麼辦呢？怎麼辦呢？」

「請等我回來再說。」我回答。

我上了甲板。路易士還在掌舵。

「你去睡覺吧。」我說，接管了舵。

他馬上走了。甲板上就只剩下我一個人。我悄悄地捲起那幾張中帆，降下斜桅帆和桅杆支索三角帆，再把斜桅帆轉過來，放下了主帆，然後才到梅蒂那裡去。我把手指按在自己的嘴唇上，讓她不要出聲，進了海狼的房間。海狼的姿勢還是和我離開他時一樣，腦袋晃悠著——在抽搐。

「要我做什麼嗎？」我問。

他剛開始沒有回答。我又問，他答道：「不要，不要，我沒事。天亮前不要來打擾我。」

但是我並沒有轉身走開，他的頭又開始搖晃了。梅蒂靜靜地等著我，頭如女王般高揚著，眼睛清澈寧靜。我一陣狂喜，她的心靈一定寧謐而自信。

「妳能把自己託付給我，做一次六百哩的旅行嗎？」

「你是說？」她問，我點點頭。

「正是。」我回答。「除了駕船逃跑，別無他法。」

「你是說，為了我？」她說，「你在這裡肯定沒有危險，和過去一樣。」

「不，除了逃跑，我倆誰也不會有希望。」我沉重地說，「請妳盡快穿得厚些，把想帶走的東西打包。」

「盡快。」她回到她的房間前，我又叮囑了一次。

儲藏室在艙房的正下方。我點了一根蠟燭，打開地板上的活門，跳了下去。開始翻看船上的庫存。我挑選了一些罐頭，選定以後，梅蒂的小手從上面伸了下來，接我遞過去的東西。

我們安靜地做著。我還從衣服箱子裡拿了毛毯、手套、雨衣、小帽子之類的東西。這次的冒險可不輕鬆。在這麼寒冷、風暴頻繁的大海裡，把自己交付給一艘小船，我們必須做好抵禦寒冷和風暴的充分準備。

我們萬分火急地把拿來的東西搬到甲板上，放在船的中部。我們做得太猛，梅蒂本來就沒有什麼力氣，這時候已經累壞了，她坐在舵樓甲板樓梯口，但是仍然無法恢復過來，乾脆躺在甲板上，伸開雙臂，放鬆全身。我想起了我的姊姊，那是她的絕技。我知道梅蒂很快就會復原的。我也知道，帶著槍準不會錯。於是我又回到海狼的房間，拿了他的步槍和獵槍。我對他說話，他沒有回答，腦袋還在晃來晃去，沒有睡著。

「別了，撒旦。」我輕輕帶上門，心裡暗暗說。

我溜進「狗窩」的樓梯口，獵人們的子彈箱子就在那裡放著。他們就在距離幾呎外的地方飲酒作樂。我提起兩箱彈藥，走了。

我要把小船放進海裡。這件事對一個人來說可真不容易。我解掉繩索，先用前面的索具把船吊起來，然後用後面的索具起吊，把小船吊到欄杆外面。然後這邊放下一段，那邊再放下一段，放下了兩、三呎，直到小船靠在三桅船邊，接近水面。它的上面已經有了必須的帆、槳和槳架之後，我把三桅船上每一艘小船的水桶都偷走了。小船一共有九艘之多，我們的淡水應該足夠了，並且可以用來壓艙，再加上其他的物品，小船可能有些超載了。

梅蒂向我遞東西，我往小船裡放。這時，一個人影從水手艙爬上甲板。他在迎風的欄杆邊上站了一會，當時我們正在背風的欄杆邊，他慢慢地向後面走來，又在船的中部背對著我們，迎風站了一會兒。我趴在小船裡，聽見自己的心咚咚地敲打著甲板。梅蒂趴在甲板上，她一定是一動也不動地躲在舷牆後面，那個人影沒有轉身，只是雙手往上一伸，打了個大大的呵欠，就往水手艙蓋那裡走過去，消失不見了。

幾分鐘後，萬事俱備。我把小船放進水面，幫助梅蒂翻過欄杆，我感到她抱緊了我的身體。這時，我把湧到嘴邊的「我愛妳！我愛妳！」吞進了心底，她的手指緊緊握住我的手指，讓我把她放進小船，我的腦海裡另一個輝煌的念頭升騰而起：「凡・威登戀愛了。」我一手抓緊欄杆，一手托住她的體重，十分自豪。幾個月前的一天，我告別弗洛薩，坐上倒楣的馬丁尼茲號前往舊金山，那時候的我可沒有這樣的力量。

趁著小船被海浪抬高起來，她的腳踩到了船底。我放開她的手，扔掉索具，隨之跳了下去。我從來沒有划過船，划動雙槳很費力，但是小船終於離開了鬼魂號。然後，我試著拉開帆。我看過很多次水手拉起斜杆帆，但是自己動手卻還是第一次，他們兩分鐘就搞定了，我卻折騰了二十多分鐘。希望的帆終於升起來。我掌好舵，小船迎風行駛起來。

「日本就在正前方。」我說。

「凡・威登，」她說，「你真是個勇猛的男人。」

「那麼——」我回答，「妳更是一個勇敢的女人。」

我們一起回頭，最後看了一眼鬼魂號。鬼魂號在海浪上晃動著，夜色裡一片濃重的帆影。她拴緊的舵盤嘎吱嘎吱叫著，船舵擺動著。鬼魂號的帆影和聲音漸漸遠去了，我們留在孤寂的黑夜海上。

①一八六七至一九〇〇，英國詩人。

②一六〇八至一六七四，英國詩人，其作品《失樂園》中描寫了撒旦。

③一八二八至一八九三，法國哲學家以及文學評論家。

第二十七章　漂泊

東方欲白，天空灰濛濛的，寒氣逼人。

小船乘著清晨的海風行駛。羅盤說明我們正奔向日本。我雖然戴了厚厚的手套，但是手指仍然非常寒冷，抓著舵的手非常疼，雙腳凍得像被刺滿了針。我期盼著太陽快點出來。

船底躺著梅蒂，至少她很溫暖地睡著，她墊著和蓋著的都是厚厚的毛毯。為了擋住夜裡的寒氣，我還把最上面一條毛毯拉過了她的臉，我只看見她身體的輪廓，露在外面的一縷棕色頭髮，那頭髮上凝結著細密晶瑩的露珠。

我久久地看著她，凝視著那一縷棕髮。只有把那當作生命中最重要東西的人，才會那麼傾注精力於其上。毛毯動了，掀開了，她露出了臉對我微笑，睡眼迷濛。

「早安，凡．威登先生。」她說，「看見陸地沒有？」

「還沒，」我回答，「但是我們正在以每小時六哩的速度向陸地前進。」

「但這意味著每天可以走一百四十四哩呢！」我安慰她。

她嘟起了嘴。

她臉上煥發了光彩。「我們要走多遠？」

「那邊是西伯利亞，」我指著西邊說，「但是再往南去六百哩左右就是日本。如果風持續這樣地吹，我們五天就到了。」

「如果暴風雨來了呢？小船恐怕不行吧？」

當她那雙美麗的眼睛嫵媚地望著你，你就只有乖乖地說實話。

「除非是特別大的暴風雨。」我欲蓋彌彰。

「如果是呢？」

我點點頭。「但我們隨時都可能被一艘獵海豹的三桅船救起來。這片海域有很多三桅船的。」

「哎呀！你一定很冷！」她叫了起來，「看你抖個不停！別不承認了，你在發抖，但是我卻躺在這裡，暖和得好像烤好的熱狗。」

「就算妳坐起來被凍到了，」我笑笑，「我看也於事無補。」

「只要學會掌舵，我就能協助你了。我一定要學會。」

她坐了起來，簡單地梳洗一番。她把頭髮披散開來，好像一朵棕色的雲，籠罩著她的臉和肩膀。柔順潤澤的秀髮啊！我真想親吻它們，真想讓它在我的指尖滑過，把臉埋在這一片雲裡。我呆呆地望著她，船頭一偏，風帆響起來，警告我怠忽職守。我雖然有分析的癖好，但卻一向是個理想主義者和浪漫主義者，對愛情的肉體方面不太理解。我向來認為男女之間的愛情是一種昇華為「靈」的東西，是一種把兩顆心吸引、聯繫在一起的精神羈絆。在我的愛情觀裡，肉體的結合沒有分量。但是我現在正學著一堂甜蜜的功課：「靈」通過肉體而顯現。凝視、觸摸愛人的秀髮，如同通過呼吸、聲音去洞察靈魂一樣，和她眼裡閃爍的光、唇裡的呢喃一樣。純粹的「靈」

不可言傳，只可神會。耶和華是神人同性的，他只能用猶太人懂得的語言向他們說話。因此猶太人就認為耶和華跟他們是同一個形象，是雲霧，是火柱，是以色列人能感知的東西。

就這樣，我默默凝視著梅蒂的棕髮，愛慕著，從中領悟的比從所有十四行詩和情歌中能夠得到的更豐富。她閒雅地把頭髮往後一甩，露出了笑臉。

「為什麼女人不一直披著頭髮呢？」我問，「太美了。」

「如果不會老弄得披頭散髮就好，」她笑了，「可不是呢！我就掉了一個很寶貴的髮夾。」

我忘記了小船，風帆一直地響也沒用。我注視著她在毛毯裡尋找髮夾的每一個動作，那麼美妙。我心裡暗自驚嘆著，快樂地驚嘆。這時，她充盈著女人的韻味，每一個動作都讓我快樂極了。之前我把她捧得高高在上，離開了人的大地，成為讓人不敢親近的女神，現在我則沉迷於她那些屬於女人的小動作。比如，把一頭秀髮甩到身後，尋找髮夾之類的。她是女人，我們都是人，她與我程度相當，男女之間那種愉快的親密是可能的，而且我也會永遠尊重、敬畏她。

她找到了髮夾，發出一聲嬌媚的叫聲。我把注意力集中在掌舵上。我實驗著，把舵拴起來或用什麼東西固定好，然後讓小船自己前進，不需要我的看管。只是偶爾有些變動，它可以自己調整，看來情況不錯。

「我們要共進早餐了。」我說，「但是妳必須先穿得更暖和些。」

我從衣服箱子裡拿出一件厚衣服，是用毛毯做的。我知道它很厚實，製作也很細密，可以遮風擋雨，連續幾個小時也不會溼透。她把這衣服套上以後，我又用一頂男式小帽子換下了她那頂男童帽。這帽子很大，可以扣住她的頭髮，帽沿翻下來又可以完全遮住她的脖子和耳朵，效果很迷人。她的臉是在任何情況下都很美麗的那種。無論什麼都無法破壞她那精美的橢圓形，那些古典的線條，那秀美的眉毛和棕色的大眼睛。她的目光清亮寧靜，如同夏夜的星空。

這時，一陣大風颳來，浪尖上的小船突然一傾，船邊跟水面齊平了，海水湧了進來，有一桶左右。我正在開一個牛舌罐頭，於是急忙跳到帆邊加以調整。風帆鼓吹著，小船正常了，我又做起早飯來。

「我不懂航海，但是卻覺得好像一切都還不錯。」她點點頭，鄭重其事地誇獎我的掌舵「新發明」。

「但是這個辦法只有在順風時管用，」我解釋說，「如果想要靈活駕駛，風從船尾、船頭或橫向吹來，就必須自己掌舵了。」

「我不懂原理，但是我懂你的結論。不過我不喜歡它。你總不能白天黑夜永遠掌舵吧。因此，我希望吃了早飯後可以好好學習。之後你就得躺下來睡覺，我們要像他們在船上那樣輪班。」

「我不知道怎麼教妳。」我不贊成，「我自己還在學習呢。妳把自己交給我時，可能沒有想到我對小船一點經驗也沒有吧？我這還是第一次坐上小船。」

「那我們就共同學習吧，先生。既然你已經先學了一個晚上，你就該把你已經學會的東西教給我。現在，吃早飯。天哪！這種空氣可真能開胃！」

「沒有咖啡。」我遺憾地說，遞給她抹了黃油的餅乾和一片牛舌，「在我們踏上陸地之前，是不會有茶水、湯水之類的熱東西吃了。」

吃完簡單的早餐，喝了一杯冷水，梅蒂開始學怎麼掌舵。藉著教她，我學到了很多的東西。我只是把駕駛鬼魂號的經驗，以及觀察小船舵手駕駛得到的經驗拿出來用而已。她是一個聰明的學生，很快就學會了控制方向、搶風行駛，以及遇見意外時放鬆帆腳索。

她似乎學得有些累了，把舵交給了我。她打開我已經摺好的毛毯，在船底鋪好。一切收拾得舒舒服服之後，她說：「現在，先生，請就寢。你一定得睡到午餐，不，是正餐時間。」她想起鬼魂號上的用詞。

我能怎麼辦呢？她堅持著，並且說「請、請」，我只好遵命，把舵交給了她。我爬進她親手為我鋪好的被褥時，渾身充溢著安適的感覺。她身上有一種沉靜而美好的自信，似乎也傳到了毛毯裡。我感到柔和、朦朧的滿足。感到一張橢圓形的臉，包裹在一頂水手帽子裡，上下起伏著。後面忽而是灰雲，忽而是灰海，然後我沉入了溫柔的夢鄉……

我伸手看錶。一點整。我一口氣睡了七個小時！她已經駕駛七個小時了！我接過舵時，必須先幫她扳開僵硬的手指。她那一點力氣早就已經被榨乾了，連從座位上起來的力氣都沒有了。我只好放掉帆腳索，扶她鑽進被窩，還幫她摩擦了手和手臂。

「我好倦啊！」她說，迅速地吸了一口氣，一聲嘆息，疲倦地低下了頭。

但是她馬上又抬起頭：「你現在可不能罵人，不准你罵。」她裝出挑戰的樣子。

「我希望我的臉上並沒有出現氣惱的樣子，」我嚴肅地回答，「因為我向妳保證我一點也沒有生氣。」

「啊，不！」她想了想，「你有自責的表情。」

「那麼我這是張誠實的臉呢，因為它表現出了我的感覺。妳對自己不公平，對我也不公平呢。我以後怎麼能夠相信妳呢？」

她露出懊悔的樣子，「我以後會乖的。」她像個調皮的小孩，說，「我保證……」

「保證像水手服從船長一樣？」

「是的，」她回答，「我做了一件蠢事，我知道。」

「那妳還得保證另外一件事情。」我冒險說。

「保證。」

「保證別再『請』、『請』個沒完的，因為那樣一來，妳會干擾我的權威。」

她欣賞著我的話，快活得哈哈大笑起來。她也意識到了「請」、「請」個沒完的威力。

「那是個好字眼……」我開口說。

「但是我們不能過分勞它們大駕。」她插嘴道。

她笑得很無力，頭躺下了。我暫時放下舵，把她腳邊的毯子按實，在她臉上蓋毛毯。唉！她的身體可受不了呢。我心事重重地望著西南方，想著面前六百哩長的亡命苦旅——是的，但願僅僅是苦旅而已。在這樣的海上，風暴隨時可能讓我們葬身大海，但是我不害怕。前景雖然不明朗，但是心裡並不畏懼。會好起來的，一定會的，我反反覆覆地對自己打氣。

下午，風大了起來，浪更大了，考驗著小船和我，但是我帶的東西和九大桶淡水讓小船在風浪中穩了下來。我鼓起勇氣繼續前進。然後我放下斜杆帆，把帆頂收緊，使用水手們所謂的「羊角帆」快速行駛。

傍晚，下風面的海平線上出現了一股黑煙。那不是俄國的巡洋艦就是眾王之王號。更有可能是後者。它還在搜尋鬼魂號。太陽一整天都沒有露臉，天冷極了。暮色漸漸瀰漫，雲層變黑，風力加強了。梅蒂和我吃晚飯的時候都戴上了手套。我只能一邊掌舵一邊趁著風力緩和的時候吃上幾口。

風力和海浪對小船來說都有點太猛烈了，我不情願地收了帆，開始製造一個錨，或叫做「浮錨」。我是從獵人們的談話裡學會的，做起來倒簡單。把帆捲起來，牢牢地捆住桅杆、斜杆和剩下的兩把槳，扔下海去，用繩子繫在船的前頭。因為它在水深處，不受到風的影響，就比小船漂流得緩慢些。這樣它在海水和風的面前拽住了小船的頭——這是在大海起波浪時，讓小船免於被淹沒的最佳方法。

「現在呢？」工作完成了，我又戴上了手套，梅蒂快活地問。

「現在，我們就不再是往日本走了。我們的海流是朝著東南方向，或東南偏南，速度起碼是每小時兩哩。」

「如果整夜颳大風的話，」她強調，「那就是二十四哩。」

「對，即使颳上三天三夜的大風，也不過是一百二十四哩。」

「但不會老是颳大風的，」她充滿了信心。「會轉成好風的。」

「大海，是最靠不住的。」

「風呢！」她反駁道，「我聽見你談起浩蕩的信風，就滔滔不絕。」

「我真希望把海狼的天文鐘和六分儀拿來。」我仍然滿是陰鬱。「航行是一個方向，海流又是一個方向，還要加上潮水的第三個方向，要不了多久，我們就不知道身在何方了，誤差達五、六百哩。」

我馬上請求她原諒我的心情，保證不再沮喪。

九點時，經她一再要求，我同意讓她值班到半夜。但是在我躺下之前，我把她用毛毯裹了起來，還披上一件雨衣。我只能像貓一樣地打盹。小船從浪尖上落下時，跳躍著，砰砰地響著。我聽見海流從身邊流過，浪花不斷拍打小船。但是我覺得那夜的天氣還不算壞，跟我在鬼魂號上經歷過的比較而言，的確算不了什麼。也許跟我們即將在這一葉扁舟上經歷的夜晚比較，也還算不了什麼。這艘小船的木板只有三吋厚，可以說，我們與海底相隔不到一吋的木頭。

但我不害怕。海狼，甚至馬格瑞吉，讓我品嘗過死亡的恐怖。而梅蒂進入了我的生命，這使得我的生命昇華了。愛使得生命中的某種東西變得珍貴起來，讓人願意為之獻身，愛比被愛更加美好。

我愛上了一個人，忘記了自己的生命，於是出現了詭異的情形：現在是我把自己的生命看得輕如鴻毛的時候，也是一生當中最想活著的時候。我的結論是，我從來沒有這麼多的理由要活下去。然後，在我進入夢鄉以前，我只希望看穿黑夜——我知道梅蒂弓著身子坐在船尾，警惕地望著動盪的大海，隨時準備叫醒我。

第二十八章　苦難的日子

許多天來，我們被海風颳著、洋流席捲，在海上漂來盪去，期間的艱難困苦就不用細說了。西北風颳了二十四小時，漸漸減弱。晚上又颳起了西南風。這正好是我們不要的風。我撈起浮錨，揚帆往南南東方向航行——我也可以選擇往西北西去，但是溫暖的南風吹起我向暖洋靠近的欲望，它誘惑了我。

三小時後，已經到了夜半，那是我在海上經歷過最黑暗的夜。西南風變得凶猛起來，我只好又放下了浮錨。

黎明時分，我雙眼發昏，海裡白浪滔天，小船被錨拖住幾乎倒立起來，隨時有進水的危險。水花和波浪在往小船上飛濺，我不斷往外舀水。毛毯溼透了，一切都溼了，除了梅蒂——她披著雨衣，穿著膠鞋，帶著風雨帽，倒是乾的。但是臉、手和露出來的頭髮都溼了。她不時在幫我舀水。面對著風雨，勇敢地舀著。事情都是相對而言的，那只是一場稍大的風雨，但是對在船裡的我們來說，已經算是風暴了。

我們的境況淒涼，風打著我們的船，浪在我們身邊狂舞。我們奮戰了一天，夜降臨了，我們一夜未眠。天亮了，風仍然打著我們的臉，浪仍然在我們身邊嚎叫。第二天晚上，梅蒂已經筋疲力竭，快要睡著了。我用雨衣和雨布把她遮蓋住，她還算是比較乾的，但是已經凍僵了。我非常擔心她會在夜裡死去。天亮了，境況淒慘依舊，仍然是烏黑的雲層、強風和怒海。

我已經四十八小時沒有睡覺，全身溼透、凍僵，寒入骨髓，很有點九死一生的感覺。身體麻木了，一動就痛得受不了，但是我仍然動個不停。我們不斷向東北漂去，離開日本，向著白令海而去。

我們活著，小船也完好無損。風仍然保持強勁的勢頭。事實上，第三天傍晚的風力還略微大了些。船頭鑽進一個浪裡，出來時已經有四分之一進了水。我像瘋子一樣舀水，因為一進水浮力就減小，翻船的機會就猛增。再有一次這樣的進水，就意味著我們將會葬身海底。我再次舀光了水，無奈地取下梅蒂身上的防雨布，把它橫向綁在船頭上。我做得很漂亮，防雨布遮住了小船的三分之一，在後來的幾個小時裡，它三次在小船入水時擋住衝過來的大部分海水。

梅蒂的狀態可憐極了。她彎腰坐在船底，嘴唇烏黑，臉色慘白。她承受著苦難，但眼睛總是勇敢地看著我，嘴裡總是說著勇敢的話。

那個風暴的夜晚非常凶猛，但是我不太在意。因為我已經失職，坐在舵位上睡著了。第四天早上，風變得靜悄悄的，海面平靜如鏡，陽光照了過來。啊，被太陽親吻的人有福了！我們可憐的身體享受著太陽溫柔的愛撫！像是風雨過後甦醒、蠕動的昆蟲與生靈。我們說笑、樂觀，但是說到我們的情況，那可是糟糕透了。我們距離日本比從鬼魂號上出走的夜晚更遙遠了。而且我對我們的經緯度也只能大概猜測。按照每小時兩哩的速度計算，在這七十多個小時的暴風雨裡，我們已經往東北方起碼漂流了一百五十哩。但是這樣估計出來的漂流量是否可靠呢？在我看來，還有可能是每小時四哩也不一定。如果是那樣，那就更糟糕了，我們又多漂流了一百五十哩。

我們弄不清楚自己身在何方了。鬼魂號很可能就在附近，因為周圍出現了海豹。我隨時可能碰見一艘獵海豹的三桅船。下午，西北風又颳得猛了。我們還真的看見了一艘。但是那艘奇怪的三桅船在天邊消失了，我們又獨自存在於這空盪的海洋上。

有霧的日子裡，就連梅蒂也無精打采的，嘴上再也沒有快樂的語言。海面平靜的時候，我們就在廣漠的海洋裡漂盪，被它的浩大宏偉所震懾，也為自己生命的渺小而驚奇，因為我們還活著，還在為生命而掙扎。有冰雹、大風和暴風雨來臨的日子，我們無法取暖。細雨紛紛的日子，我們從潮溼的船帆上接住滴下來的雨水，裝進水罐裡。

我對梅蒂的愛愈來愈深。她多才多智，性情多變——我稱她「千變女郎」。但這個稱呼，以及我所有的愛意，都只放在心裡。雖然我迫不及待想大聲宣布我的愛情，但是我也明白，眼前絕不是好時機。不說其他，在你盡力救護一個女人時，卻向她求愛，這太有失大丈夫氣概了。我們的處境十分微妙——很多地方都很微妙，我很高興自己能夠微妙地處理。我也很得意自己不管從外表或眼神，都沒有洩漏出對她的愛意。我們就像志同道合的好同伴，而且友誼一天天加深。

她絲毫不驚慌失措，這讓我心生敬畏。怒浪、扁舟、苦難、異鄉，也許悍婦也會嚎啕大哭感到崩潰，但她卻若無其事；而她一向生活在安樂窩裡。她有女人的溫和、柔順，心靈卻又如同烈焰、甘露和晨霧，是昇華的精靈。

但是，我又錯了。她的確感到畏懼和害怕，但是她有面對的勇氣。她也有肉體，也有肉體的戰慄，但是肉體只作用於肉體，而她更像是精靈，首先是精靈，一向是精靈，是出塵的生命，寧靜得一如她安謐的眸子，在宇宙變化中懷著永恆的信念。

暴風驟雨來臨了。海洋咆哮怒吼，風暴如同巨人的神拳，帶動波浪擊向這奮勇抗爭的小船。我們被那波濤搡得往東北方向偏去，愈漂愈遠。在最狂暴的風浪裡，我抬起疲憊的雙眼順風望去，並沒有刻意想要尋找什麼，只是與陰天怒海戰鬥得已經有些疲憊了，心中默默祈禱蒼天能夠熄滅雷霆之怒，讓我們繼續活著。那雙疲倦的眼睛連我自己也無法信任了。晝夜無眠和焦慮一定把我弄得恍惚無神。

我回頭看看梅蒂，想確認一下自己是否仍然活著。我看見她那潮溼嬌豔的容顏，風中飄舞的頭髮以及堅韌的褐色雙眸，這讓我確信我的眼睛仍然好得很。我再次順風看去，黝黑高大的海峽仍然聳立著，巨大的浪花咆哮著打向峭壁前端，好像圍了一條用白浪編織的巨大的圍巾。

「梅蒂，」我叫道，「梅蒂。」

她轉過頭，看見了。

「那該不會是阿拉斯加吧！」她叫道。

「哦，不是！」我回答，又問，「妳會游泳嗎？」她搖搖頭。

「我也不會，」我說，「我們只能從岩石間的缺口把船開進去，然後爬上岸，但是我們必須盡快——不能出差錯。」

她明白我只是在嘴上硬撐，心裡卻沒有把握。她凝望著我，說：「你為我做了這麼多，我還沒有表示感謝呢，但是……」她猶豫了，似乎在思考如何表達自己的謝意。

「怎麼了?」我粗魯地說，並不領情。

「你或許可以幫幫我。」她展開一個微笑。

「上天堂之前，聊表謝意嗎?不需要。我們不會死的，我們要登陸，天黑前就能找到地方安頓下來。」

我說得毫不猶豫，但其實心裡一個字也不相信。我沒有必要因為害怕而撒謊，也沒有感到害怕的必要，儘管我覺得我們肯定會死在那些岩石間的驚濤駭浪之中，我們現在正飛快地衝向它。要升帆靠近海岸是不可能的，小船很快就會被風吹翻，一旦落入浪中，就會被海水淹沒;更何況船帆還和沒有用處的船槳捆在一起、掉在船頭的海水裡，漂在我們前面。

我並不怕死神的召見，死亡就在那裡，在順風幾百碼以外的地方。但是一想到梅蒂也會死去，我就感覺恐怖，腦海裡一直翻騰著她在岩壁上撞得粉身碎骨的樣子。我強迫自己想像我們會安全登陸，並且脫口說出來。我說的不是信心，而是希望。

死亡的可怕使我感到慌亂，產生抱住梅蒂一起縱身往下跳的荒唐想法。但是我決定等待，到臨死之前的最後一刻再抱住她，向她宣布我的愛情，然後在掙扎中死去。

我們在小船裡本能地擠在一塊，我握緊她伸過來、戴著手套的手，一言不發地等待著最後一刻到來。我們離海峽西邊的巨浪不遠。我觀察著，希望在到達浪濤線之前，能出現一道海流把我們帶離開。

「我們會闖過去的。」我喊起來，但是兩個人心裡都不相信。

「上帝啊，我們一定會闖過去的！」五分鐘以後，我喊了起來。

那聲上帝是我激情的呼喚——我確定那是我生平第一次發誓。假如我小時候的口頭禪「該死」不算賭咒的話。

「請原諒。」我說。

「你讓我相信你是真誠的，」她淡淡一笑，「我現在確信能夠闖過去。」

遠處的海峽旁，延伸出一條海灘。蜿蜒在海峽前的海岸線愈來愈清晰，那是一個深邃的海灣。一陣陣怒吼聲不斷傳來，就像驚雷滾滾，逆著狂風壓過來，甚至蓋過海浪的聲音。那是一個新月形的白色沙灘，大片大片的浪花翻騰，上面爬著千千萬萬隻海豹，就是牠們在吼叫。

「海豹窩！」我叫道，「我們得救了，這裡一定有人保護的，有巡邏艦，不讓牠們受到獵人的侵襲。岸上說不定就有巡邏站。」

但是我觀察沙灘上的浪花時又說，「沒什麼大的問題。現在，如果神靈能夠再仁慈一點，我們可以開過前面沙灘的盡頭，到達那片更鬆軟的沙灘，不需要打溼腳就能夠登陸。」

神靈果然再發慈悲。我們順著西南風通過第一個和第二個沙峽，但在繞過第二道沙峽時，差點撞了上去。我們選擇了第三個，它也順風，和另外兩道沙峽並排。但那是夾在兩道沙峽當中的小海灣！它深深地伸入了陸地。漲起的潮水把我們從沙峽所環抱的水面帶了過去。這裡的海除了一些雖然大一點但並不危險的餘潮，還算平靜。我把浮錨拉了上來，開始划船。海岸從那裡畫了一道圓弧往西邊和南邊逐步延伸出去，最終露出了一個海灣中的海灣，被一道沙灘包圍的小海港，靜得像水塘，偶爾有從風暴逃離出來的清風掀起一些漣漪——風暴在海灘背後的巨岩上吼著。

這裡沒有一隻海豹。船頭撞上沙灘，我跳出了小船，向梅蒂伸出手。她牽住我的手，跳到我的身邊。我的手放開了她的手指，那手指連忙抓住我的手臂。這時，我搖晃了一下，好像就要摔倒在沙灘上。這是長期搖擺突然停住以後發生的驚人效果。我們在顛簸的大海上漂泊得太久，穩固的大地反而讓我們覺得不太適應，感覺黑黝黝的岩石上下搖晃著。當我們自己搖晃身體以配合時，巨岩卻不晃動——我們的平衡感被破壞了。

「我必須坐下來。」梅蒂緊張地笑了笑，做了個頭暈的動作，隨即坐到沙灘上。

我把小船固定好後又回到了她的身邊。我們就這樣在「努力島」登陸了。因為長期習慣了在船上的生活，一登陸我們就「暈陸」了。

第二十九章　荒島

「真笨啊！」我氣得大聲叫道。

小船上的東西已經都拿下來搬到海灘上，我開始搭帳篷。海灘上有一些漂浮的木頭，儘管不多。看到咖啡罐頭，我才想起了火。

「太笨了！」我還在氣惱。

但是梅蒂溫和地說：「怎麼了？」

「沒有火柴，」我呻吟道，「一根火柴都沒有拿。我們弄不出熱咖啡、熱湯和任何熱的東西吃了。」

「不能鑽木取火嗎？學魯賓遜啊！」她拖長了音調。

「但是我看過幾十本海難者的書，他們鑽過，根本沒用。我記得溫特斯，一個報導過阿拉斯加和西伯利亞的名記者——我跟他在俱樂部見過面。那時他正在講怎麼試圖用兩根木柴取火。他講得妙趣橫生，很有個人風格，但卻是一個失敗者的故事。他說話的時候，黑色的眼睛放出光芒，『先生們，南海諸島的居民可能懂得鑽木取火，馬來人也可能懂得鑽木取火，但是相信我，白人可學不會。』」

「啊，沒有火，我們不是一樣活了那麼久？」她快樂地說，「沒有理由現在活不下去啊。」

「但妳想想咖啡！」我叫嚷著，「而且是上等咖啡，是從海狼的私人倉庫裡拿來的。妳看看那些上好的木柴。」

我非常想喝咖啡，不久我發現，其實梅蒂也愛咖啡。我們吃冷食都吃膩了，全身冰涼，只有熱東西才能夠誘惑我，但是我不再抱怨了，開始用帆布幫梅蒂搭帳篷。

因為有槳、桅杆、橫杆和斜杆，還有許多繩索，我不覺得這工作有多困難，但我沒有經驗，每個細節都是一次試驗，每個成功的細節都是一次發明，她的帳篷還沒弄好，一天就差不多過去了。夜晚下起雨來，她被雨水趕出了帳篷，只好又回到小船上。

第二天，我在帳篷周圍挖了一道淺淺的溝渠。一個小時後，一陣大風突然從背後的岩石頂上颳了過來，把帳篷連根拔起，吹到三十呎外的沙灘上。

梅蒂見我沮喪的樣子，忍不住縱聲大笑。我說，「等風暴停了，我要駕駛小船去探索一下這個小島。在某個地方一定會有一個保護站並且有人。會有船來探望這裡，總會有政府來保護海豹的。不過我希望在出發之前，能夠把妳安頓好。」

「但是我要跟你一起去。」她只說了這一句。

「妳最好留下來。妳吃夠苦頭了，活著已經是最大的幸運，並且小船裡也難受得很。在雨天不管用帆還是划船都不輕鬆。妳需要休息，我希望妳留下來休息。」

她那雙美麗的大眼睛朦朧、溼潤了。她扭過頭去。

「我要跟你一起去。」她低聲說，帶著懇請的味道。

「我可能會對你……嗯……」她的嗓子沙啞了，「會有一點幫助，如果有什麼事情發生，我一個人被扔在這裡該怎麼辦？」

「我，我會小心的。我不會走遠的，傍晚前就趕回來。是的，我說話算話。我覺得妳留下來要好得多，什麼事都不用做，睡一覺，休息一下。」

她轉回頭，眼睛看著我的眼睛，沒有猶豫，卻充滿了柔情。

「拜託，拜託。」她說。啊，多麼溫暖！

我一狠心，搖搖頭。可是她的雙眼仍然凝視著我，我有藉口，但是開不了口。她的眼睛裡射出一朵朵歡樂的火花，明白我已經棄械投降，那之後，我不能夠說「不」了。

下午，風停止了。我們做好明天早上出發的準備。從我們這個海灣是無法進到島嶼裡的，峭壁從海峽一直向上，把海灘包圍住了。

黎明時候的天空灰白、沉悶、安寧。我很早就醒了，把船準備好。

突然，一道靈光閃過腦際。

「笨蛋！蠢蛋！傻瓜！」我覺得應該把梅蒂叫起來了，但是這聲自責叫得快樂極了，我在沙灘上瘋狂地舞動，做出一副悲痛欲絕的樣子。

她從船帆裡探出頭來。

「怎麼啦？」她還睡眼朦朧，帶著些好奇。

「咖啡！」我叫道，「要是有一杯咖啡喝，妳覺得如何？熱咖啡？熱氣騰騰的咖啡？」

「喔！」她喃喃自語，「你嚇到我了，你太殘忍了。我正在磨練自己，堅持不喝咖啡也能過日子，但是你卻拿幻想來折磨我。」

「看我的。」我說。

我從岩石縫裡搜集到一些乾枯的樹枝和木塊，削成一片片或折斷當作引火柴。然後從我的記事本上撕下一張紙，再從彈藥箱裡取出一顆獵槍子彈，用刀摳掉彈塞，把火藥倒在一塊平整的岩石上。最後從子彈上取下雷管，把它放在岩石上散開的火藥正中間。一切準備好了，梅蒂還在帳篷裡看著我。我左手拿著一張紙，右手撿起一塊石頭往雷管上砸了過去。一陣白煙升起，火光四濺，引燃了紙，火點起來了。

梅蒂拚命地鼓掌、喝采。「好一個升火的普羅米修士①！」

但是我太忙碌了，不及看她那快活的樣子。那細小的火苗必須細心照顧才能變成大火。我把燃料一片一片、一根一根地加進去，小木片和小樹枝劈裡啪啦地燃燒了起來。我沒有想到會漂流到荒島上，沒有準備水壺之類燒水的容器，於是就用舀水的罐頭盒當作水壺，我們吃完罐頭之後，累積了一堆用來燒煮的容器。

水是我燒開的，咖啡卻是梅蒂煮的。濃香四溢的咖啡啊！我把罐頭牛肉和餅乾一起熬。這一頓早餐實在美味極了。我們在火邊坐了很久，品嘗著熱呼呼的黑咖啡，一起聊天，簡直不像冒險的人。

我肯定在某個海灣裡可以找到保護站。我知道白令海的海豹棲息地都有這樣的保護站。但是梅蒂卻提出另外一個最壞的可能，她的意思是，也許我們發現的是一個無人知曉的海豹棲息地。

但是，她精神一直很好，準備樂觀的接受那難堪的現實。

「如果妳是對的，只好在這裡過冬了。我們的食物吃不了那麼久，但是這裡有海豹，不過牠們秋天的時候就該遷徙了。我們必須馬上儲備肉類，還有修建房子、搜集漂流的木頭。還必須試著用海豹的油點燈。萬一這個島上沒有人，事情就變得多多了。不過我很明白這個島上不會沒有人的。」

但是，她猜對了。我們乘風駕船順著海岸前行，用望遠鏡搜索著海灣，有時還到岸上查看，但卻沒有發現有人居住過的跡象。不過我們也了解到一件事情：我們並不是第一批到達努力島的人。從我們的海灣過去第二個海灣的海灘高坡上，我們發現一艘小船破爛的殘骸，是一艘獵海豹的小船。因為槳栓是用繩辮拴住的，船頭右邊船舷還有一個槍架，上面隱隱約約可以辨認出寫著一行字：卡澤爾二號。那艘小船在那兒應該已經很久了，裡面有一半裝滿了砂粒，破爛的木頭也表明它曾經遭受過何種程度風雨的摧殘。我在後座發現了一把生銹的十毫米口徑獵槍和一把帶鞘的水手刀。刀已經折斷了，鏽得無法辨認。

「他們離開了。」我快活地說，心裡卻在往下沉，明白沙灘某處就掩埋著他們的白骨。

我不希望梅蒂因此懊喪，於是又駕舟前行，繞過了海島的東北面。南部全是陡峭的懸崖。午後，我們繞過那些又黑又長的海峽，完成了環島旅行。海島的周長估計在二十五哩左右，寬度兩哩到五哩不等。這個島上起碼有二十萬隻海豹。島的西南端地勢最高，海峽和山脊從那裡有規則地漸次下降。到達東北角離海面僅有幾呎。

除了我們這個小海灣，別的海灣都是緩緩的坡，長度大概半哩左右，延伸到一些可以被稱作岩石草坪的地方。在那兒東一塊西一塊長著青苔和苔原草。海豹就在這裡居住著。老的雄性海豹保衛著它們的女眷；年輕的海豹則去建立屬於自己的家庭。

對努力島可說的就只有這些了。這裡如果不是亂石，就是驚濤拍岸；如果不是風吹，就是浪打。二十萬隻海豹向著天空嗷嗷嚎叫，連空氣都不停地震顫。作為亡命天涯的避難所，這實在是一個難受的地方。一直在幫我打氣的梅蒂，樂觀堅強的梅蒂，回到我們之前的小海灣之後，再也忍不住了。她面對我的時候淺淺微笑，可是當我燃起另外一把火的時候，她卻悄悄地躲在帆布帳篷的毛毯下哭了。

這回該我來充當樂觀者了。我做得很不錯，她的眼睛裡再度有了笑意，嘴巴也唱出了歌聲，她早早地上床前，替我清聲高歌一曲。那是我第一次聽她唱歌，我躺在火堆旁，聽得入了迷。她的一言一行都充滿藝術的氣息。她的聲音雖不嘹亮卻十分甜美優雅，富有感情。

我還是睡在船上。那天夜裡，我躺了好久，凝視著星空，已經很多夜沒有見過它們了，我思考著目前的處境。人生之類的責任，對我來說還是第一次接觸到。海狼說得對，我以前是依靠爸爸的腿行走，我的律師和代理人替我管理財產，我沒有承擔過任何責任。我在鬼魂號上學會替自己負責。現在，我發現自己初次要替別人負擔責任，並且是最重的責任，因為她是一個女人——一個小女人，我所深愛的。

①古希臘悲劇作家埃斯庫羅斯《被縛的普羅米修士》中記載：宙斯登上權力的頂峰後，仇視人類，將火加以壟斷，想讓人類永遠處於黑暗與愚昧之中。普羅米修士同情人類的遭遇，於是偷火下凡，教給人們用火的技藝。

第三十章 狩獵

怪不得我們叫它「努力島」。為了修建一間小屋，我們拚命工作了兩星期。梅蒂堅持要幫忙，她那血跡斑斑的雙手，差點讓我流下熱淚，但是我也以此為傲。這位大家閨秀用自己微薄的力量做起農婦才做的工作，擔當起沉重的苦難，頗有女中豪傑的風範。

她搬來許多的石頭，讓我堆砌小屋的牆壁。我懇求她不要做，她置之不理，但是最後她也折衷了，承擔較輕的工作，做飯、撿拾漂流的木頭以及青苔等等，以備冬天之需。

小屋的牆壁沒有花費多少功夫就修建好了，但是屋頂卻讓我傷腦筋。四面牆有了，但是沒有屋頂又有什麼用處呢？用什麼來做屋頂呢？拿什麼來蓋在上面呢？青苔當然是不行的，苔原草也不可能管用。帆是船上要用的，而雨布已經開始漏水了。

「溫斯特是用海象的皮來做屋頂。」我說。

「我們有海豹。」她提議。

第二天，我開始打獵了。我不會用槍，但是開始學習。在差不多花了三十顆子彈，才打了三隻海豹之後，我明白，不等我學好射擊，子彈就會用光了。在我發明「青苔保留火種法」之前，我已經用了八顆子彈點火，箱子裡的子彈不到一百顆了。

當我深信自己槍法奇爛時，我說：「必須用棒子來打海豹。我曾聽獵人們說過用棒子來打。」

「海豹太美了，」梅蒂反對道，「一想起牠們，我就受不了。這太殘忍了，跟用槍打不一樣。」

「可是屋頂總是要蓋起來的，」我嚴肅地說，「冬天快來了，這是用牠們的命來換我們的命的問題。遺憾的是彈藥不夠，但是我想，事實上，被棒子敲死，總比挨子彈的痛苦少些，並且由我來打。」

「那也是一樣的，」她焦急地說，突然一陣慌亂。

「當然，要是妳寧可……」

「可是我要做些什麼呢？」她插嘴道，我明白她的和氣就是表示要繼續堅持。

「妳撿柴做飯。」我輕鬆地說。

她搖搖頭：「你一個人去太危險了。」

「我知道，我知道，」她不讓我有反對的機會，「我明白自己不過是一個弱女子，但是我小小的幫助可以幫你的。」

「但是用棒子打海豹？」我暗示。

「那當然得靠你，我說不定還會尖叫，但是我可以把頭轉到一邊，等你……」

「那非常危險呢。」我笑了。

「什麼時候看，什麼時候不看，我自己決定。」她裝作很灑脫的樣子。

第二天早上，我們一起出發了。我把船划進附近的一個海灣，向岸邊靠近。水裡到處都是海豹。海灘上成千上萬隻海豹在吼叫，我們只有大喊大叫才能對話。

「大家都用棒子打海豹的，」我鼓勵自己，同時膽怯地看著一隻大公海豹。那海豹距離我們不到三十呎，用前鰭腳站立，打量著我。「問題是，我不知道怎麼打牠們。」

「我們還是去弄些苔原草蓋屋頂吧。」梅蒂說。

她一想起馬上出現的場面，就跟我一樣擔心，靠近看那些閃亮的尖銳牙齒和狗一樣的嘴，也真的有叫人害怕的理由。

「我向來以為海豹怕人。」我說。

「我怎麼知道海豹是不是怕人呢？」我沿著海岸划了幾槳，過了一會才問，「說不定我一鼓作氣上了岸，牠們就嚇跑了，而我又追不上。」

我仍然在猶豫著。

「我聽過有一個人鑽進孵卵的野雁群裡，」梅蒂說，「野雁把他啄死了。」

「野雁？」

「是的，野雁。我還是一個小女孩的時候，哥哥告訴我的。」

「但是我知道有人用棒子打海豹。」我堅持。

「我覺得用苔原草蓋屋頂也可以。」她說。

這話可把我氣壞了，我非要繼續不可。我不能在她面前露出膽怯。

「就牠了。」我說，一隻手倒著划了幾槳，讓船頭靠岸。

我直接朝一條長著長長鬚毛的公海豹奔去。那海豹由一群母海豹環繞著。我拎著一根棒子，那棒子是槳手用來幫獵人打死送到船上的受傷海豹用的，只有一呎半長。

我簡直笨到家了。從來沒有想過襲擊海豹的棒子需要有四、五呎長才行。母海豹從我面前逃開了，我離公海豹愈來愈近。牠憤怒地用鰭腳站立起來，我們相隔只有十多呎了。我仍然堅定地向前走去，隨時等著牠一甩尾巴，掉頭就跑。

到達還有六呎的地方，我心裡慌了。如果牠不逃跑，我怎麼辦？回答是：「只好打。」心裡一害怕，我就忘記自己是去打海豹，而不是去趕走牠。就在那時，海豹呲牙咧嘴地向我們撲來，眼裡冒火，嘴張得老大，尖銳的牙齒閃著亮光。我轉身就跑，真是丟臉。公海豹跑得步履蹣跚，但並不緩慢，追到只有兩步的距離時，我一翻身就滾進了小船。我拿槳推開海岸，牠的牙齒卻一口咬斷槳片，結實的木料像蛋殼般碎了。梅蒂和我嚇呆了，那海豹已經游到水底，用嘴咬住船的龍骨，並狠狠地搖晃著小船。

「天啊！」梅蒂說，「我們回去吧。」

我搖搖頭，「別人可以，我也可以。我知道別人就是用棒子把海豹打死的。但是我可以把公海豹放到下一次再說。」

「下一次就請你不要打了。」她說。

「別再說什麼請啊請的！」我大叫起來，充滿了火藥味。

她一言不發，我明白這話傷到她了。「對不起。」我說——準確地說是在大叫，因為海豹吵嚷得太厲害了。「妳要是這樣麼說，我馬上就殺回去。但是說實話，我還是別去的好。」

「可別說是因為帶著一個女人。」她說，忽然就對著我笑了。她並不需要我的道歉。

我沿著海灣划了兩、三百呎，讓心情穩定下來，又上了岸。

「千萬小心。」她在我身後叫道。

我點點頭，開始攻擊最近的一群母海豹。我對著躺在外面的一隻母海豹頭上打去，卻落空了。她一噴鼻子想要逃跑。我趕緊上前去又是一棒子，打到她的身上。

「當心！」梅蒂一聲大叫。

我全神貫注地投入，沒有顧及到其他，一抬頭，母海豹的老公對著我撲了過來。我又往船上跑去，公海豹緊緊跟隨。這次梅蒂沒有建議我逃跑。

「我想，你可以攻擊那些不像有攻擊性的單身海豹，」她說，「我似乎曾經讀過這方面的記載。我相信是約日博士書上說的。說年輕的公海豹，也就是還不到妻妾成群年齡的海豹，約旦博士把牠們叫做『小伙子』什麼的。我覺得如果能夠找到牠們的居住地……」

「我覺得妳的殺機似乎被煽動起來了。」我笑道。她的臉上飛起兩朵紅霞。「我確實不喜歡失敗，儘管我也不喜歡殺死這些美麗無害的生靈。」

「美麗！」我不以為然，「我可看不出來，那滿嘴泡沫的畜牲哪裡美麗了？」

「你的觀點，」她仰頭大笑，「你站得太近了。如果你站得遠些……」

「對啦！我要拿一根長棍子，站在遠處打，不過我手邊還有那把被咬破的槳。」

「我想起來了，海狼有在船上告訴過我，別人是怎麼襲擊海豹窩的。他們把海豹分成小群，往陸地上趕上一段路，然後打死。」

「我可不願意去驅趕海豹老爺的妻妾們。」我反對。

「但是還有那些『小伙子』呢，小伙子們是單獨生活的。約旦博士說，海豹的各妻妾之間會隔開一條『小道』，小伙子只要規規矩矩地走那條小道，那些母海豹的老爺是不會為難牠們的。」

「現在那兒就有一隻呢，」我指著水裡一頭年輕的海豹說，「讓我們來觀察一下牠，如果牠上岸了，我們就跟著。」

那一頭年輕的海豹直接游到岸邊，蹣跚著上了岸，走進兩群妻妾之間的狹小縫隙裡。兩方的老爺都發出了吼聲，但是都沒有朝牠攻擊。我們望著牠在一群群母海豹中間慢慢穿過，朝著陸地深處爬了過去。牠所走的一定就是「小道」了。

「走吧！」我說著，把腳邁了出去。

但一想起要穿過那幫妻妾成群的海豹老爺領地，我的心就好像跳到喉嚨裡。

「最明智的辦法是把船拴好。」梅蒂說。

她已經上了岸，就站在我身邊，我吃驚地看著她。

她堅定地點點頭。「沒錯，我要和你一起。你最好把船拴好，也給我一根棒子。」

「我們回去吧，」我軟了下來，「我覺得苔原草也能湊合。」

「你知道它是不行的。」她回答，「我走在前面如何？」

我聳聳肩，但是心裡燃起對這個女人的敬畏。我把那根被咬壞的槳遞給她，自己拿著另一把。剛開始幾步，我們手腳顫抖。一隻母海豹好奇地把鼻子伸向梅蒂的腳，嚇得她驚聲尖叫。我也有好幾次因為類似的原因加快步伐。但是小道兩旁除了海豹老爺的聲聲警告，並沒有採取其他行動。那是一個從來沒有受過獵人入侵的海豹窩，所以海豹仍然脾氣溫和，也並不怕人。

海豹群中的喧鬧聲如同悶雷陣陣，空氣劇烈地顫抖著。我站住腳，對梅蒂微笑，讓她放輕鬆，她仍然緊張得要命。她來到我的身邊，叫道：「嚇死我了！」

我不怕了。陌生的感覺還沒有完全消失，海豹的馴服和良善就讓我把心放下了。梅蒂還在發抖。

「我怕，也不怕。」她顫抖著，嘴裡嘰嘰喳喳，「害怕的是這可憐的身體，不是我自己。」

「沒事的，沒事的。」我安慰她，手臂本能地摟住她的腰，保護她。那一刻，我突然感覺到自己是一個男人。一陣顫動來自於天性的深處。我是一個男子漢，我是護花使者，一位戰士，最重要的事情是，我是我所愛的人的庇護者。她靠著我，那麼輕盈，像是一朵嬌嫩的百合花。她不再戰慄了，我如虎添翼，跟海豹王較量也不會怯場了。我會穩如泰山地迎戰，把牠殺死。

「我好了。」她感激地看著我說，「我們繼續前進吧。」

我的力量讓她安心下來，給她信心，這讓我快慰。原始人的精神好像在我心中萌發，我雖然是一個「非常文明」的人，但是重新過起原始人的狩獵生活與森林的夜晚。我們沿著「小道」在海豹群裡穿行，我想起了海狼，真應該向他致意。

走了將近四分之一哩，我們找到了那群「小伙子」——年輕、有光澤的海豹。一群單身「小伙子」正茁壯成長，準備有一天成為鬥士，再晉身為妻妾成群的老爺。

現在一切順利。我好像知道該做什麼了。我大叫著，揮動棒子，做出威脅的姿態，甚至戳戳那些懶傢伙們，很快我就從海豹群裡分出了二十隻「小伙子」。凡是有海豹想要逃回水裡，我便把牠往前趕。梅蒂也趕得很積極，她叫喊著，揮舞著破槳助攻。但是我也注意到，只要一有海豹表現出疲憊，落到後面，她就讓牠溜掉。我還注意到，如果有海豹想要憑武力逃走，她的眼睛就閃露凶光，用大棒子俐落地敲打。

「天啊！太快樂了！」她完全因為疲憊而停住了步子，「我看我得坐坐了。」

我趕著那群海豹——因為被她放走了一些，現在只有十二隻左右了，向前又走了一百碼。到她跟上來時，我已經完成大屠殺，開始剝皮了。一小時後，我們沿著海豹群裡的「小道」滿載而歸。我們沿著這條「小道」又來回走了兩次，現在屋頂的材料應該已經足夠了。我拉起帆，趕緊回到我們小小的海灣。

「就像是回家啊。」我讓船靠岸，梅蒂說。

我心中湧起一陣狂喜，說：

「我彷彿一直就這樣生活著。以前的生活都已經恍如隔世，不像是現實，如夢如幻。我這一輩子就是在狩獵、戰鬥和擄掠裡度過的。而妳也應該是我的生活裡的一部分，妳真是……」「我的妻子、我的伴侶」差點脫口而出，它變成了另外一句話滑出嘴：「挺能吃苦的。」。

但是她聽出了我欲說還休，明白我的話中途被「文明修養」擋住了。她飛快地瞟了我一眼。

「言不由衷吧。你想說的是……」

「是美國的門內爾夫人變成了野蠻人，很成功地完成了轉變。」我輕描淡寫地說。

「哦！」她的語氣裡帶著明顯的失望。

但是從那一刻以後許多天，「我的妻子、我的伴侶」這句話一直在我耳旁縈繞，當天夜裡，我幾乎被那句宣言吵得要瘋狂了。我看著她從火炭上把青苔扒開，吹燃了火，做好晚餐。潛伏的野性在心裡蠢蠢欲動，那句跟種族的根緊密相連的古老話語將我緊緊抓住，令我震撼不已。它就像是魔咒，讓我心驚肉跳。我一次次默念著它，進入甜蜜的夢鄉。

第三十一章　築夢

「雖然有點臭味，但是很保暖，可以遮風避雨。」

我們在檢驗已經完工的、海豹皮做的屋頂。

「不好看，不過很實用，而實用才是最重要的。」我繼續說，渴望得到她的讚美。她鼓掌喝采，說她高興極了。

「可惜裡面黑壓壓的。」過了一會兒，她沮喪地說，肩膀一縮，微微顫動一下。

「修牆的時候，妳應該提議開個窗戶的，屋子是為妳做的，妳應該想到要有一個窗戶。」

「但是你也知道，愈顯眼的東西我愈是看不見。」她微笑，「而且你隨時都可以再開一個洞。」

「這倒是真的，我沒有想到。」我搖頭晃腦地說，「不過妳有想到通知店家送做窗戶的玻璃來沒有？只要打個電話給公司就行了，Red 4451，我想應該是這個號碼，告訴他們妳需要的玻璃規格尺寸是多少。」

「你的意思是……」她嘟囔著。

「不能有窗戶。」

小屋子裡面陰暗簡陋，在文明世界裡，除了豬窩，大概任何高等動物的窩都比它更有格調。但是對於飽受無篷小船折磨的我們來說，這可是個安樂窩。我們用棉線做成燈芯點燃海豹油，舉行了新居落成儀式。然後又開始捕獵海豹，儲備過冬的肉，以及再修第二間屋子。現在事情變得很簡單。早上出發，中午小船就滿載而歸，裝的全是海豹。同時在我修築房屋時，梅蒂就試著用海豹的脂肪熬油，藉此保持微火可以在架子上烤肉。我聽過大草原的肉乾，但是我們切成薄片的海豹肉在煙燻下也十分美味可口。

修築第二件屋子就輕鬆多了。它緊靠著第一間，只需要三面牆。但那仍然是很累的工作。梅蒂和我從早忙到晚，筋疲力竭，全身僵硬地鑽進被窩，立刻如同野獸般睡熟過去。梅蒂說她從來沒有睡得如此舒坦、自然過。我也有同感。但是她嬌嫩得像一朵百合花，我擔心她會累壞。她經常在用盡身上最後一點力氣後，四平八穩地仰躺在沙地上，藉此恢復體力，然後又重新站起來，投入新的苦役中。那力量從何而來？或許是從大地之母身上汲取的吧。

「想一想冬日的閒暇吧，」她回答我的勸告，「嗨，到那時我還想有事情可做呢！」

我的小屋封上了「金頂」，我們舉行了新屋落成儀式。那是一個黃昏，狂風暴雨已經肆虐了三天。風從東南風轉變成西北風，正對著我們。外海灣的灘頭上，濤聲陣陣，而被陸地環抱著的內海灣裡，風浪也不小。沒有了巨大的岩石做遮擋，狂風就在小屋上嗚咽盤旋，吹得我心驚膽跳，生怕牆壁會垮了下來。我原以為屋頂會繃緊得好似一面巨大的鼓，但是風一吹，它卻凹陷；牆壁上用青苔塞住的縫隙並沒有梅蒂預想的那麼緊密，現在風灌了進來，但是海豹油點的燈卻光環燦爛，讓我們感到舒適、溫暖。

那是十分快樂的夜晚，我倆一致認為這是努力島從未曾有過的慶典。我們心情輕鬆，靜待嚴冬的降臨。我們已經準備好了。現在我們只關心一件事：海豹什麼時候會去南方。風暴對我們來說已經不是那麼令人在乎，我們住的地方十分乾燥溫暖，就讓暴風驟雨在屋外無可奈何地叫喚吧！我們有用青苔鋪成的、最柔軟、最奢華的床墊，那是梅蒂的創造發明，所有青苔都是她不辭辛苦蒐集而來的。那是我睡在青苔床墊上的第一夜呢！這是她為我做的，我一定會很快進入夢鄉，美夢連連。

她站起身來，準備離開，又轉過身子，看著我，眼裡湧出一股股夢幻般的光彩說：「有什麼事情發生了——已經來臨了，我感覺到了。有什麼東西過來了，正朝著我們而來。我不知道是什麼，但是它過來了。」

「好事，還是不好？」我問。

她搖搖頭：「我不知道，但是它在那兒的什麼地方。」

她指向狂風吹來的遠方海洋。

「這兒是個迎風的海岸，」我笑了，「在這樣的風雨夜，我肯定願意待在這兒，而不是在來這兒的路上。」

「妳不害怕嗎？」我去為她開門時問。

她的眼睛勇敢地看著我的眼。

「妳覺得身體還好嗎？完全好了嗎？」

「再好不過了。」她回答。

她離開之前，我們又聊了一會天，然後我說：「晚安，梅。」

「晚安，亨普瑞。」她說。

我們直呼彼此的小名，自然而然，脫口而出。那一刻，我本可以伸手把她擁在懷中。我們兩個人的世界裡，我當然可以那樣做。但是當時我並沒有那樣做。我獨自留在小屋裡，我的心歡快地、激烈地燃燒起來。我知道，我們兩人之間擁有了前所未有的掛念和默契。

第三十二章　狹路相逢

我被一種生命的沉重壓在心頭，醒了過來。周圍似乎空盪盪的。幾秒鐘後，那種壓迫生命的壓力總算隨風停止了。入睡時，我因為太興奮，準備接受聲音的侵擾，醒來，這已成為習慣的侵襲確實沒有了。

多日的苦難過後，這是我第一次在屋頂下睡覺。我在毛毯下——毛毯沒有被武器或浪花弄溼——奢華地享受了幾分鐘。首先享受大風停息之後的一片寧靜。其次是享受躺在梅蒂親手鋪好、由苔草做成的墊子的溫柔感覺。我穿上衣服，打開門，海濤聲迎面而來，敘述著昨夜發生的疾風驟雨。現在碧空如洗，陽光燦爛，我太晚起床了，但是仍然精神飽滿地出門，計畫要把時間搶回來——努力島的居民應該如此勤奮。

突然，我站住了。我的眼睛絕對沒有問題，但是我眼前所看見的景象，卻讓我無法接受。五十多呎外的海灘上，一艘黑色的船頭正對著我。沒有桅杆，桅杆、橫杆還有護桅索、帆腳索以及撕裂的帆布絞在一起，在船邊的水裡微微起伏著。我幾乎想揉一揉眼睛。那裡就是我們匆匆搭建的廚房，那裡是我們熟悉的舵樓樓梯口，還有比欄杆高不了多少的小船艙。

鬼魂號！

是什麼命運的作弄，把它送到這裡來？偏偏是這裡？是什麼「奇蹟」？我看了看身後陡峭的岩石，內心被深深的絕望所淹沒。逃，不可能。我想到了梅蒂，她還在我們新蓋的小屋裡沉睡。

我清楚地記得昨天夜裡她說的那聲：「晚安，亨普瑞。」我的腦海裡歡叫起一聲又一聲：「我的妻子，我的伴侶。」可是今天我腦海中響起的是一聲又一聲的喪鐘。我兩眼一黑，失去了知覺。

也許只是一剎那，究竟過去了多少時間我也不清楚，我突然醒了過來。鬼魂號仍然在那裡，折斷的第一斜桅倒在沙灘上，桅杆之類的東西亂七八糟地隨著海浪上下沉浮，摩擦著船舷。要行動，必須行動！

奇怪，甲板上為什麼沒有人走動？一夜的忙碌，都睡了？我猜想著。於是馬上聯想到我和梅蒂還來得及逃跑，只要能夠搶在人們醒來之前登上小船，繞過海峽就可以了。我正準備敲門叫她，但是我又更深一層地想了下去：海島面積太小了，難以藏身；大海茫茫，又難以生存。我想到我們那舒適的小屋，我們儲備的肉和油，青苔和木柴。我們在海上也逃不過嚴冬和風暴。

在她的門前，我徘徊著，手無法敲下去。不，不。我心裡跳出一個瘋狂的念頭：衝進去，趁他睡著的時候把他打死——一個新的想法突然照亮我的心頭，既然所有人都睡熟了，我為什麼不溜上鬼魂號，趁著海狼熟睡的時候，把他殺了？到他床位的路我十分熟悉，殺死他，一切都好辦了，走著瞧吧。無論如何，不會比眼前的情況更糟了。

匕首就別在腰上。我轉身回到小屋，取出獵槍，裝上子彈，下了緩坡，溜到船邊。上船並不太容易，水淹沒到我的腰部。水手艙的天窗蓋子大開著，我躡手躡腳傾聽，但是沒有一丁點聲音。我倒吸一口冷氣，心裡琢磨著：「鬼魂號已經被拋棄了嗎？」我側耳細細聆聽，裡面仍然一片死寂。我小心地溜下扶梯，一股空虛感撲面而來，一股黴味鑽入鼻中，滿地的垃圾和破爛的衣服、舊鞋、破油布——船員們不要的廢物。

我爬上甲板，斷定這是匆忙間的遺棄，於是心裡升騰起一縷希望。我鎮靜地四處觀望，所有的小船都不見了。「狗窩」的情況和水手艙一樣，獵人們也收拾了行李同樣倉促地撤離。鬼魂號已經被遺棄，成了梅蒂和我的了。我想起船艙下的儲藏室和食品庫，心想拿點好東西，做頓早餐，給梅蒂一個驚喜。

一是由於心裡還是很不踏實，二是不需要充當殺手了。我像一個孩子一樣兩步作一步跳上「狗窩」的扶梯，心裡充滿歡樂，別的什麼也不想了，只希望讓梅蒂在早餐的香氣中醒來。我繞過廚房時，想起裡面真正的餐具和炊具，心裡又湧上一陣快慰。我跳上舵樓樓梯口，看到——

海狼！

由於太過震驚，我從樓梯上倒撞下來，連續後退了三、四步才停住腳步。海狼站在扶梯頂端，只露出頭和肩膀，雙臂靠在半開的滑蓋板上，雙眼直直地盯著我。不動，只是直視著我。

我顫抖起來，胃又開始痛了。我扶住廚房的壁板，喉嚨乾澀得要冒出煙。我舔了舔嘴唇，打算說些什麼，也是一直瞪視著他。兩個人都不出聲。他的沉默和不動充滿不祥的感覺。往日的恐懼全部回到身上，我頭昏眼花。我們仍然不動，盯著對方。

我想到要行動，但是往日的恐懼制服了我的手腳，我等著他先下手。時間流逝，我突然想起這種情況很像我靠近公海豹那一次。我想要殺牠但卻被恐懼嚇倒，變成想要趕牠走。我終於明白，我上船來，不是要讓海狼殺我的，我要先幹掉他。

我拉上雙筒獵槍的扳機，對準他。要是他一動或衝下樓梯，我就開槍。但是他仍然不動。瞄著他的槍口不停地晃動著，這時，我才注意到他一臉消瘦，看起來飽受痛苦的折磨，兩頰凹陷，眉頭緊蹙，面帶倦容。他的眼睛感覺很奇怪，不但眼神奇怪，生理上也很奇怪，似乎視神經和眼睛肌肉遭到腦內某種力量的擠壓，眼球有些變形了。

我的大腦高速運轉，心裡卻忐忑不安。不能扣下扳機。我放低槍口，往前跨了兩步，想定定神再說；同時，也想更靠近他。我又一次挺起槍口，他幾乎就在我的槍口上了，絕對沒有逃離的指望。我下定決心，不管我的槍法有多麼爛，這是很穩當的事情。但是我的思緒仍舊激烈地拉扯著，扳機怎麼也扣不下去。

「弄好了嗎？」他很不耐煩地問。

我的大腦下達命令：「扣下扳機。」但是手卻不聽指揮；我張嘴想說話，卻一個音也發不出來。

「怎麼不開槍？」他質問。

喉嚨不斷有痰湧上，我說不出話，不停地清嗓子。

「駝子，」他慢吞吞地說，「你很沒用。準確地說，你並不是害怕，而是無能。傳統的道德主宰了你。你是『觀念』的僕從，那套觀念盛行於你的圈子和你的書中。這些原則從你出生的時候就被灌輸給你。它們高高盤踞在你的理智、我賞給你的教訓之上，不讓你殺死一個手無寸鐵、束手待斃的人。」

「我知道。」我嗓子嘶啞。

「但是我卻能打死一個手無寸鐵的人，就像點上一支雪茄。這你明白。」他說，「你知道我是哪種人——用你們的標準來衡量，我是毒蛇、猛虎、大白鯊、魔鬼和撒旦，你只是破爛的小木偶，汪汪叫的小寵物，你無法像殺死毒蛇或鯊魚一樣殺死我，因為我有手、有腳、有身子，跟你們的外表一樣。呸！我希望你有點出息，駝子！」

他從樓梯上走了下來，撞到我的槍口上。

「把槍放下吧！我問你幾個問題。我還沒有上島去看看呢！這是什麼地方？鬼魂號停靠在哪裡？你身上為什麼是溼的？梅蒂到哪兒去了？對不起，應該叫她梅蒂小姐，或應該稱呼她為『凡．威登太太』？」

我倒退幾步，子彈無法打出槍膛。但是我還沒有傻到放下槍的地步。我很希望他做出殺我的動作，撲上來，掐我的脖子，這樣，我就有開槍的衝動了。

「這是努力島。」我說。

「沒有聽說過。」他插嘴。

「至少我們這樣叫它。」我補充。

「我們？『我們』是誰？」他問。

「梅蒂小姐和我。鬼魂號的船頭靠在海灘上，你自己可以看。」

「這裡有海豹，是海豹的吼聲驚醒我，否則我還在睡覺。昨晚我衝進來時就聽見了。是牠們給我發出第一個信號，告訴我我在背風面的海岸邊。這是一個海豹的老窩，是我找了許多年卻一直沒有找到的海豹棲息地。感謝我的哥哥閻羅王，我運氣太好了。這是一個印鈔廠！它處於什麼方位？」

「我一點印象都沒有，但是你應該十分確切地知道。你上次觀察方位時是在什麼地方？」

他詭祕地笑了笑，不回答。

「哦，所有的人都到哪兒去了？你怎麼會只有一個人？」

我估計他會繼續不理睬我的問題。但是他回答之爽快倒讓我吃了一驚。

「我的哥哥在四十八小時內就逮住我了，但不是因為我的無能。晚上只有一個人守望的時候，他上了甲板。獵人們拋棄了我，他答應給他們更多的紅利——我親耳聽見他對他們說的。水手們也理所當然地不管我了。所有人都叛變了，我被放在自己的船裡流放了。閻羅王贏了。說到底，算是窩裡反吧。」

「但是你的桅杆怎麼會沒有了？」我問。

「你去看看那些短繩吧。」他說，指著放船尾帆索具的地方。

「是用刀子割斷的。」我叫道。

「不完全是，做得還要更漂亮些，再看。」

我觀察。短繩只是割斷了一部分，但是還能夠拉住護桅索，要遭受風暴才會折斷。

「是廚子搞的花樣，我很清楚，儘管我沒有當場抓住他。」他又笑了，「總算是報了點仇吧。」

「做得真漂亮！」我叫道。

「是的，天翻地覆之後，我也那麼說，不過是反話。」

「可是，出事時你在做什麼？」我問。

「我盡力了，你大可相信。但是沒用。」

我又詳細考察一番馬格瑞吉做的「好事」。

「坐下來曬曬太陽吧。」海狼說。

他的聲音裡有一點點（只是一丁點）疲憊的味道，腔調很怪。我急忙看向他。他的手痙攣著抹過臉，好像在抹掉一層蜘蛛網。我迷惑了，這不像是我熟知的海狼。

「你又頭痛了？」我問。

「是的，現在就在疼。」

他不再是坐著，而是躺在甲板上。然後翻身，把頭枕到下面手臂的二頭肌上，另一隻手遮住陽光。我不解地看著他。

「這是給你的機會，駝子。」他說。

「我不懂。」我在說謊，因為我完全明白。

「啊，沒有什麼。」他溫和地說下去，好像在打瞌睡，「我是想說，我淪落到了你希望的地方了。」

「不，我並不希望你在這裡，」我反駁道，「因為我希望你遠在天邊，而不是近在眼前。」

他冷哼一聲，不說話了。我從他身旁經過時，往艙房走去，他一動不動。我揭開地板上的活門，看著黑漆漆的儲藏室，滿心疑慮，不敢下去。如果他使壞怎麼辦？被像老鼠一樣關在裡面可就完蛋了。我溜上樓梯，偷看他一眼。他還是像我剛剛離開時那樣睡著。我又溜了下去，在跳入儲藏室之前，我先把活門扔進去。「老鼠籠」沒有蓋子，就沒什麼好怕了，但那是完全沒有必要的。我大包小包地拿，果醬、壓縮餅乾、罐頭肉之類的，然後爬上來，把活門重新蓋上。

我偷看海狼一眼，他仍然一動不動。我有個好主意。我溜進他的房間，偷走他的兩把連發手槍。我又仔細地搜查了其他三個房間，再也沒有發現武器。為了徹底乾淨，我又鑽進「狗窩」和水手艙，從廚房裡取走所有鋒利之物，從切肉刀到切菜刀。然後我又想起他總是帶在身邊的快艇刀。我走到他面前，跟他說話，起初很小聲，隨後大叫，他都沒動。我彎下腰，從他的口袋裡取出了刀子。我大大地舒了一口氣，他再也沒有武器可以從遠距離襲擊我了，而我有武器，即使他打算伸展手臂跟我打一仗，我也能夠擺平他。

我把拿來的東西一部分塞進了一個咖啡壺和一個煎鍋，再從艙房的食品櫥裡拿了一些瓷器，上了岸，把海狼留在陽光下。

梅蒂還在睡。我吹燃了火苗（我們還沒有修建冬天用的爐子），匆匆煮好早餐。快做完的時候，我聽見梅蒂的小屋裡有了動靜，她在梳洗。一切都弄好了，咖啡也斟好了，她打開門，走出來。

「你這可不公平，」她招呼我說，「這是侵犯了我的特權。你知道你也同意的，烹飪是我的職責，可你……」

「只此一回。」我辯解道。

「下不為例哦，」她微笑了，「當然，除非你嫌棄我做得不好吃。」

讓我高興的是，她一次也沒有朝海灘看過，而我的小笑話戰略也很成功，她毫不在意地拿起瓷杯子喝起咖啡，拿起瓷盤吃起煎薯乾，還在餅乾上抹起橘子醬來。但是之後，她的眼裡泛出了驚奇。她盯著端在自己手上的瓷盤，看看早餐，研究一個又一個瓷器。然後她的目光猛地射向我，臉，開始慢慢地轉向海灘。

「亨普瑞！」她說。

昔日那種莫名的恐懼又在她的眼睛裡升騰起來。

「那麼他……」她的聲音顫抖了。

我點點頭。

第三十三章　無助的強者

我們整天都坐著，等待海狼上岸來。時光真是煎熬，每隔一會兒，就得有一個人去看一眼鬼魂號。但是他沒有來，甚至連甲板都沒有上去過。

「也許他頭痛，我離開他時，他躺在舵樓的甲板上，說不定在那兒躺了一整夜。我應該去看看。」

梅蒂帶著乞求的眼光看著我。

「沒關係的。」我向她保證，「我把兩支手槍都帶上。你知道我已經拿走船上所有的武器。」

「但是他還有手和手臂啊，那恐怖的手！」她反對。然後她又叫起來，「啊，亨普瑞，我怕他！別走——請別走！」

她乞求地把她的手放在我的手上。我的脈搏劇烈地跳動起來。心裡的愛戀從眼睛裡流露出來。愛人！多麼嬌媚！讓人憐惜。如同雨露滋潤著我的男子漢氣概，讓它根深蒂固，輸送著愛的養分，筋骨強健。我的手想要摟過去，像在那海豹窩時一樣。但是我的意志克制住手的衝動。

「我絕不會冒險的。」我說，「只是偷偷地到船上，看一眼再說。」

她懇切地摸了摸我的手，我上船去了。但是舵樓甲板上卻是空的。他顯然已經下到艙房去了。

那夜，我們值班輪流睡覺，誰也說不清楚海狼可能會幹些什麼。無疑，他什麼都敢做。

第二天，等待。第三天。等待。他仍然沒有動靜。

「那樣的頭痛，」第四天下午，梅蒂說，「他大概病得很厲害，也可能已經死了。」

停了一會，她看著我，又說，「或快要死了。」

「很好。」我回答。

「但是你想想，我們的一個同類正在孤獨地死去。」

「也許吧。」我說。

「是的，即使是也許，」她承認，「但是我們並不知道。如果真是那樣就太可怕了，我絕不會原諒我自己的，我們一定得做點什麼。」

「也許吧。」我又說。

我等待著，心裡嘲笑她的婦人之仁，竟然關心起海浪這樣的人來。那麼，她先前對我的關心到哪兒去了——那時她不是連我上船去看一眼都不讓？

她敏感極了，立刻明白我心裡在想些什麼。但是她的坦誠和敏感可相匹敵。

「你一定得上船去弄清楚，亨普瑞，」她說，「如果你想要嘲笑我，我同意也原諒你。」

我順從地站了起來，下了海灘。

「一定要小心。」她在我身後大喊。

我在水手艙頂上揮了揮手，走下甲板。我往船後走去，來到艙房樓梯口，在那兒，我只是向下面叫了幾聲。海狼應聲了。他開始上樓梯，我拉上了手槍扳機，對話的時候，也公然讓他看見。但是他心不在焉，他的身體和上次見到時一樣，但是他更加沉鬱、陰冷了。事實上我們那個不能叫做是對話。我不問他為什麼不上岸，他也不問我為什麼不上船。他只是說頭痛好了。我一言不發，下船去了。

梅蒂聽了這一切，放心了。隨後船上冒起了炊煙，她更感到了快慰。第二天、第三天都有炊煙冒起，偶爾還可以看見他在舵樓甲板上出現。但是不過如此而已，他沒有上岸的打算——這點我們知道，我們晚上還是堅持輪班。我們等待他行動或說攤牌，但是他按兵不動，這讓我們感到迷惘、焦慮。

就這樣過去一週。海狼成了我們生活的中心。他的存在壓迫著我們，讓我們緊張，一些要做的事情都停止了。

但是到了週末，廚房沒有炊煙冒出來了，他也不再在舵樓甲板上露面。梅蒂愈來愈不放心，儘管她出於膽怯——我看甚至出於自尊——沒有重新提出要求。說到底，她有什麼可指責的？她是聖潔的利他主義者，又是女人。而我想到曾想殺死的人快要孤獨地死去，但他又有同胞近在咫尺，也不免愧疚。社會信條比我自己更強大。他和我同樣具備人形，這讓我無法安心。

不等梅蒂再次提出要求，我就提出煉乳和橘子醬沒了，需要再上船一趟。她有些猶豫。甚至低聲說著那些東西並非多麼必須，我去也可能不方便。她體察到我無言的思緒，也明白我的實際用意，是為了她和她的擔心。她明白她沒有掩飾住自己的擔憂。

我一上到水手艙頂就脫掉了靴子，腳穿襪子躡足行動。這次我沒有從樓梯口往下喊，而是小心地走了下去。艙房裡沒有人，海狼的房間關著門。最開始我想敲門，但是想起來此的藉口，決定完成任務。我揭開地板上的活門，放到一邊，竭力避免發出聲音。衣物箱和供應品都存放在儲藏室裡。我又趁此儲備了一批貼身衣物。

我從儲藏室出來，海狼的房間有了動靜。我蹲下身子聆聽。門把手卡擦一聲，我本能地往桌子後面悄悄挪去，掏出手槍，上了扳機。門猛地打開了，顯出一張陷入深深絕望的臉。海狼，戰士、強者、鋼鐵漢子，竟然像個絞著自己手腕的女人一樣，舉起握緊的拳頭在呻吟。一個拳頭張開了，手掌抹過雙眼，彷彿要抹掉蜘蛛網。

「上帝啊！上帝啊！」他呻吟著，再次舉起握緊的拳頭，喉嚨裡發出顫抖無望的聲音。

那場面令人震撼。我渾身湧起了雞皮疙瘩，脊骨裡灌進一股冰流，頭上卻冒出滿頭熱汗。一個強漢軟弱成一名弱女子，神情如此無望，這是人世間最恐怖的事。

但是海狼仍然是海狼。他用超人的意志重新又主宰了自身。那確實是意志在較量。意志和肉體在身上激烈交戰著，就像個爆發急症的人。他盡力平靜著自己的臉，它卻糾結著，直到再次崩潰。他握緊的拳頭再次舉起，開始呻吟。他一次又一次屏住呼吸，但是又重新抽泣起來。然後他成功了，昔日的海狼又重新出現了，但是動作卻有些疲軟。他往樓梯走去，起步時，又有了過去的雄風，但是步態中帶著柔弱。

現在我得為自己擔心了。那揭開蓋子的「陷阱」就在他的面前，他只要發現了陷阱，就會馬上發現我。我很生自己的氣，竟然落到懦夫的地步——蹲在地板上。可是我還有時間，我急忙站起來，擺出戰鬥的架勢——我清楚這是一種本能反應。他沒有注意到我，也沒有注意到揭開的陷阱。我還沒有來得及看清形勢採取行動，他已經筆直地向陷阱踩過去。一條腿已經邁進缺口，另一條腿也快要離地，但是那快要落下的腳卻在沒有踩到堅實的地板時感到了下面的空洞，昔日果斷敏捷的海狼又回來了！憑藉他那猛虎般的肌肉爆發了力量，雙臂一伸，胸口撲向對面的地板。雙腿一縮又一攤，身子一滾，躲過了缺口，身體撞到了我的橘子醬和內衣，又撞到了活門上。

他的臉恍然大悟。還不等我猜到他悟到了什麼，他已經把活門蓋上，蓋住了儲藏室。這時，我也恍然大悟，他已經瞎了，瞎得像個蝙蝠，以為把我關在裡面。我觀察著他，屏住呼吸。他又匆匆跑往房間。我看見他的手錯過了門把手，只差一吋，連忙摸索，抓住了它。這是我的機會。我踮起腳尖溜過艙房，上到扶梯頂。他回來了，拖著一個海上用的箱子，把它壓在活門上面。這還不夠，他又搬來另一個箱子，疊在上面。然後他又收拾起橘子醬和內衣，放在桌上。他往樓梯爬來，我退離了，悄悄從艙房上滾開。

他推開滑板，雙臂擱在上面，身子留在扶梯裡。那姿態就像是在巡視著眼前的三桅船，或不如說呆望著，因為他的眼神呆滯並不眨動。我就在他眼前五呎的地方，他卻視而不見。我感到自己成了幽靈。我向他揮手，當然沒用；但是那活動的陰影落到他的臉上時，他馬上有所察覺。他努力確認和分析著那印象，臉更緊張了，好像期待著什麼。

他知道自己對外界的什麼東西做出反應，知道他的知覺受到環境裡某種運動的東西的刺激，但那是什麼東西他卻無法確認。我的手停止了晃動，影子靜止下來。他讓他的腦袋在影子裡緩慢地來回運動，左右運動，讓它時而在陽光裡時而在陰影裡，體會著影子，好像在測試著自己的知覺。

我也急於了解他是怎麼意識到陰影這麼虛無的東西。如果只是對眼球的刺激，視神經還沒有完全破壞，解釋起來倒也簡單；否則我能夠得出的唯一結論就是：那敏感的皮膚感受到了陽光和陰影的溫差。也說不定就是常說的第六感告訴他，有個東西出現在他周圍。誰知道呢？

他放棄了對那陰影的測試，迅速果斷地上來，向前走去，但是他的步子裡仍然有著盲人的遲疑。我現在弄明白了。

讓我又想笑又懊惱的是，他在水手艙頂發現我的那雙雨靴，把它帶回廚房。我觀察他生火，做飯，於是偷偷地回到艙房，拿走了橘子醬和內衣，悄悄走過廚房，下到海灘，光著腳向「主人」彙報去了。

第三十四章　二人同心

「亨普瑞，你沒想到嗎？太糟糕了，如果不是桅杆倒了，我們早就駕駛著鬼魂號遠走高飛。」

我激動得差點跳到半空中去。

「佩服、佩服。」我嘮嘮叨叨，走來走去。

梅蒂的眸子跟著我轉來轉去，閃爍著希望的火光。她對我信心十足！我感到渾身是勁，成了巨人。米歇樂①的話在我耳邊回蕩：「女人之於男人，就像大地之母對於她的土地之子；那土地之子只需要俯在大地上，親吻一下母親的乳房，就又獲得了偉大的力量。」我第一次體驗到他這話語驚人的真實性。為什麼？因為我用生命體會到了。梅蒂對於我來說就是這一切，是我力量與勇氣的無窮源泉。我只需要看她一眼或想起她，身上就充滿了力量。

「我能做到，我能做到。」我思考著，發出聲來，「別人能做到，我就能；別人不能做到，我也能做到。」

「能做什麼，天啊！行行好，你能做什麼？」梅蒂問。

「我們能做到。」我做了修正，「除了豎起桅杆駕駛鬼魂號，還能是什麼？」

「亨普瑞！」她驚叫道。

我為宏圖遠景而自豪，儼然它已經雄偉壯麗地聳立在我面前。

「但是，怎麼才能做到呢？」她問。

「我還不知道。」我這樣回答。「我只知道這段時間，我無所不能。」

我對著她得意洋洋地笑了，一副巨人的模樣，她垂下了眼簾，好一會兒沒有說話。

「可是還有一個海狼船長。」她反對說。

「他眼睛瞎了，失去能力了。」我馬上回答，把海狼像枯草一樣扔到了一邊。

「但是那雙恐怖的手！他是怎樣越過儲藏室的門的？」

「我是怎樣溜過他的？」我快活地反駁。

「靴子怎麼沒有溜過？」

「靴子沒有抱緊我的腳，就很難溜過海狼那雙手。」

我倆仰天大笑，然後嚴肅地計畫起來。我們要為鬼魂號重新豎起桅杆，回到文明社會。我對在學校學習的物理學還有一些模糊的記憶，這幾個月，我又有了使用滑輪車的實際經驗，但是當我們站在鬼魂號前審視時，那些躺在水裡的巨大桅杆，又讓我感覺到自己的渺小。從哪裡入手呢？只要有一個桅杆還是豎著的，也還有在高處固定滑車和索具的地方。但是沒有！那讓我想起一幕荒唐的場景：揪住自己的頭髮把自己提到空中。我懂得槓桿原理，但是支點在哪裡呢？

主桅杆就在那兒，現在的桅底直徑是十五吋；折斷後剩下的部分是六十五呎長。我粗略計算一下，起碼三千磅重。然後是前桅，直徑更大，重量不會少於三千五百磅。我該從何入手？梅蒂站在我身邊，一言不發，我心裡正在醞釀著「人字吊」工程。儘管水手們都知道「人字吊」，我的「人字吊」卻是自己設計出來的。把兩根木杆交叉紮緊，豎起來，成一個人字，這樣我就可以在甲板上方得到一個固定的滑車支點。必要時還可以在這個起吊的滑車上固定第二個起吊滑車，然後使用絞盤。

梅蒂聽到我的計畫，眼裡滿溢暖暖的愛意。

「怎麼開始？」她問。

「清掃現場。」我回答。手指著水裡那片凌亂的桅、杆與帆索。

哈，我聽見自己那鎮定的聲音，心裡湧起一股豪氣。「清掃現場！」想想看，這個充滿了水手氣息的行話，幾個月前能出自亨普瑞的嘴裡？

我的姿態和聲音裡肯定帶有馬戲團的滑稽，梅蒂現出了酒窩，淺笑著。她對荒唐的事很愛笑。凡是矯情、誇張和雙關語都很難逃過她的明眸和耳朵。因此，她的作品犀利深刻，讓她成為「文壇巾幗」；一個嚴肅的評論家必須具有幽默感和表現力，才能抓住世人的眼睛和耳朵，她正是如此。她的幽默感就是藝術家的分寸感。

「這話我以前肯定在什麼地方見過，是一本書裡的吧。」她快活地呢喃。

我也是有著分寸感的，但是這回卻做得有些過火了，從氣貫長虹一下轉變成狼狽不堪。

她馬上抓住我的手。

「請原諒我。」她說。

「不用！」我認輸，「這是有好處的。我確實太文弱又遲疑了，不是擔心這裡，就是顧忌那裡。我們要立刻，清掃現場。妳如果願意和我一起到小船去，我們就開始吧，先清理個頭緒出來。」

「『桅樓員口含著摺刀，在清掃現場。』」她調侃著我。下午的時光，我們在快活的勞動中度過。

她的職責是穩住小船，讓我來清理現場。場面非常混亂——升降索、帆腳索、支索、拉索、護桅索、桅支索，都被海水沖得亂成一團，有的絞成股，有的打成結。我盡量不割斷它們，一會兒把一根根長繩在帆底橫杆下拉過，在桅杆旁邊繞過，一會兒把升降索、帆腳索的結解開，一會兒把繩子在小船裡盤好，一會兒抽出盤好的繩子穿進繩扣的另一個繩圈。很快的，我已經汗流浹背。

有的帆非得動刀不可。帆布讓水一浸就變重了，挑戰著我的潛能。但是當黃昏降臨海灘前，我還是把它們理順了，攤在海灘上晾曬。吃晚飯時，我們都累得拿不起碗來了，看起來不明顯，事實上，工作大有進展。

第二天早上，我鑽入船艙，去從桅座裡清除桅杆斷頭。梅蒂做我的助手。我們剛開始工作，那敲打聲就驚動了海狼。

「喂，下邊！」他從打開的艙口蓋上叫道。

梅蒂嚇得趕緊靠近我，就像在尋求保護，一隻手緊緊抓住我的手臂。

「喂，甲板上的，早上好。」我回答。

「你在下面幹嘛？打算把我的船鑿沉嗎？」

「恰好相反，我要把船修好。」我回答。

「他媽的，可是你在修什麼玩意兒？」他迷惑不解地問。

「我準備把桅杆重新豎起來。」我輕鬆地回答，好像手到擒來。

「你好像終於靠自己的腿站起來了，駝子。」他說，停了一會。

「但是我說，駝子，你不能修。」

「我能，我正在修。」我反駁。

「這是我的船，我的財產。如果我禁止呢？」

「你忘記了，你不再是最大的一塊酵母了。以前你是，用你的話就是，你可以吃掉我。但是現在你變小了，我可以吃掉你了。你那酵母完蛋了。」

他怪笑一聲。「你倒是以其人之道，還治其人之身啊。可是你錯了，小看了我。為了你好，我給你一個忠告。」

「哈，你什麼時候變成了好人？你為了我好而警告我，這前後太矛盾了。」

他不理我的嘲弄，說，「如果我現在就把艙口蓋一蓋，你怎麼辦？你沒有辦法像在儲藏室那樣騙過我了。」

「海狼。」我吼道，這是我第一次直呼他的綽號，「我不能向一個孤獨柔弱的病人開槍，這點你已經看到了。但是我現在警告你，倒不是為了你好，而是為了我好。你一打算採取任何敵對行為，我就對你開槍。我現在站在這裡就可以朝你開槍。如果你想那樣的話，不妨試一試。」

「但是我仍然禁止你，我明確禁止你，別動我的船。」

「可是，大哥！」我忠告他，「你說這船是你的，認為這是事實，好像那是一個道義。但是你跟別人打交道的時候卻從未考慮過道義。你肯定不會夢想我在和你打交道時會考慮道義吧？」

我為了看見他，已經來到打開的艙口下。他的臉上毫無表情，跟我偷望著他時很不同，因為死瞪著不眨眼，就更無表情了。那是一張沉鬱壓抑的臉。

「就連駝子、可憐蟲都小看我了。」他說，那聲音充滿了輕蔑，但是臉上卻一絲表情也沒有。

「妳好，梅蒂小姐。」過了一會，他突然說。

我吃了一驚。她一聲不吭，一動不動。他是不是還有點殘存的模糊視力呢？或他的視力在恢復嗎？

「你好，海狼船長。請問，你怎麼知道我在這裡？」

「當然是因為我聽見妳的呼吸了。我說駝子有了進步，妳這樣認為嗎？」

「我不知道。」她對我笑著說，「我沒有見過他以前的樣子。」

「那妳應該看看他以前的樣子。」

「我不得不服下一種叫做『海狼』的強健劑，劑量大極了，味道苦極了，效果也沒有比這更顯著的了。」我喃喃道，「此一時，彼一時也。」

「我要再告訴你一句，駝子，」他威脅說，「你最好別亂動我的東西。」

「難道你不想跟我們一塊逃離這裡？」我不可置信地問。

「不，我想死在這裡。」

「可我們不想。」我輕蔑地斷言，又繼續敲打起來。

①一七九八至一八七四，法國歷史學家。

第三十五章　成功

第二天，桅座清理好了，一切準備就緒。我們開始把兩根中桅往船上吊。主中桅有三十多呎長，前中桅差不多三十呎。我想用這兩根桅杆做成「人字吊」。那是苦差事。我把一套大的複式滑車連接到絞盤上，另外一頭拴在前中桅的底部開始起吊。梅蒂負責絞盤的方向，並把收上來的繩子盤好。

那桅杆起吊是如此輕鬆，讓我們非常吃驚。那是一個改良的曲柄絞盤，威力巨大。當然，大力要用寬的距離來補償，力量增加了多少倍，我絞起來的繩子就要長多少倍。複式滑車沉甸甸地吊過了欄杆。桅杆一離開水，重要也就隨之增加，我在絞盤上也愈來愈費力了。

但是在中桅底部跟欄杆齊平時，一切都動不了了。

「我早該想到的，」我煩躁地說，「只好從頭做了。」

「為什麼不把複式滑車固定在離桅杆底部遠一點的地方呢？」梅蒂建議。

「我從開始就應該這樣做。」我回答，對自己感覺到很冒火。

我鬆掉了絞盤，把桅杆放回水裡。在距離桅杆三分之一的地方固定了複式滑車。一個小時以後（包含了起吊中途的休息時間），我把桅杆吊到了再也無法往上吊的地方。桅杆頭高出了欄杆八呎，但是還是和上次一樣，距離把它吊上船來還很遠。我坐下來仔細想了想，不一會，就興高采烈地跳起來。

「好了！」我叫道，「我應該在平衡點固定複式滑車。以後的起吊就好辦了。」

我又一次回到工作崗位，把桅杆放回水裡。但是我計算的平衡點不準，起吊時翹起的是桅杆頭而不是桅杆底。梅蒂露出失望的神情，可是我笑了，說那樣也行。

我教她如何旋轉絞盤，又讓她一聽見命令就放鬆絞盤。然後我就用手抓住桅杆，平衡好了，拉過欄杆，再叫她放鬆。我認為合適的時候，就叫她放鬆。但是桅杆不聽使喚，又往水裡蕩了回去。我再次把它提到原來的高度，因為我現在又有了一個新的思路，想起了一個單雙滑輪的小裝置，把它取了來。

我把那裝置的一頭固定在桅杆頂上，一頭連接在對面的欄杆上。這時，海狼來到現場。我們除了打個招呼，沒有說別的。他雖然看不見，卻坐在欄杆不會礙事的地點，無論我做什麼，他都聽著。

我再次要求梅蒂在我發出命令的時候放鬆絞盤，然後開始拉動單雙滑輪。桅杆慢慢向船裡蕩來，最後跟欄杆形成了直角平拉進來。這時，我驚奇地發現已經不需要梅蒂放鬆了，事實上需要的倒是拉緊。我把單雙滑車固定住，再用絞盤把桅杆一吋一吋地拉了進來。桅杆頭往甲板上栽了下去，最後全部躺在了甲板上。

我看了看錶，十二點。我腰痠背痛，筋疲力盡，並且肚子餓極了。而甲板上不過才躺了一根桅杆，這就是一個上午的收穫。我這才明白成功之路漫長。但是我在學習，在進步。下午的成績就突飛猛進，事實也的確如此。我狼吞虎嚥地吃完了午餐，好好休息了一會，力量又回來了。一點鐘，我們又上船了。

不到一個小時，我就把主中桅吊上了甲板，開始建造「人字吊」。我把兩根中桅緊緊紮在一起（兩根長度不等，要扣除一部分），再把主喉頭升降繩的雙滑輪固定在交叉點上。有了它，再加上單滑輪和喉頭升降繩本身，一個起重複式滑輪就完工了。

為了不讓桅杆底部在甲板上晃動，我釘進了粗大的楔子。一切動做準備好了，我把一根繩子在「人字吊」的頂端拴緊，直接拉到較盤上。我對那絞盤愈來愈有信心，因為它使我成了大力士。跟原來一樣，梅蒂轉動絞盤，我起吊，「人字吊」站了起來。

這時我才想起，忘記掛導引索。這就逼得我爬上了「人字吊」。我上去了兩次，才把連接船前船後以及兩邊的導引索綁好。這件事情做完了，已經日落西山，海狼坐在那，聽了整整一個下午，一言不發。這時，他到廚房做晚飯去了。我感到腰痛，好不容易才站起身來。我愜意地望著「人字吊」，成功指日可待，我這個孩子得了新玩具，瘋狂地想拿我的「人字吊」吊起點什麼東西。

「我希望時間不算太晚，我想用用它。」

「別『玩』了，亨普瑞，」梅蒂責備道，「明天還要繼續的，你已經累得站不住了。」

「難道妳就不累嗎？」我關心起她來，「妳也累到不行。妳做得又好又快，我真為妳驕傲，梅蒂。」

她的眼睛看著我的眼睛，好一會兒，才回答。「為你，我感到雙倍的自豪，理由也是雙倍的。」她的眼神意味深長，閃耀著歡樂的光芒，我心裡甜蜜蜜的！——那歡樂不知道來自於何方。她垂下有著長睫毛的眼簾，再抬起頭時，臉上洋溢著微笑。

「如果我們的朋友現在看到我們，會怎麼想呢？看看我們自己吧，你曾經想到過我們會有現在這副模樣嗎？」

「想過，想過妳的樣子，經常想。」我被她眼裡映照的光芒所迷醉，也因為她話題的轉變而迷濛。

「天哪！請問，那麼，我是什麼樣子？」

「稻草人。只要看看妳那髒裙子，妳那裙子的破洞，這件『有味道』的背心！不需要福爾摩斯就可以得出結論：妳是圍著灶臺忙碌的農婦，更是熬製海豹脂肪油的漁婦。尤其是妳那頂油油的帽子，這可真是寫了《親吻苦難》的女詩人啊！」

她向我優雅地敬了一個禮，然後說，「至於你嘛，船老闆……」接下來，那場戲謔鬧騰了五分鐘，但是那戲謔下掩飾著一個深沉的東西。我只能把它和她眼中一閃即逝的神情聯繫起來。那是什麼？是我們的眼睛在無言地訴說嗎？我的眼睛曾經含情脈脈，後來我把它冰封起來，但是它幾次都被愛火融化，她看見我眼裡洩露的愛意了嗎？她明白嗎？她的眼睛對我講述著什麼呢？那裡面還有著其他的含意嗎？——顫動的心靈之光，無言的意味。不可能！我不會眉目傳情。我只是亨普瑞．凡．威登，一隻墜入情網的書蟲。而暗戀、期盼、爭取愛，對於我來說已經是「光榮與夢想」。我這樣想著，彼此戲謔著對方已經被原始生活鍛鍊出來的外貌。

我們上了岸，開始投入別的工作。

「真混蛋，辛苦了一天，還不能睡個安穩覺。」晚飯後，我口出怨言。

「應該不會再有危險了吧？一個瞎子能做什麼呢？」她問。

「絕對不能大意。」我肯定地說，「眼睛瞎了，更要警惕。他現在獨身一人，會更加狠毒。我知道明天該做些什麼。首先用一個輕錨把船弄到沙灘外面去下錨。我們每晚坐小船上岸，把海狼先生當作囚徒一樣扣在船上。明天就不需要守夜了，會好過一些。」

我們起得很早，天剛亮，剛剛好吃到最後一口飯。

「啊，亨普瑞！」梅蒂驚叫道，停下最後一口飯。

我看著她，她正注視著鬼魂號。我隨著她的目光看過去，沒有發現什麼異常。她望了望我，我疑惑地看著她。

「人字吊。」她的聲音顫抖了。

我已經忘了人字吊，再看一眼，船上空無一物。

「如果他把它……」我凶狠地咕嚕著。

她充滿憐愛地把手放在我的手上說：「你還是再做一個吧。」

「相信我，生氣也沒有用。我連一隻蒼蠅也不想殺。」我苦笑了，「最卑鄙的是，他知道我們不會痛下殺手。妳說得對，他要是把人字吊毀了，我別無選擇，只好重新再來。」

「但是我今後就只能到船上守夜了。」過了一會兒，我怒火沖天，「他要是膽敢……」

「可是我夜裡不敢一個人留在岸上。」等到我平靜下來，梅蒂說，「如果他能和我們和平相處，幫助我們，那就好了，我們就可以舒舒服服地住到船上。」

「我們就是要住到船上去，」我惡狠狠地說，我心愛的人字吊被毀了，我心裡的痛啊！「意思是，不管海狼友好與否，妳和我都要住到船上去。」

「他這樣做，」過了一會兒，我笑了，「太孩子氣了。我為了這個事情跟他生氣，也是孩子氣。」

但是上船看了他做的「好事」，我仍然恨得咬牙切齒。人字吊根本就不見了，導引索被割斷，到處亂扔。我建造的喉頭升降索的每一部分都被割斷了，而他明白我並不懂栓接的技術。我突然想起一件事，往絞盤跑去。絞盤也毀壞了。我們相顧失色。我跑到船邊，我清理好的桅杆、橫杆、斜杆全部都不見了。他摸到拴住它們的繩子，把它們扔到海裡，漂走了。

梅蒂的眼睛裡閃起點點淚光，我相信那是為了我。我也差點痛哭流涕。計畫泡湯了！他做得很徹底。我在艙口蓋上坐下來，兩手撐著下巴，陷入深深的絕望。

「這個人該殺，」我叫道，「上帝寬恕我吧，我不算條好漢，不能替天空、大地、海洋除害。」

梅蒂憐惜我，她的手臂撫摸著我的頭髮，彷彿我是一個小孩。她說：「好了好了，乖孩子，一切都會好起來的。我們是正義的，會的。」

米歇樂的話又在我腦海裡回蕩，我把頭靠在她身上，真的，力量又在體內升騰。那受到祝福的女人，是我永恆的源泉。這算得了什麼？一點挫折，誤點而已。潮水不會把桅杆、橫杆沖得太遠，沒有風，不會到海裡的。不過多花點功夫再找一找，拖回來罷了。那也算是一個「忠告」。我明白了，他會做什麼。如果他等著到我們做得更多是再來毀壞，問題就更大了。

「來了。」她低聲說。

我抬頭一看，他在舵樓甲板的左船舷邊遊盪。

「別管他，」我悄悄地說，「他是來看我們的反應。別讓他知道我們已經發現了。我們不會給他那種快樂。把鞋脫掉——對——拿在手裡。」

我們和海狼玩起躲貓貓的遊戲。他到左舷，我們就溜到右邊，我們在舵樓的甲板上，觀察著他轉身朝船後走，追蹤我們去了。

不知道是怎麼回事，他肯定知道我們已經上了船，因為他滿臉春風地說：「早上好。」等待我們的回答。然後他往船後逛了去，而我們又溜回了前面。

這讓我想起怪叫的貓頭鷹，叫過之後，等著嚇傻的獵物逃跑。可是我們不逃跑。他動，我們動。我們手牽手地在甲板上躲來躲去，像是被一個大魔鬼追趕著的兩個孩子。海狼顯然厭惡了，離開甲板下到艙裡去。我們爬過船邊，進入小船。兩個人眼裡閃著光亮，抿嘴吃吃的笑著。我看著梅蒂清亮的褐色眼眸，忘記了海狼做的事情，只想著我愛她；有了她，我就有力量尋找重回人世之路。

第三十六章　堅持

在海裡，我和梅蒂尋找了兩天，一個一個海灘去看，第三天，終於找到了。桅杆、橫杆、斜杠，包括「人字吊」都在。它們藏身於西南海峽的驚濤之中。我們弄得真夠嗆！第一天黃昏時，我們才拖著主桅回到小海灣。那時沒有一絲風，只好一點一點划回來。

又是一個傷心費力的日子過去，我們拖回了兩條中桅。第三天我們鋌而走險，把前桅、前橫桅、主橫杆、前斜杠、主斜杠全部綁在一堆。那天，順風，我以為可以升帆全部都拖回來。但是風卻跟我們開了一個大玩笑，不久風停了，我們只好用槳划回來。就像一個大蝸牛在海上爬，真叫人沮喪極了。後面拽著沉重的東西，把所有力氣都用在槳上，小船仍然懶洋洋的，讓人洩氣。

夜色降臨的時候，風迎面來了。

不但不能前進，船還向外海捲去。我拚命划槳，划得筋疲力盡，可憐的梅蒂也在拚命。我怎麼也勸不住她，她累得躺倒在船尾的座位上。我划不動了，磨破的手握不住槳把，手腕和手臂疼痛難當。雖然中午十二點飽餐一頓，但是此刻，我饑寒交迫，累到極點，要瘋了。

我收起槳，向拽著　子的繩子走過去，但梅蒂突然向我伸出手。

「你要幹什麼？」她氣喘吁吁地問。

「扔掉它。」我一邊打開著結，一邊回答。

但是她的手緊緊抓住我的手。

「請別扔。」她求我。

「不行了。已經是晚上了，風又在把我們往外海颳。」

「但是，亨普瑞，你想想，我們如果不能駕駛鬼魂號離開，就可能在這個島上待上好多年，甚至一生。它既然這麼多年都沒有人發現，以後也可能永遠都沒有人發現了。」

「妳忘記了，我們不是發現了一艘小船？」我提醒她。

「那是一艘狩獵的小船，你也很清楚，如果那上面的人逃了出去，他們一定會再回來找這個海豹棲息地發大財的。你知道的，他們根本就沒有逃出去。」

我不出聲了，仍然在猶豫。

「而且，」她遲疑地說，「這本來是你的意思，我希望看見你獲勝。」

此刻，我硬起心腸。她從我的角度誇獎我的想法，出於眼下的大局，我只好否定。

「就算是在島上過很多年，也比在今晚、明天或後天死在小船裡好。我們沒有做海上冒險的準備，沒有食物、沒有水、沒有毛毯，什麼也沒有。妳的身體我也很清楚，妳現在就在打著寒顫。」

「那不過是緊張罷了，我怕你會不理睬我的意見，把桅杆扔掉。」過了一會兒，她高聲叫了出來，「啊！求求你，別扔！」

這是決定性的一句話。

她很清楚她的懇求對我來說猶如聖旨。我們整夜凍得瑟瑟發抖。我只要睡一會兒就會被凍得醒過來，就這樣反覆折騰。我不能想像梅蒂如何熬過去的。我疲倦得連揮手取暖都不行，但仍然拚命地為梅蒂搓手搓腳，讓她暖和。不過她仍然請求我不要扔掉桅杆。大概凌晨三點，她冷得抽起筋來，我又幫她揉搓，後來不抽筋了，人卻幾乎凍僵。我嚇壞了，不管她衰弱至極，拿出槳逼著她划，每划一槳，我都擔心她會暈過去。

天漸漸亮了，在晨曦裡我們尋找著小島，找了許久，終於看到海平線上一個小黑點，它在十五哩外。我用望遠鏡掃視大海，西南方向的水上出現了一條黑線，正在擴展。

「順風來了！」一個蒼老嘶啞的聲音叫道，連我自己都不敢相信那是我的聲音。

梅蒂想回答，但是已經說不出話來。她的嘴唇發青，眼睛凹了下去——但是那雙褐色的眸子依然無所畏懼地看著我！真是勇敢！

我又忙著幫她搓手，幫她上上下下前前後後地活動手臂，直到她自己可以揮動為止。然後我又強迫她站起來，儘管她沒有我的攙扶就會跌倒，但是我仍然逼著她在船頭和船尾之間走來走去，最後讓她跳了幾下。

「啊，妳這個勇敢的女人，」我看見生命的光彩又回到她的臉上，我說，「妳知道自己很勇敢嗎？」

「我從來不是勇敢的人。在認識你之前，我從來就不勇敢，是你讓我勇敢起來的。」

「我也一樣，在我見到妳之前，也不勇敢。」我回答。

她飛快地看了我一眼，那眼裡又一次顫動著快樂的光芒，還有一點別的什麼東西，僅僅一閃而過。然後，微笑從她的嘴角漾開。

「環境所迫。」她說，但我明白那話不對，我懷疑她其實也很清楚這一點。

風來了，小船乘風破浪，直奔小島。下午三點半，我們繞過西南的海峽。我們又餓又渴，嘴唇乾裂，還不能用舌頭去舔。風漸漸減弱，入夜以後，索性停下了。我只好又用槳划，但是已經沒有力氣，一絲力氣也使不出來了。

凌晨兩點，小船在我們的小海灣靠了岸，我跌跌撞撞地踏出去，拴緊繩子。梅蒂站不起來了，我扶起她，兩個人卻一同倒在沙灘上。爬起來時，我只好拖住她，走過沙灘，送進小屋。

白天我們什麼也沒做，事實上，我們一直睡到下午三點——起碼我是如此。醒來時，梅蒂正在做飯。她的復原能力可真是了不起！那嬌弱得像百合花般的身體裡有一股韌性，一種對生命的熱愛，外表面卻那麼嬌嫩，讓人難以聯想。

「你知道我是為了健康才去日本的，」吃完飯，我們依偎在柴火旁，感到了閒適的樂趣，她說，「我身體不好，一向不好。幾個醫生都奉勸我做海上旅遊，我挑選了最遠的旅程。」

「妳那時可沒有想到自己挑到了什麼。」我笑了。

「但是這次體驗讓我脫胎換骨，身體也會健康起來的。我也希望成為一個更好的女人，至少對生命的體驗更豐富了。」

這一天過得真快，我們談起海狼的瞎眼。這事非常怪異，情形不是很妙。我引用海狼自己的話，說他準備死在努力島上。像他那麼熱愛生命的強人，卻願意接受死神的邀請，他顯然遭到比瞎眼更可怕的煎熬。他頭痛得要命，我們都認為是腦子裡的病變。他發作的時候，那種痛苦讓我們無法想像。

討論到海狼，梅蒂就流露出深深的憐憫，我卻因而更愛她。她那麼慈悲，那麼有女人味，感情裡沒有絲毫虛假。她認同我們想要逃回文明社會，就必須採取最嚴厲的措施，但是一想到我為了拯救自己的生命（用她的說法是「我們的生命」），可能得要了海狼的命時，她又不禁退縮了。

天還沒亮，我們已經吃完飯，天一亮就要開始工作了。我在前艙找出一個輕便小錨，好不容易才把它拖上甲板，放進小船。我在三桅船船尾接了一大盤繩子，駕駛小船向海灣深水處划去，拋下了錨。沒有風，潮水澎湃著，三桅船上下起伏。放繩子和下錨我得靠自己的力量，因為絞盤壞了。小船在錨的牽制下上下起伏。那錨太小了，連微風也撐不住，我又放下左舷的大錨，給它們留出足夠的長繩。下午，我開始整修絞盤。

在絞盤上我折騰了三天。對於機械我一竅不通，我做三天的工，一個機械工三個小時就可以搞定。我從自學使用工具開始，機械工那些得心應手的法則，我必須自己摸索。第三天，絞盤勉強可以運轉，雖然再也不像原來那麼好用，但是畢竟能用，我能工作了。

花了半天的功夫，我把兩根中桅拉上了船，綁成「人字吊」，安裝好導引繩。那夜，我在甲板上我的「大作」旁睡覺。梅蒂拒絕獨自待在岸上，睡到水手艙裡。海狼白天坐在甲板上，聽我修理絞盤，跟梅蒂和我扯些閒話。沒有人提起破壞事件，他也不阻止我繼續擺弄他的船，但我還是有所畏懼：他的眼睛雖然瞎了，但卻總是不露聲色地聽著。我做事的時候，一直提防著他那雙猿臂。

夜裡，腳步聲驚醒了我。夜空中星星閃爍，海狼那巨大的黑影在移動。我從毛毯裡滑出來，穿著襪子尾隨他而行。他從工具箱裡找來一把兩端都有柄的刮刀，打算割斷我再次固定在「人字吊」上的後頭升降繩。他用手摸到了升降繩，卻發現我並沒有綳緊繩子，無法用刮刀割斷。於是他拉緊它，想要用刮刀割斷。

「如果我是你，就不會那麼做。」我冷冷地說。

子彈上膛的聲音響起。他笑了。

「喂，駝子。我知道你在這裡，我的耳朵還很靈敏。」

「你撒謊，海狼，」我說，聲音冷得像腳下的海水，「不過我倒巴不得借此機會幹掉你，割下去吧。」

「你的機會很多啊！」他輕蔑地說。

「割呀！」我的聲音帶著白冰的寒光。

「我倒想讓你失望一回呢！」他笑了，轉身朝船後走去。

「總得想個辦法，亨普瑞。」第二天早上，我把夜裡的事情告訴了梅蒂，她說，「他只要有自由，就什麼事都做得出來，可以把船鑿沉，也可以把它放火燒掉。他究竟會幹什麼很難預料，我們必須把他關起來。」

「但是怎麼辦呢？」我無奈地聳聳肩問，「我不敢靠近他的手臂，而他又知道，只要他消極反抗，我就無法開槍。」

「總會有辦法的。」她爭辯道，「讓我想想。」

「有一招。」我陰沉地說。

她看著我。

我拿起一根打海豹的棒子。

「我不會把他打死，但是不用等他醒來，我就可以把他綁得結結實實。」

她渾身顫抖了一下，搖搖頭。「不，不能那麼做，必須有個人道一點的辦法，等等吧。」

問題不久就解決了。早上幾次實驗之後，我找到中桅的平衡點，在那上面幾呎的地方，固定好起吊滑車。我起吊，梅蒂抓住絞盤手柄繞著繩子。要是絞盤好用，是不會太費力的，但每絞起一吋，我都使出全身的力量。我經常停下來喘氣——事實上，我喘息的時間比工作的時間還長。有時我怎麼也絞不動了，梅蒂也一隻手抓住絞盤把手，另一隻手把她那嬌小身軀的全部力量加上來幫助我。

一個小時過去了，單滑車和雙滑車在「人字吊」頂上碰了頭，我再也吊不動了，但是桅杆還沒有完全盪到船裡，大頭還靠在左舷欄杆的外面，小頭卻已經伸到右舷外很遠的水面上。我的「人字吊」太矮，全部工作都白做了。但是我再也不像以前那樣失望了。我對我自己，對絞盤，對「人字吊」和起吊滑車的能力都有了更大的信心。辦法總會有的，要靠我去想。

我正想著，海狼上了甲板。我們馬上注意到他有點異樣，更顯得蹣跚和虛弱了。他從艙房左舷走來時，顯得有些顫抖。他在舵樓樓梯口晃了一下，一隻手擦著眼睛（那動作我很熟悉），卻從樓梯上撞了下來——在主甲板上跌跌撞撞，幾乎摔倒，手臂在空中抓著。他抓住「狗窩」的樓梯，搖搖欲墜地站了一會兒，終於兩腿一軟，身子一蜷，倒在甲板上。

「又發作了。」我對梅蒂低聲說。

她點點頭，眼圈紅了。

我們來到他面前，他彷彿沒有感覺到，抽搐著，喘息著。梅蒂去照顧他，抬起他的頭，讓血液往下流，又要我到艙房去拿枕頭，我還多拿了毛毯，讓他躺舒服了。我摸了摸他的脈搏，脈搏跳動穩定有力，很正常。這讓我感到困惑，起了疑慮。

「如果他是假裝的呢？」我仍然把住他的脈，問道。

梅蒂搖搖頭，眼神帶著責備，我把住的那隻手腕，突然從我手下猛地翻了上來，一下子鉗住我的手腕。我嚇了一跳，一聲狂叫，奪口而出。我一眼瞥見那張臉，狠毒、得意，另一隻手一下鉗住了我的身子，把我拽了下去。

他一隻手從我背後鉗住我的兩條手臂，我無法動彈。另一隻手放開我的手腕，向我的脖子箍來。我品嘗到死亡的苦澀，那是我自找的。我怎麼會相信他，讓自己進入這猿臂的範圍？我感到一隻嬌小的手也在我的喉嚨上。那是梅蒂的手，想要掰開那要掐死我的手，卻沒有作用。她放開手。一聲淒厲的尖叫，那是一個女人心碎的吶喊，猛地扎進了我的心臟。馬丁尼茲號的情景彷彿重現。

我的臉貼著海狼的胸，什麼也看不見。但是我聽見梅蒂轉身飛快地跑了。事情突如其來，我絲毫沒有昏眩的感覺，卻彷彿經歷無數的世紀。我聽見梅蒂又飛跑了回來。這時，我猛然覺得身子底下的那人突然軟了。嘴巴、鼻子往外噴氣，胸膛在我身體的壓力下塌了下去。不知道是因為出了氣還是他明白到自己無能為力，他喉嚨裡發出顫聲，箍著我頸子的手鬆開了，我呼吸起來，那手顫抖著又箍緊了，但即使是他那超凡的意志也擋不住崩潰的力量。他的意志垮了，暈厥過去。

海狼的手最後顫抖一下，放鬆了我的喉頭，梅蒂的腳步聲已經非常接近。我滾到甲板上，大口喘氣，眼睛在陽光下眨著——我的目光一下子接觸到梅蒂的臉。她的臉色蒼白，但是鎮靜，驚訝和欣慰交織著。她高舉著一根大棒子，把我的目光吸引過去，她隨著我的目光望向它，好像被毒蟲咬了一下，大棒子從手上墜，「哐」地砸在甲板上。我的心底湧起一陣又一陣的快慰。她的確是我的女人，像野人的配偶那樣，和我一起戰鬥，為我戰鬥。她心中所有的野性都被激發了，拋開了文化修養，忘掉了文明——那柔軟的鎖鏈，那本是她唯一熟悉的生活。

「我的愛人！」我翻身爬起，叫道。

她一下撲進我的懷抱，在我的肩頭上抽泣起來，我抱緊她。那七彩閃動的褐色頭髮，綴滿了無數燦爛的小寶石，比國王寶庫裡的珠寶珍奇得多。我低頭親吻她的秀髮，輕柔得連她都不能察覺。

我的思想清醒了。她畢竟是個女人，在危險過後，在她的保護者或受到威脅者的懷裡需要哭出脫險之感。如果我是她的父親或兄弟，情況不會有多大差別。何況時間、地點都不適合，而我又希望獲得更好的權利再宣布我的愛情。在我感到她從我的擁抱裡推開時，我再一次吻了吻她的秀髮。

「這一回是真的發作。跟讓他瞎了眼的那次一樣。他起初是假裝的，但就在假裝中把病痛引發了。」

梅蒂已經重新安排他的枕頭。

「不行，這不是時候。在他無力時抓住了他，就得繼續讓他無力。我們今天起就住在艙房裡，海狼則到『狗窩』裡去住。」

我扣住海狼的腋下，把他拖到升降梯。梅蒂按我的意思找來一根繩子。我把繩子從他兩腋下穿過，在門檻外穩住了，再把他從梯口放下樓梯，讓他落在地板上。我無法直接把他拖上床，但是在梅蒂的幫助下，我先抬起他的肩膀和頭，擱在下鋪床位的邊上，再讓他滾了進去。

這還不夠。我想起在他房間裡的手銬。他喜歡用那東西銬他的水手，不喜歡用船上老式的笨重鐵鐐。我們離開海狼時，他已經被拴上腳鐐手銬躺在那兒。多少天以來，我第一次自由自在地呼吸了。

我上了甲板，行進在輕飄之中，時時壓在肩上的重負沒有了，和梅蒂更加親近了。我們並肩走在甲板上，我不知道她是否也有同感。

第三十七章　實用主義

我們立刻搬上鬼魂號，占領了我們以前的房間，並在廚房裡做飯。海狼的囚禁正是時候，這高緯度地區的小陽春天氣已經結束，風暴的日子到了。我們很舒適，而那不管用的「人字吊」和懸掛在那兒的前桅，給了三桅船一種繁忙的景象，預示著就要出航了。

現在把海狼銬起來已經不太必要，相比他初次發病，第二次發作帶給他更嚴重的傷害。那是梅蒂下午替他送飯時發現的。他醒了，但是她跟他說話卻得不到回應。他的身子往左側睡著，顯得很痛苦。他不斷搖著頭，把壓在枕頭上的左耳抬起時，才聽見梅蒂的聲音並回應她。於是她馬上來找我。

我把枕頭壓住他的左耳，問他是否聽得見。他沒有反應；我放開枕頭再問，他立即說聽見了。

「你知道你的右耳聾了嗎？」我問。

「知道，」他的回答低沉有力，「更糟糕的是，整個右邊都出了問題，好像沉睡了，手臂和腿都動彈不得。」

「又裝？」我氣惱了。

他搖搖頭，冷峻的嘴唇露出一個歪歪斜斜的怪笑，真的很奇怪，他的左臉在笑，右臉卻紋絲不動。

「這是海狼最後一次表演了。我癱瘓了，再也不能走動。啊，只癱瘓了那一邊。」他接著說。也許是猜到我瞥他左腿那一眼的意思——那條腿的膝蓋剛才還在收縮，弓起了毛毯。

「太可惜了，」他繼續說，「我很想先幹掉你，駝子。我還儲存了那麼大的能量沒有用上。」

「為什麼？」我問，既因為恐懼，也因為好奇。

那冷峻的嘴唇又露出怪異的笑容說：「啊，只不過是因為我還活著。活著就要廝殺，就要吃掉你，到死都要做最大的酵母。但是像這樣子死去……」

他聳聳肩，準確地說是想要聳肩，因為只有左肩動了。就連聳肩也是歪歪斜斜的，像他的笑容一樣。

「但是你怎麼解釋？你的病源在哪裡？」

「腦子裡，」他馬上回答，「是那糟糕的頭痛引起的。」

「那不過是症狀。」我說。

他點點頭。「無法解釋。我一輩子沒有生過病，腦袋卻出了問題。從疼痛來看，是癌症或是腫瘤在吞噬、破壞著腦子，在攻擊著我的神經中心，在吃掉它，一點一點地吃，一個細胞一個細胞地吃。」

「也攻擊著運動神經中樞。」我提醒道。

「似乎如此。可惡的是，我必須躺在這裡，清醒地明白我的神經系統在崩潰；我和世界的聯繫在一點一點中斷。我看不見了，聽覺和觸覺也在漸漸消失，按照這個速度，我很快就要說不出話來了。可是我必須一直待在這裡，沒有死，思想活躍，但是卻沒有力量。」

「這倒像極了你的靈魂。」我說。

「胡說！」他反駁道，「這只不過是意味著我的頭腦受到攻擊時，高級神經中心還沒有被觸及到罷了。我還能夠回憶、思考、推理，當連這些都不行時，我也就死了，不存在了。這就是靈魂嗎？」

他大笑，然後把左耳靠在枕頭上，表示不想繼續談話了。

我和梅蒂各盡其責，但是主宰他的那恐怖的命運卻盤踞在我們心頭。有多恐怖？我們以後才能逐漸體會到，其中有著可畏的冤冤相報。我們思想沉重，連說話都輕聲細語。

「你可以把鐐銬解除了，」那夜，我們在他的床頭討論時，海狼說，「絕對安全，我已經癱瘓了，以後要注意的只有褥瘡了。」

他怪笑起來，嚇得梅蒂睜大了眼睛，轉過頭去。

「你知道你的笑容是扭曲的嗎？」我問他；梅蒂得照顧他，我想盡量減少她的不愉快。

「我以後再也不笑了。」他平靜地說，「我知道有點不正常，右邊的臉頰整個是麻痺的。對，這三天來我都有預感。我右半邊一陣一陣好像要睡著了，有時候是手或手臂，有時候是腿或腳。」

「我的笑容是扭曲的？」過了一會兒，他說，「好了，以後你就認為我是在肚子裡笑就好了，要是高興的話，說是在靈魂裡笑也行。在靈魂裡。也不妨認為我現在就在笑。」

他躺在床上幾分鐘不言語，沉浸於怪誕的想像裡。

他那強者的氣魄仍然還在，還是那個狂放不羈、凶暴威猛的海狼，只是被囚禁在他那曾經是那麼無往不勝、超絕非凡的肉體裡。現在，麻痺的鐵鍊鎖起他的肉體，把他的靈魂囚禁在黑夜和死寂裡，與人世隔絕。

那人間，對他曾是七彩燦爛的行動。他再也不能夠把動詞「行動」用種種時態去表述了，留給他的只有「苟活」。用他的定義來說，活著卻不行動，有願望卻不能夠執行，就是死亡；就他的精神而言，思考和推理跟以前一樣活躍，但是肉體卻枯萎了，苦難地死去。

我們雖然替他除去鐐銬，但是心裡並不愉悅，難以適應他的這種新狀態。對於我們來說，他仍然充滿了潛能，不知道他會怎樣。不知道他可能突破肉體做出什麼「大」事來。我們的經驗讓我們保持著這種心態，幹活的時候，焦慮重新盤踞於心頭。

「人字吊」太矮的問題已經得到解決。我使用了複式滑車（我重新做了一個）把前桅吊過欄杆，放在甲板上，然後又靠「人字吊」把主橫杆吊上船。主橫杆有四十呎長，可以提供起吊桅杆所需要的高度。我又利用固定在「人字吊」上的第二個複式滑車，把主橫杆提高到差不多直立的地方，再把杆底落到甲板上。為了防滑，我在那兒釘了一圈巨大的楔子。我把我最早的「人字吊」複式滑車上的單滑車固定到橫杆上；像這樣再把滑車牽到絞盤上，我就能隨意起吊或放下橫杆的無論那一頭了。我能讓桅杆尾保持不動，使用導引索把橫杆轉來轉去。我在橫杆尾部又同樣安裝了一個起吊複式滑車。整個設計安裝完畢，我不得不為它所給我的力量和高度感到振奮。

完成這一部分工作，花了兩天的功夫，第三天早上，我才從甲板上把前桅杆吊起來，著手把桅底往桅座裡安放。處理桅底時，我笨拙極了。我努力鋸著、砍著、鑿著那根木頭，最後做出的樣子就像是一隻超級大老鼠啃出來的，但是它能夠插進桅座了。

「可以，沒問題的，我相信。」我叫道。

「你知道約旦博士對真理的最終測試嗎？」梅蒂問。

我正在抖掉落在我領口裡的木屑，停下來，搖搖頭。

「它能用嗎？我們的生命能交託給它嗎？這就是最終測試。」

「你很喜歡約旦博士。」我說。

「在我拆除我古老的萬神殿，扔掉了拿破崙、凱撒和他們的同夥之後，我馬上建造了新的萬神廟。」她嚴肅地說，「新萬神殿的第一尊雕像便是約旦博士。」

「一現現代的英雄。」

「正因為現代，所以更偉大。」她接下去說，「舊世界的英雄哪能跟我們這時代的相比！」

我晃晃頭，在許多問題上我們所見略同。

「作為兩個批評家，我們太一致了。」我大笑。

「作為造船工人和他唯一的助手也是。」她也報以大笑。

我們的笑聲並不多——因為做著粗重的工作以及海狼這具活屍的存在。海狼的病情再次惡化，聲音沒了，或是快要沒了，他只能間歇性地使用嗓子。用他的話來說就是：線路跟股票市場一樣時起時落。有時線路通了，他能跟以前一樣說話，雖然慢一些、低一些，然後突然就不能說話了。有時話剛剛說到一半，要等很多個小時後才能聽到半句。他說頭很痛，這時，他創造了一種溝通方法，以備說不出話時使用——手捏一下表示「是」，捏兩下表示「不是」。幸好做足了準備。臨近黃昏時，他完全失語了，只能用捏手來回答問題。想說話時，就用左手在一張紙上寫寫畫畫，倒也滿清楚的。

嚴冬降臨了海島。一個風暴接著一個風暴，夾著冬雨、白雪和冰雹。海豹南遷，海豹窩空出來了。頂著大風雪，我努力地工作著——風給我帶來的麻煩最大。從早到晚，我在甲板上工作，向著預定的目標挺進。

我從豎立「人字吊」和爬到「人字吊」上安裝導引繩所得到的教訓，對我很有好處。我把那根前桅從甲板上吊到合適的高度，在上面安裝好繩索、支索、喉頭升降索和桅頂升降索。跟以前一樣，我低估了這部分工作的分量，花了長長的兩天才做完，而剩下的工作還很多——比如帆，事實上得重做。

我忙著往前桅杆上繩索，梅蒂就忙著縫補帆布。在需要更多的人手時，她總是丟下所有的一切來幫我。帆布又硬又重，她的工具就是水手縫帆布用的掌皮和三稜針。她的手很快就起了水泡，但是她咬牙堅持著，此外還要做飯和照顧病人。

「讓迷信見鬼去吧。」不吉利的星期五早上我說，「今天就要豎起桅杆了。」

一切都已準備就緒。我把橫杆的複式滑車拉上絞盤，把桅杆絞得幾乎離開了甲板。我把這個複式滑車固定好，又把人字吊滑車（它連著橫杆的另一頭）拉上了絞盤。只絞動了幾圈，桅杆就垂直地吊了起來，離開了甲板。

梅蒂放掉絞盤的把手，鼓起掌來。

「它能用！它能用！我們能把生命交託給它！」

然後她露出遺憾的神情。

「但是它並不是在桅杆孔上，你還得再來一次嗎？」

我大聲地笑了，放鬆一根橫杆導引繩，拉緊了另一根，就完全把桅杆吊在甲板正中。不過，它仍然不在桅杆孔上。她的臉上又一次露出遺憾的表情，我再次大聲地笑了，放鬆橫杆複式滑車繩，拉緊同樣分量的人字吊滑車繩，把桅杆底部調到桅杆孔的正上方，然後對梅蒂仔細交代怎樣放下桅杆，自己就到三桅船艙底部的桅杆座。

我向她一叫，桅杆便輕鬆而準確地移動起來。方形的桅底對準桅座的方孔降下來，但是卻一邊慢慢地轉動著，這樣，方底就難以插進方孔了。我沒有絲毫猶豫。我叫梅蒂停止下降，自己上了甲板，用一個旋轉鉤把複式滑車固定到桅杆上，要梅蒂拉著繩子。我自己下去，靠著風燈的光看見桅底在慢慢轉動著，直到它的四邊和桅孔的四邊重疊。這時梅蒂做了固定，然後回到絞盤。桅底輕微地轉動著緩緩降下剩餘的幾吋。梅蒂再次用複式滑車調整了轉動，再次來到絞盤向下放。方形插進了方口，桅杆插進了桅座。

我大叫了一聲，她跑下來看。在昏黃的風燈光線裡，我們細看著自己的大作。我們彼此凝望，兩雙手彼此尋找，握到了一起，眼裡都閃著淚光。

「最後完成得如此輕易。所有的工作都在於準備。」

「而所有的奇蹟在於完成。」梅蒂加上一句，「我難以相信那巨大的桅杆真的安好了；你竟能把它從水裡取出來，吊到空中，放進預定的位置，這是巨人做的事情。」

「而且他們還發明了許多東西。」我快活地說，然後嗅了嗅空氣。

我急忙看看燈，燈沒有冒煙。我又嗅了嗅。

「有什麼東西燒起來了。」梅蒂突然明白過來。

我們一起往扶梯跑去，我趕到她前面上了甲板，一股濃煙正從「狗窩」升降梯冒出來。

「海狼沒死。」我穿過濃煙跳了下來，對自己嘀咕道。

那艙裡濃煙滾滾，我摸索前進。海狼的魔力對我影響太大，我很怕那癱軟的巨人會突然掐住我的喉嚨。我猶豫著，幾乎想往回跑，跳上去的欲望驅趕著我。然後我想起梅蒂，想起船艙昏黃燈光裡的那一幕，那歡樂、紅腫、溼潤的褐色眸子在眼前閃過。我知道我不能往回跑。

我來到海狼的床位時，被濃煙嗆得快要窒息。我伸手去找他的手，他躺著，一動不動。我的手一碰，他輕輕一動。我繼續摸到他的毛毯下面。沒有熱，沒有發火的跡象。但那使我盲目、咳嗽和喘氣的黑煙肯定有個源頭。我一時糊塗，在「狗窩」裡亂竄。後來我被桌子猛撞了一下，差點暈過去，才猛然驚醒：一個不能動彈的人，能放火的地點只有在他身邊。

我回到海狼的床位邊，在那兒遇到了梅蒂。她在那令人窒息的濃煙裡待了多久？我無法猜測。

「回到甲板上去。」我果斷地下令。

「但是，亨普瑞……」她抗議，一種乖乖的沙啞聲。

「拜託！求求妳！」我對她嚴厲地叫道。

她服從地走了。隨即我又想到，她如果找不到樓梯怎麼辦？我追了上去，在升降梯下站住。她說不定已經上去了。我猶豫不絕地站在那裡，正好聽見她在輕叫：「啊，亨普瑞，我迷路了。」

我發現她在後間壁的牆上摸來摸去，我半牽半抱地把她弄上了升降梯。清新的空氣像甘露一樣。梅蒂只不過有點虛弱暈眩。我讓她躺在甲板上，自己又衝了下去。

煙霧一定是從海狼身邊來的——我對此堅信不疑，直接往他的床位跑。我在他的毛毯裡摸索時，一個滾燙的東西落到我的手背上。我被燙了一下，縮回了手。然後我明白過來，他是從上鋪底下的縫隙裡點燃草墊的。他的左手還有能力這樣做。墊子裡潮溼的草從下面點燃了，卻沒有空氣，因此這段時間就一直冒煙。

我從床上拉出了墊子，墊子似乎在空氣中分解了，同時竄出了火苗。我敲掉床上還在燃燒的餘草，然後衝到甲板上呼吸新鮮空氣。

「狗窩」中燃燒墊子的火，被幾桶水就澆滅了。十分鐘後，煙霧散開，我同意梅蒂下來。海狼已經昏迷，但是只需要幾分鐘，新鮮的空氣就可以讓他甦醒過來。我們在他身邊忙碌著，他做了個手勢，要紙和鉛筆。

「請不要打斷我。」他寫到，「我在笑。」

「我還是一塊酵母，你看。」過了一會兒，他又寫。

「我很高興你只有一丁點大。」我說。

「謝謝，」他寫，「但是請想想看，我在死之前還會小多少。」

「可是我還活著，駝子，」他寫著，最後是個花體字，「我的思想比以前任何時候都要清醒，沒有干擾，絕對集中，我在此處，又超出了此處。」

那話像是從墳墓的黑夜裡發出來的，因為此人的陵墓就是他的軀殼。他的靈魂還在這樣一個奇異的荒墳裡飄舞著、活著。它還會繼續活下去，飄舞下去，直到最後的聯繫中斷。在那以後，誰知道它還會繼續飄舞多久、活多久呢？

第三十八章　愛的力量

在企圖燒毀船隻的那天上午，「我想我的左邊快死了，」海狼寫道，「它愈來愈麻痺，手幾乎不能動彈，最後的線路也快要關閉了，說話要大聲點。」

「痛嗎？」我問。

我必須反覆大吼著問他，才能得到回答。

「並沒有一直痛。」

他的左手在紙上緩慢地、痛苦地畫著。我們花了好大的功夫才認出那些潦草的字跡。那就像是巫師們通神後寫出的「天書」——索價一美金。

「但是我還活著，完整地活著。」那隻手潦草地寫著，更緩慢了，更痛苦了。鉛筆掉了，我們只好再放進他手裡。

「不痛時，我全然寧靜，思想絕對清明，能夠像印度哲人一樣思考生命與死亡。」

「以及永生？」梅蒂對著他的耳朵大聲問。

那手三次試著想寫，卻只是沒有希望地亂摸，鉛筆掉了，我們設法塞回他手裡卻沒有用，指頭捏不住。然後梅蒂用自己的手捏住他的手指來握筆，字寫得很大，很慢，幾分鐘過去，才寫了：

「胡扯！」

那是海狼最後的遺言：「胡扯。」他至死都是懷疑論者，死不屈服。他的手臂和手鬆了，身軀微微動了動，停了。梅蒂鬆了手，海狼的手指微微張開，由於自身的重量鬆開了，鉛筆滾走了。

「你還聽得見嗎？」我大叫，抓住手指等他捏一次表示「是」。沒有反應，手死掉了。

「我注意到他的嘴唇輕輕動了一下。」梅蒂說。

我又問那問題，嘴唇動了動。她把手指尖放到他的嘴上，我再次問那問題。「是。」梅蒂宣布。我們彼此期待地望著。

「這回答算數嗎？我們現在說什麼好呢？」

「啊，問他……」

她猶豫了。

「問他要用『不』字回答的問題看看，」我建議，「那我們就有把握了。」

「你餓嗎？」她大叫。

嘴唇在她手指下動了，他回答：「是。」

「吃點牛肉嗎？」她又問。

「不。」他宣布。

「肉汁呢？」

「是，想喝肉汁。」她抬頭看著我，平靜地說，「在聽力消失前，我們還能和他溝通。可是在那之後……」

她奇異地看著我，嘴唇輕輕顫動，眼裡噙滿淚花，向我撲來，我抱住了她。

「啊，亨普瑞，」她抽泣著，「這一切何時才會結束？我累了，累極了。」

她的頭倒在我的肩膀上，痛苦劇烈地搖撼著她的嬌軀。在我的手臂裡，她猶如一片羽毛那麼纖柔。「她崩潰了，沒有她的幫助，我該怎麼辦？」

在我的撫慰、呵護下，她終於振作起來。心靈的力量很快復原，和體力復原一樣快。

「我真羞愧。」她說，接著，綻放出一朵奧祕的笑靨，我的心為之搖晃。「不過我只是一個小女人。」

「小女人」幾個字猶如五雷轟頂，那是我心裡念了千萬遍的詞，我的摯愛，我的秘密，是我對她的暱稱。

「妳為什麼這樣說？」我突然問，她吃了一驚。

「什麼？」她問。

「小女人。」

「是你的話？」

「是的，」我回答，「我的，我想出來的。」

「那麼你一定在夢中講過。」她的笑容再次綻放。

她的眼裡有光芒在舞動、顫抖著，我知道我的眼睛也在表達言語之外的情意。不知不覺中，我向她靠了過去，像被風兒搖擺的樹一般。啊，這銷魂的一刻，但她搖了一下頭，猶如拂掉了一滴睡意，一片夢中的花朵，說：「我從小就知道這話，我爸爸就是這樣叫我媽媽的。」

「可那也是我的話。」我頑強地抗議道。

「你爸爸也這樣叫你媽媽？」

「當然不。」我回答。她無言，眼睛裡慢慢盪開一抹揶揄。

前桅一裝好，工作便進展神速。恍惚中，我也沒有花費多少力氣，主桅杆就已經裝好，是靠前桅上裝的一個橫杆起重臂完成的。又過了幾天，所有的桅杆支索和護桅索也都有了。一切都安裝好、拉緊了，但只有兩個水手的大船，有中帆可能反而礙事，於是我把中帆取了下來，放在甲板上捆好。

又過幾天才掛好了帆。一共用了三張帆：斜桅帆、前帆和主帆。經過縫補、縮短，它們都走樣了，這些帆懸掛在鬼魂號如此精美的船上，如同美女頭上戴著幾朵破爛的白花。

「但是很實用！」梅蒂歡快地說，「並且可以把生命交託給它們！」

我這個自學成才的人，做過最糟糕的莫過於帆匠的活兒。我製帆不如用帆高明。我並不懷疑我有能力把三桅船開到日本北方的某個海港。事實上，我上船之後，還讀過一些航海的教科書。何況還有海狼的星星尺規，實用又方便，連小孩子都可以操作。

至於星星尺規的發明人，一星期以來，除了耳朵愈來愈聾、嘴唇蠕動得更弱，情形沒有什麼改變。但是在拉好三桅船全部風帆的那天，我們聽見他最後一次聲音。我問他：「你整個人都還在嗎？」他回答：「對。」然後嘴唇最輕微的動作也消失了。

最後的一絲聯繫中斷了。

在他肉體墳墓的某處，靈魂還在展翅飛舞，殘存著生命的軀殼，便是禁錮靈魂的銅牆鐵壁。我們深知，那壯志未酬的心靈還在焚燒，但只是孤寂、黑暗地燃燒，沒有軀體。對於那心靈來說，軀體是不可知的。心靈不知有肉體，就連人世也不存在，它只知道自己，知道死寂與黑夜那麼沉重，那麼深邃。

第三十九章　自救

動身的日子到了。

努力島上，再也沒有什麼能夠阻擋我們的歸航。鬼魂號上，幾根短了半截的桅杆挺立著，可笑的風帆扯了起來。作工不夠漂亮，但是很扎實，我知道它們實用。望著這一切，我覺得自己是個強者。

「是我做的，是我做的，是我親手做出來的！」我想大聲呼喊。

梅蒂的心聲也一樣。我們準備升起主帆，她說：「想想看，亨普瑞，這全是你親手做出來的！」

「可是還有一雙手呢，兩隻小手，妳可別說這也是妳爸爸的話。」

她搖搖頭，甜蜜地笑了，舉起手，給我「審查」。

「這手再也洗不白了，」她抱怨著，「永遠留著風暴的印痕。」

「那雜色和那印痕就是榮耀之星。」我抓住她的手，若不是她馬上縮了回去，我會衝動地去吻那雙小手的。

兩顆心在靠近，相溶。我一直按捺著自己的愛，但是現在愛已經徹底俘虜了我。它逐漸掌握了我，逼得我眼睛不聽話，現在又讓我的舌頭也「叛變」——是的，還「策反」了我的嘴唇，因為它們此時欣喜若狂，只想「起義」去親吻那雙忠誠而艱苦工作過的小手。我內心也發狂了。愛的號角從我生命深處吹響，命令我親近她；一股奇異而微醺的風吹拂著我，我感到我隨風飄行，靠近遠遠的她。我飄近她，我沒感到，她卻感到了。她飛快地抽回雙手，說明她意識到了，她承受不了我那濃情蜜意的火燙目光，挪開自己羞怯的眼睛。

我使用甲板上的複式滑車，把升降索向前接到絞盤上。現在我同時使用桅頂滑車和中段滑車升起主帆。作法雖然笨，但是前帆沒費多少功夫也升了起來，迎風招展。

「我們不能在這樣狹窄的地方起錨，錨一離開海底，我們就會撞到礁石上去。」

「那怎麼辦？」她問。

「滑出去。滑的時候，妳得先絞動絞盤，我得立刻到舵輪去，妳同時升起斜桅帆。」

這種出航辦法，我已經想過幾十次了。我把斜桅帆的升降索連上了絞盤，我相信梅蒂可以升起那張最重要的帆。一陣大風颳進了小海灣，水面雖然仍舊平靜，但是我們卻需要加緊工作，才能安全出發。

我敲鬆鎖定栓，鏈條嘩啦啦響著穿過錨鏈孔，落向海裡。我連忙跑到船尾，往上打舵。船帆第一次漲滿了風，船身傾側了，鬼魂號彷彿活了過來；斜桅帆正在升起，漲滿了風，鬼魂號側轉了船頭，我急忙倒轉舵輪，穩住了船。

我設計了一種斜桅帆的自動帆腳索，能夠自動繞過斜桅帆，梅蒂不需要去照料它，但是就在我用力往下打舵時，梅蒂仍在起吊著斜桅帆。那時真是千鈞一髮，因為鬼魂號正往只有一個投石距離的海灘筆直衝去，不過卻馴服地側過了身子，駛進風中。

這時，所有的帆，包括摺疊帆在內，都紛紛漲滿，啪啪地響著，氣勢宏偉，在我的耳朵裡猶如天籟之音，又像是奏起了「命運交響曲」。然後鬼魂號就鼓飽了帆，轉過身來。

梅蒂已經完成任務來到船後，站到我身邊。一頂小帽子扣住她飛揚的秀髮，面頰因為剛剛用力而泛著紅暈，大眼睛因為興奮而放出光亮，鼻孔因為呼吸新鮮的海風而一張一合。那雙褐色的眼睛，像受驚小鹿的眼睛，映照出從未有過的靈敏和野性。鬼魂號向著內海灣入口的峭壁開去時，她張開了嘴，屏住呼吸，但是鬼魂號開進了大風中，揚帆離去。

作為獵海豹船的大副，我學到了多種技能。我瀟灑地駛出了內海灣，沿著外海灣搶風而行，然後鬼魂號就向蒼茫的海天深處駛去。它伴隨著大海的節奏，隨著大海的動盪而起舞，在巨浪之上起伏。天空本是陰霾的，陽光卻像刺穿了雲層，一瞬間，弧狀的海灘閃起輝煌的金光，好兆頭。努力島籠罩在燦爛陽光中——我們曾經在那海灣裡向妻妾成群的海豹老爺們挑戰，殺死過海豹「小伙子」。就連嚴峻的西南海峽也不那麼陰森了。浪花濤濤之地，不時反射出閃亮的陽光。

「這裡，我將永遠自豪地銘記。」我說。

她像個女王一樣昂起頭，說：「親愛的努力島，我將永遠愛它！」

「還有我。」我急忙說。

我們的目光彷彿必須在一種偉大的感應中相觸在一起，可是兩道目光卻藕斷絲連地拉扯開了，並沒有交接。

一陣沉默，沉默得有點尷尬。終於我打破沉默說：「妳看上風面的烏雲，記得吧，昨晚我告訴過妳，氣壓計顯示下降。」

「太陽也不見了。」她說，眼睛仍盯著我們的小島。在那裡，我們證明自己能夠克服萬難，並且能夠實現男女之間最純真的伙伴關係。

「現在就放鬆帆腳索，直奔日本吧！」我興奮地說，「好風一吹，帆腳索一鬆，妳知道，什麼都不怕。」

我固定好舵，往前跑去，放鬆了前帆和主帆帆腳索，收緊帆底橫杆上的索具，搞定了這一切，準備迎接從斜後方吹來的風。那是一股清新的微風，非常清新，我決定大膽向前，能跑多遠是多遠。遺憾的是，要這麼暢快地跑，船舵就不能綁住，因此我得面臨通宵掌舵的考驗。梅蒂想幫忙、替換我，但事實證明，儘管她聰明絕頂，能很快學會掌舵的知識，卻沒有力氣在大風大浪中掌舵。

發現這一點之後，她看起來很傷心，只好幫著盤好滑車繩、升降繩，整理好亂繩，借此平衡。另外她還要鋪床鋪，到廚房做飯，照顧海狼，然後還對艙房和「狗窩」做了一次徹底的大掃除，工作了一整天。

我駕駛了一個通宵，風力慢慢增強著，海浪也在加大。早上五點，梅蒂送來熱咖啡和烤餅乾；七點，又送來熱氣騰騰的豐盛早餐，令我活力大增。

那一天，風仍不斷地增強。看來它決定不停地吹下去。鬼魂號乘風破浪。最後時速起碼有十一海浬。機會不容錯過，但是黃昏時分，我已經承受不住了。儘管身體很棒，掌舵三十六個小時也已經是我的極限，梅蒂勸我休息。我明白，要是晚上風浪繼續增強，船就騎「風」難下了。夜色降臨時，我快活又遺憾地讓鬼魂號順風停船。

但是我沒有想到一個人摺好三張帆是多麼艱鉅的工作，順風而行時，我沒有意識到風的威力，一停船才發現那是狂風，狂得無法駕馭。狂風挫敗我每一次努力：它颳走我手上的帆，我十分鐘最艱辛的工作成果瞬間不見了。做到八點，我只收起前帆的第二摺疊帆；到十一點，我仍然沒有進展。我的每一個指尖都在滴血，指甲帶肉都撕裂了。在疼痛和疲倦的聯合打擊下，我哭了，借著夜色的掩映，偷偷哭了，就怕梅蒂知道。

我無奈地放棄摺疊主帆的打算，試驗看看只靠摺疊前帆拋錨。但是要把張開的前帆和斜桅帆在帆杆上拴好也還需要三個小時。早上兩點，我被折騰得死去活來，試驗成功時，我已經接近昏迷。摺緊的前帆起了作用，鬼魂號迎著風穩穩地拋錨，船舷一側再沒有墜入波谷的危險。

我餓極了，但梅蒂讓我吃飯的努力卻失敗了。我嘴裡含著食物打盹。手往嘴裡送著食物，人卻睡著了。痛得醒過來時，又發現食物還沒有進到嘴裡。我累得一塌糊塗，她只好把我按在椅子裡，以免被船身強烈的起伏扔到地上。

我在從廚房到艙房的路上是混沌無知的。梅蒂牽著我，像扶著一個夢遊人。事實上，我毫無知覺，我不知道自己睡了多久。我躺倒床上，靴子脫掉了。昏天黑地，我全身僵硬，腿也瘸了，床單碰到指尖，我就痛醒了。

天還沒亮，我又閉眼入睡。卻不知道自己已經一口氣睡過了一個白天，現在又是晚上了。

我再次醒來，因為不能沉睡而煩惱。我劃了根火柴看錶，已經是半夜了。見鬼！我凌晨三點才下甲板！要是我沒有猜到答案，肯定會神經錯亂——難怪我的睡眠斷斷續續的，原來我已經睡了二十一個小時。我聽了一會兒鬼魂號的動靜，波濤衝擊著，甲板上的風呼呼地颳著，我翻過身又睡著了。這一次睡得很香甜，一覺到天明。

七點，我起了床，不見梅蒂，以為她在廚房做飯。我上到甲板，發現鬼魂號情況良好，廚房裡雖然有火，還燒著水，但是梅蒂卻不在。

我在「狗窩」裡找到梅蒂。她在海狼的床邊。我看了看海狼。那個從生命的巔峰跌落、活埋的人，比死亡更痛苦。他那沒有表情的臉，如釋重負。梅蒂看著我，我明白了。

「他的生命在風暴中不再閃亮了。」我說。

「但他依然活著。」她回答，聲音裡飽含著無窮的信念。

「他的力量太強大了。」

「是的，」她說，「但他現在不再受力量束縛，他是無羈的靈魂。」

「他的確是無羈的靈魂。」我回答，牽住她的手，走上甲板。

風暴在那夜慢慢止息了。

第二天早飯後，我把海狼的屍體拖上了甲板，進行海葬。風浪仍然不小，不斷衝過欄杆，洗刷著甲板，流入排水管。風搖撼著三桅船，三桅船側身晃蕩，背風面淹沒到水裡。帆索上的呼號尖利起來。我脫下帽子時，我們的腳都淹沒在齊膝的水裡。

「我只記得一部分禱詞，那就是，『那軀體將會被扔進海裡』。」

梅蒂驚駭地看著我，以前目擊的事件留給我的印象太深刻了，它強迫我為海狼舉行的儀式要按照他為另一個人舉行過的儀式去辦。我抬起艙口蓋，帆布裹著的屍體鑽進了海裡，腳朝下，被鐵球的重量拽了下去。

海狼消失了。

「驕傲的靈魂啊！再見了！路西法。」梅蒂的輕聲細語，被淹沒在怒吼的風聲中，但是我看見她嘴唇的動作，明白她的意思。

我們抓住下風欄杆，向船後走去。我偶然向下風的海面望了一眼。那時鬼魂號正聳立在浪尖上，一艘小輪船躍入我的視線，它在兩、三哩外的海上起伏著，冒著白煙，向我們駛來。那是一艘黑色的船，我從獵人們的談話和他們偷獵的內容知道，那是美國的緝私船。我向梅蒂指出那船，匆匆令她向後面走去，到舵樓甲板的安全地方去。

我急忙往下面的旗幟箱跑，卻想起在我安排桅索時，忘記準備升旗用的繩子。

「我們不需要掛海難標誌，」梅蒂說，「看我們一眼，他們就明白了。」

「得救了。」我冷靜地說，然後歡天喜地地叫道，「我真不知道是喜還是悲。」

我看著梅蒂。我們的目光交織在一起，漸漸靠近。不自覺地，我已經摟住了她。

「我該說那句話嗎？」我問。

她回答：「不需要。儘管說出來是如此甜蜜，是那麼的甜蜜！」

我們的唇緊緊相印，不知道是出於什麼奇異的想像力，逃離之夜的場景閃過了我的腦海。那時，她把指頭輕輕放在我的嘴唇上說「噓！噓！」

「我的女人，我唯一的小女人。」我說，我空著的手愛撫著她的肩頭，那是所有情人都會的，從來就不需要學習。

「我的男人。」她說，那顫抖的眼簾望了我一會兒，垂了下去。她快樂地輕嘆一聲，把頭偎在我的胸膛。

我望向那艘緝私船，它正在駛近，放下小船。

「一個吻，吾愛。」我悄聲細語，「再一個吻。他們就快來了。」

「來拯救我們，從我們自己手上。」她說著，綻放了最迷人的笑靨，那是前所未見的奇異美妙，因為其中充滿了愛情。

延伸閱讀

《老人與海》The Old Man and the Sea

「硬漢」海明威

歐尼斯特．米勒爾．海明威 Ernest Miller Hemingway（一八九九至一九六一）

「因為他精通敘事的藝術，突出地表現在近作《老人與海》中，同時也因為他於當代文學的風格中所發揮的影響」，一九五四年，瑞典皇家文學院將諾貝爾文學獎授予海明威，為這位作家傳奇般的一生增添一道嶄新的色彩。

海明威一八九九年出生於美國芝加哥附近的橡膠園鎮。當醫生的父親和音樂教師的母親，從小就培養他在文學、藝術和體育方面的素質。一戰期間，海明威參加支援救護隊前赴義大利前線。這一次的經歷在他腿上和身上留下了兩百三十七處碎彈片的疤痕——此時的他事實上距離十九歲還有兩個星期——雖然那些碎片後來大部分都取了出來，但是他自己也坦承：「對於一個作家而言，親自上過戰場的經歷是難能可貴的。然而假使這種經驗太多了，卻是有危害的。」戰爭在海明威身上留下更多的是病痛的折磨、精神的空虛、生活的放蕩、甚至是理想的幻滅和失敗的愛情。戰後，海明威認識了斯坦因、龐德、喬伊絲等文學家，一九二六年，他以一部《太陽照常升起》（The sun also rises）出道，令人矚目，同時也成為戰後「迷惘的一代」代言人。此後，他一邊繼續追歡逐愛的生活，一邊接著創作《永別了，武器》（A Farewell to Arms）等多部小說和小說集。

一九三六年，西班牙內戰爆發。海明威體內的激情和樂觀主義重新被喚醒，幫助他在思想和創作上完成了重要的轉折。一九四〇年，海明威發表他一生中「最長的、最野心勃勃」的小說《喪鐘為誰而鳴》（For Whom the Bell Tolls）。之後的十年期間，他以戰地記者的身分遊走於世界各地，經歷一段創作的沉默期。但是更加豐富的閱歷、更為開闊的視野，使他對人生有更深刻的認識。一九四〇年代，他還曾經前往中國報導過抗日戰爭的情況。

《老人與海》是海明威晚期創作當中的一部中篇力作，作品的誕生極其富有戲劇性。一九五二年，《生活》雜誌找到當時正處於創作低迷時期的海明威，請他替雜誌撰寫一部小說。海明威本身是一位釣魚能手，自小就喜歡釣魚，甚至專門購置了一條漁船，並參加專業釣魚比賽，曾釣上一條重達三百五十四公斤的大魚，創下古巴海釣重量的世界新紀錄。恰逢他的一位釣魚助手卡羅斯跟他講了一個真實的故事：一位古巴的漁民一次為生計所迫，孤身一人深入大海，在海上經歷了難以忍受的孤獨、尋覓和忍耐，經過幾天幾夜的搏鬥，終於制服了一條大魚，但是那條大魚最終卻被鯊魚吃個精光。於是海明威以這個故事為藍本，結合自己釣魚的經驗，寫出了《老人與海》。隨即《生活》雜誌以全本雜誌的篇幅刊出了這篇小說，立刻掀起一輪閱讀熱潮。不過在當時，讓讀者感到奇怪的是，雜誌並沒有同時登出作者的名字。於是，被作品深深征服的人們，紛紛猜測這位神祕的作者究竟是誰。於此同時，《生活》雜誌分頭邀請了一百位著名人士就這部神祕的作品發表評論——每一位被邀請者被告知「您是我們邀約的唯一一位評論《老人與海》的人」；並把一百位評論者的評價一一刊出，然後又在所有的評論當中進行了評選。

所有這些舉動使得《老人與海》引起人們愈來愈大的興趣，直到這時，人們才終於了解到，這部傑作的作者是海明威。人們紛紛對這位千呼萬喚始露面的文壇硬漢致以崇高的敬意。《老人與海》也在出版史上創下空前絕後的紀錄：四十八小時之內賣出五百三十萬冊的銷售業績，並在當年獲得普利茲獎，兩年後又榮獲諾貝爾文學獎的殊榮。

「冰山在海裡移動，它之所以顯得莊嚴宏偉，是因為只有八分之一露出水面。」這就是海明威所追求的藝術效果，也正是《老人與海》的藝術價值所在：凝練、深沉、耐人尋味。此時他的創作風格極力尊奉美國建築師羅德維希的名言：「簡單就是意蘊無窮。」作品的語言追求一種極簡主義風格，提出了「冰山原則」，也成為電報式的寫作方式，即濃縮、緊湊，「愈少就是愈多」，只展現事物八分之一的風貌，使作品產生一種充實、含蓄卻又耐人尋味的特殊魅力。海明威以簡潔含蓄的語言，在單純的故事裡蘊藏深刻嚴肅的哲理意義，《老人與海》也因此成為文學史上的不朽名篇，並被改編為影視作品廣為流傳。

整部小說採用攝影機般的寫實手法，記錄下聖地牙哥老人捕魚的全過程，再加上恰到好處的象徵和內心獨白，這一切都呈現出一款海明威式的獨特美感。故事的主角老漁夫聖地牙哥，是一個在重壓下仍然保持優雅風度的老人，一個精神上永遠的不可戰勝者，並且早已經成為人們所熟知的「硬漢」形象——一如他自己，永遠站著寫作，站著面對人生。（他說：「我站著寫，而且是一隻腳站著。我採取這種姿勢，使我處於一種緊張狀態，迫使我盡可能簡短地表達我的思想。」）美國作家貝樓曾經評論道：「海明威有一種強烈的願望，他試圖把自己對事物的看法強加於我們，以便塑造出一種硬漢的形象……當他在夢幻中嚮往勝利時，那就必定會出現完全的勝利、偉大的戰鬥和圓滿的結局。」

儘管老人聖地牙哥是如此的堅強，儘管《老人與海》為海明威再一次贏得了巨大的榮耀，儘管海明威自己認為：「對於一個真正的作家來說，每一本書都應該成為他繼續探索那些尚未到達的領域的一個新起點。」但是疾病的折磨、身體機能的衰退，和超越自我的艱難，仍然讓這位硬漢不堪忍受。就像他的祖父和父親一樣，海明威最終選擇了自殺。在《老人與海》出版九年後——一九六一年七月二日早晨，海明威以一把獵槍結束了自己的生命。

海明威的生命雖然逝去了，他百折不撓的硬漢形象卻永遠留下來激勵一代又一代人，藉由他自己的話來說，這就是一種永不言敗的精神：一個人可以被毀滅，但不能被打敗。讀海明威的作品，總能使人感受到一種與自然宣戰、抗衡的勇氣和力量。而對他的評價，正如美國總統約翰·甘迺迪在唁電裡所說：「幾乎沒有哪個美國人比歐尼斯特·海明威對美國人民的感情和態度產生過更大的影響。」他稱海明威為「本世紀最偉大的作家之一」。面對不可逆轉的命運，海明威和他筆下的硬漢們，仍然是精神上的強者。

故事概要

老漁夫聖地牙哥年輕時是一位非常出色的漁夫，那時他強健有力，曾經和一個黑人比腕力比了一天一夜，最後終於以頑強的毅力戰勝對手。到了老年，他的精力和反應都大不如從前，妻子死後，一個人在海邊簡陋的小茅棚裡孤獨地生活，只有一個小男孩曼諾林親近他、崇拜他。

但是，老人的「硬漢」精神絲毫沒有衰退，他仍然熱愛壘球，仍然夢見雄獅——這都是力量的象徵。他已經連續八十四天出海打漁都空手而歸，連他的船帆看上去都像是一面「標誌著老打敗仗的旗子」，但是在第八十五天的早上，他又頑強地駕著小船出海了：他與曼諾林約好要到深海裡去釣一條大魚。

這一次，他碰上了一條足有十八英呎長、比他的船還大的魚。聖地牙哥對這條大魚充滿了讚美和尊敬，同時這也激起老人向大魚挑戰的決心。大魚當然不肯輕易屈服：牠時而與老人默默對峙，時而把小船拖向深海，時而繞著小船打轉，時而掀起巨浪想把小船打翻……老人與大魚搏鬥了兩個晝夜。在這個過程中，他不斷地和魚、鳥還有大海對話，不斷地回想起曼諾林或者回憶往事，憑藉著頑強的毅力和堅強的信念，他終於挺了過來，征服了海洋和那龐然大物。

但意料之外的是，當老人要把大魚拖回去的時候，大批鯊魚被吸引而來，爭著啃噬拖在船尾的大魚。已經精疲力竭的老人雖然用盡全力與鯊魚搏鬥，但是那條大魚仍然被成群的鯊魚咬得只剩下一副空空如也的骨架。最後，聖地牙哥仍把這副巨大的骨架拖回了岸邊。

望著那副骨架，老人自問是什麼打敗了他，結論是：「什麼都不是，是我出海太遠了。」

老人靠著自己的精神與理念堅韌地支撐著，他最終戰勝了大魚，也戰勝了失敗，戰勝了自己。晚上，老人睡著了，曼諾林在身邊守護著他。那一晚，聖地牙哥又夢見了雄獅。

精彩語言

1. 每一天都是一個新的日子。走運當然是好，不過我情願做到分毫不差。這樣，運氣來的時候，你就有所準備了。
2. 不過話得說回來，沒有一樁事是容易的。
3. 「人並不是生來被打敗的，」他說，「你可以消滅他，卻無法打敗他。」

《白鯨記》 Moby Dick

捕鯨者的自述

赫爾曼．梅爾維爾（Herman Melville，一八一九至一八九一）美國著名作家，在世的時候沒沒無聞，一直到他死後的四十年，也就是《白鯨記》出版了七十年後，他在美國文學的地位才獲得崇高評價。

據說他的祖先本是蘇格蘭的名門望族，但是梅爾維爾祖父那一輩就已經來美國，並且參加了獨立戰爭。一八一九年，梅爾維爾生於紐約。十二歲時，父親去世了，家道開始中落。十五歲那年，在如履薄冰地支付他兩年學費之後，家裡再也無力承擔，小小年紀的梅爾維爾不得不進入社會。

他做過銀行職員，後來又輾轉做過店員、農場工人和小學教師，嘗盡人生的酸甜苦辣。一八三七年，十八歲的梅爾維爾懷著滿腔的忿懣和對社會的排斥，逃上了一艘帆船，開始他的航海生涯。第一次的航海，更加強烈地激起他出走的願望。從一八四一年起，他開始登上捕鯨船做水手。

在隨後的三年間，梅爾維爾隨著捕鯨船到了世界上的很多地方，大大開闊了眼界。搭捕鯨船阿庫什尼特號去南太平洋以前。梅爾維爾曾以船上侍者身分去過一次利物浦。一八四二年他在馬克薩斯島棄船潛逃，碰到吃人的野人，後來搭澳洲捕鯨船離開群島。其後他又到塔希提島和檀香山闖過一陣子江湖。不僅如此，他還和捕鯨船上的其他伙伴一起，反抗鯨船上的專制行為，並且曾因暴動等原因被監禁。後來，梅爾維爾加入了美國軍艦「美國號」，在艦上服役，直到一八四四年乘美國號快速帶帆戰艦返美，在波士頓上岸，結束了航海生涯，並開始根據航海經歷來寫作。

一八四一年到一八四四年的航海生涯，對梅爾維爾的一生影響很大，而這其中，相當長的時間是在捕鯨船上，這些經歷不但磨練了他的意志，也使他獲得比陸地工作更豐富的生活知識，為其日後的文學創作打下厚實的基礎。坎坷的經歷、豐富的生活和強烈的思想，構成日後梅爾維爾寫作生涯的基礎。

《白鯨記》是梅爾維爾最撼人心魄的一部作品，它描繪出十九世紀捕鯨業的光景，以及形形色色捕鯨人的性格特徵——捕鯨是一種不人道的行為，鯨在這個過程中是凶猛的，直刺鯨體的鋒利鯨叉代表著殘忍和剛強。這種危險的生活，落後而充滿神祕浪漫色彩，為大海增添莫測的迷霧。

本書的主角亞哈，是一位帶有偏執狂氣息的英雄，與傑克・倫敦《海狼》中的主角海狼異曲同工。亞哈與來森的共同點是勇敢、固執、剛硬、堅強——冷酷的典型。全書講述了獨腳的捕鯨船長亞哈，和南太洋上一條名叫莫比・狄克的白鯨之間的故事。被白鯨咬掉一條腿的亞哈船長，心中燃燒著復仇的怒火，他指揮著航船行遍世界大洋，只為追蹤這條令人聞之色變的巨鯨，甚至不惜以命相搏。

全書一共分成八十四章，是一部長篇巨著。整個故事以唯一得以逃生的水手伊希梅爾自 的方式展開。「我」上了捕鯨船，看到滿臉鬍鬚、頭髮蓬鬆、皮膚被強烈的陽光曬黑，曾經跟大鯨魚交手過的一群強壯的老水手，感受他們心裡感到惶恐，詳細描寫了他們在海上與洶湧波濤，與勇猛的巨鯨搏鬥所養成暴虐、殘酷、粗野的性格……故事不僅詳述捕鯨人在大海中追擊白鯨的經歷，而且對生命的現象、人生的光明和陰暗、大自然的神祕莫測、生與死的哲學等亦有探討。

評介《白鯨記》的專著很多，英國的名作家毛姆，在他所列舉的世界十大小說家及其代表作裡，舉出代表美國文學的名著就是《白鯨記》。在毛姆的心裡，梅爾維爾在美國文學的重量勝過愛倫・坡、馬克・吐溫。

《白鯨記》中最為人稱道的是，梅爾維爾成功地運用了象徵主義手法。二副斯塔布菸斗不離手，象徵他殺鯨只為了過癮；海無邊無際，變幻莫測，是生命的源泉，象徵了深奧莫測的生活；鯨的白色象徵了殘酷的空虛與宇宙的浩闊；而「佩闊德」則是一個被滅絕的印第安部落的名稱，暗示了捕鯨船必遭毀滅的命運；「伊斯梅爾」是《舊約》中被放逐的棄兒，而「亞哈」得名於《舊約》中一位因冒犯聖主而身敗名裂的國王。

故事概要

伊爾梅爾厭倦了陸上的乏味生活。他見到渾身刺花、佩著小戰斧的印第安人魁魁格——典型的印第安形象。兩人成為至交——兩個男人的交情，他們曾經共用一個菸斗吸菸，這一行為象徵著兩人之間的「有福同享」。

兩人走上了一條捕鯨船，這艘捕鯨船的船長亞哈斷了一條腿，是一個意志力非常強的人，他以自己的意志力和口才壓服了所有的人。他迫使他的副手們將鯨叉十字相交，由他握住中間——這是一個充滿殺氣的表示——然後往捕鯨叉槍頭的凹陷處注滿酒，為他的死對頭白鯨莫比．狄克的死亡乾杯（他的腿就是莫比．狄克咬斷的）。船上的三個副手性格迥異，大副斯巴達克勇敢而通情達理，魁魁格成了斯巴達克的副手；二副斯塔布是一個殺鯨機器；三副弗拉斯克則是個對什麼都不在意也不懼怕的莽漢。

亞哈的船「佩闊德號」收穫了許多鯨油，還帶回了一起私奔的土著姑娘。此時，另一艘捕鯨船「耶羅波安號」與莫比．狄克相遇，僥倖脫險，船上瘋癲的伽百列正告訴大家，莫比．狄克是異教神的化身，它凶猛狡詐，在海上一再使眾多的捕鯨者失肢斷臂、船破人亡。從此，亞哈愈來愈不近人情，他拒絕了老友「拉吉號」船長幫助尋找兒子的要求，為殺死莫比．狄克的強烈願望所折磨著。

「佩闊德號」上有一批亞哈偷帶入境的拜火神的波斯人，他們的頭領是費達拉——邪惡的化身。在亞哈每次做出狂妄的決定或者可怕舉動時，費達拉都如同鬼影般地出現在他左右。

亞哈以三個異教投叉手的血，以魔鬼的名義為鐵矛做了洗禮，並砸毀象限儀表示破釜沉舟的決心，決定與莫比．狄克決一死戰。

「佩闊德號」遇上風暴，閃電的火球直擊船帆，亞哈踩在費達拉身上抓住主桅鏈環，藐視地望著大自然，藐視狂風雷電。

費達拉預言：一、亞哈死後無柩車，無棺材；二、他死之前看到兩架海中柩車，其一非俗人所製，另一架的材料則是美洲木材；三、亞哈死於麻繩，費達拉則是他的引路人。

幾個月的搜索之後，「佩闊德號」終於找到莫比·狄克：白色的鯨背在海上閃耀，巨大的背上仍然刺著不少折斷的鯨叉，成百隻海鳥繞著牠飛翔。

莫比·狄克咬斷了亞哈派出的小船，又把亞哈船長從口中噴了出來，把他和波斯水手掀入海中，卻無人死亡。面對斯巴達克的勸阻，亞哈表示輕蔑。

第二天，莫比·狄克撞沉了三條小船，折斷了亞哈的假腿，費達拉落海而死，預言的第三部分開始兌現。

第三天，所有的水手捲入汪洋，海面上露出費達拉的屍體，狂怒的莫比·狄克撞沉了佩闊德號，這就是美洲木材製的柩車。

海面上只剩下了亞哈的小船，他投出的鯨叉深深刺入莫比·狄克身體裡，飛出的麻繩纏住亞哈的脖子，將他拖出海中，當場勒死。此時，所有的預言兌現，莫比·狄克就是亞哈的非俗人所製的柩車，亞哈本人及幾乎所有的船員都葬身於海中。

伊爾梅爾是唯一的倖存者，他爬上了魁魁格做的棺材，被「拉吉號」救起。

《金銀島》

寶島探險

孩童時代讀過《金銀島》的人，比《魯濱孫漂流記》留下的印象要深刻得多。《金銀島》是十九世紀出生在蘇格蘭愛丁堡的著名作家羅伯特・路易士・史蒂文森（Robert Louis Stevenson，一八五〇至一八九四）最暢銷的小說之一。

據說，這部小說是史帝文生得到過的一張藏寶圖引起了他的幻想，從而寫成的故事。也有人說，有一天，英國人史帝文生看到他的兒子畫了一幅海島地圖，由此引發他許多聯想，一些奇怪的名詞閃現在他的腦海裡：大帆船、骷髏島、勇敢的小男孩、瘸腿的海盜、大量的財寶……於是他開始創作一個探險故事。

同時，小說中有一位名叫約翰・西爾弗的獨腳廚師，他身穿一件破舊的長衫，拄著一根拐杖，肩上落著一隻綠色的鸚鵡，總在不斷地叫著：「皮阿斯特！皮阿斯特！」實際上，史帝文生筆下這一令人難忘的人物，是以他的好友——傑出的英國詩人、劇作家和文學批評家威廉・亨利（一八四九至一九〇三）為原型，他在十六歲時因罹患骨結核而截去了一條腿。

一八八三年，史帝文生終於寫成冒險小說《金銀島》。該書出版後，即受到孩子們的極大歡迎，使他一舉成名。《金銀島》曾被譯成各國文字在世界上廣泛流傳，並多次被搬上銀幕。單純的孩子口氣帶來了詭異奇幻的寶島探險，簡練嫻熟的筆法、扣人心弦甚至恐怖驚悚的情節，描繪了人所特有的雙重人格。

史帝文生不僅對寶藏、海盜和海洋冒險故事有興趣，同時對於人性心理也有深刻的了解。比如，對於人性中善惡衝突的興趣，驅使他寫了《化身博士》。由於喀爾文教派的出身，他認為人總是壓抑著自己邪惡的本性。這種本性經過長久的壓抑，自然就在海德這個人物的個性中爆發出來。史帝文生懂得擷取精華，他經常借用其他作家的表達方式或想法，但是他自成的風格卻是無法否認的。他到處旅遊，後來因為健康的關係而隱居到南太平洋的島上。

一八九四年，年僅四十四歲的史蒂文生突然中風，病逝在太平洋南部西薩摩亞的首都阿皮亞，並葬在當地一座能俯瞰太平洋的高山上，但他擅長說故事的本領，卻早為當地人所熟知。他的墓碑上，銘刻著他親自撰寫於一八七九年多病之秋的一首著名《輓歌》。

《金銀島》是史帝文生流傳最廣的代表作，描寫一位敢作敢為、機智活潑的少年吉姆·霍金斯發現尋寶圖的過程，如何智鬥海盜，歷經千辛萬苦，終於找到寶藏，勝利而歸的驚險故事。

故事中有波濤洶湧的大海、機智勇敢的少年、凶惡狡詐的海盜，以及一份神祕的藏寶圖。圍繞著這份藏寶圖，少年吉姆一行展開了驚心動魄的搏鬥，多次挫敗了海盜的陰謀，平息了叛亂，最終尋得寶藏平安返航。

故事主要從吉姆的角度展開，作者成功地把握了一個孩子的觀察視角，使整個　述從遺詞造句到說話口吻都符合孩子的語言習慣。為青少年讀者描繪的這幅探奇冒險的尋寶圖，既散發著濃厚的孩童情趣，又飄逸著誘人的冒險氣息，使這部作品一直深受青少年讀者的喜愛。

這部作品另一個特點是故事情節驚心動魄，高潮迭出。全書故事情節按時間順序展開，並不複雜，但作者用一個又一個的懸念和高潮，牢牢吸引住讀者。

比如小說一開始描寫凶悍怪異、行動詭祕的弗林特，使讀者以為這個神祕人是小說主角。他打死來客，舊病突發；見到瞎子又病發死亡。讀者這時意識到他不是主角。難道是瞎子嗎？讀者正在疑惑時，他又死於馬蹄之下。那麼誰是這部冒險小說的主角呢？作者用這種似明實暗，似鬆實緊的懸念牽引讀者的注意，使他們始終關切地等著看作者以豐富的想像創造出來的複雜局面，怎樣揭破謎底，水落石出。

故事情節驚險曲折，人物形象鮮明生動。這就是《金銀島》歷經百餘年後，魅力經久不衰的原因。至今，它仍以其獨特的風姿，吸引著世界各國的少年兒童。

在《金銀島》中，史帝文生描繪了航海、海盜、金銀珠寶，但他真正尋找的是另一種財富——夢幻中的想法和願望，有時比生活中的現實更真實，更久遠。他短暫而偉大的一生證實了這一點。

他不僅是一個小說家，還是一個詩人，一個幻想家，一個哲學家。對他的詩人身分，一般讀者並不了解。他逝世以後，長期被認為只是一位模仿他人風格的散文、兒童讀物、通俗讀物作家，直到一九五〇年代，才被有識者推崇為具有獨創性和才能的作家。而他的哲學是充滿歡快的哲學。他說，「如果你的哲學使你悲傷，那它們一定錯了。」《金銀島》是作家為他的繼子們編寫的故事，他自己最終找到了夢想中的「金銀島」。

故事概要

在今天的古巴有一個特別行政區，是一個美麗島嶼，叫做青年島，過去叫金銀島。在西班牙漫長的四個世紀殖民統治歲月裡，這裡是舉世聞名的加勒比海盜呼嘯聚眾的天堂。那些逃犯和海盜在海上到處流竄，追擊西班牙運輸金銀財寶和商貨的船隻，把搶來的金銀財寶和商貨運到這座荒無人煙的小島上，藏於神祕的山洞裡。金銀島因此得名。

吉姆·霍金斯是一個十歲大的小男孩，他們家在黑山海灣旁開了一家名叫「本卜艦隊司令」的小旅館，以維持全家的生計。有一天，旅館來了一個臉帶刀疤、身材高大、非常引人注目的客人，他要大家叫他比爾船長。

船長常常會沒完沒了地唱一首古老的水手歌：

十五個人躺在死人箱上——

喲——呵——呵，來瓶蘭姆酒！

酒和魔鬼讓別人送了命——

喲——呵——呵，來瓶蘭姆酒！

小吉姆非常喜歡聽比爾船長講故事。海盜被吊死、雙手被綁蒙眼走跳板、海上風暴、遍地屍骸的西班牙海島巢穴等十分凶險的故事，每次都讓小吉姆又愛又怕。這也為平靜的鄉村生活增添了新鮮刺激的話題。

沒多久比爾船長因為飲酒過度，加上昔日的海盜同伙尋仇上門，受到驚嚇突然身亡。小吉姆無意間發現了比爾身上帶著一張藏寶圖，那是海盜們千方百計尋找的，往日海盜普林特船長遺留的藏寶圖。小吉姆把它交給了兼任地方治安官。於是，金銀島尋寶、奪寶的歷險故事就這麼開始了。

比爾船長臨死前告誡小吉姆，要隨時警惕一個「獨腳水手」。治安官和鄉紳買了一艘漂亮的縱帆船，帶著小吉姆一起出海尋寶。心懷不軌的海盜們喬裝打扮，混在水手堆中上了尋寶船，他們的組織者者正是陰險詭詐的獨腳水手，此時，他的化名是高個子約翰·西爾弗。

在這次極其凶險的尋寶航程中，躲在大木桶中的小吉姆，及時發現了海盜們集體叛亂的陰謀。但是，由於海盜的比例占了絕大多數，小吉姆和鄉紳、治安官一起，機智地和匪徒們周旋。在平定叛亂的過程中，充滿了艱辛和險惡。小英雄吉姆屢建奇功，終於化險為夷，還分得了他應有的一部分財寶返回了家鄉。

探險航程結束了，但是，給孩子們留下的夢想，卻是縈繞不斷，吸引了一代又一代的少年。

國家圖書館出版品預行編目資料

海狼 / 傑克・倫敦. --
初版. -- 新北市 : 雅書堂文化, 2012 .1
面； 公分. --（文學菁選；28）
ISBN 978-986-302-031-8（平裝）

874.57　　100026769

【文學菁選】28

海狼　The Sea-wolf

作　　者：傑克・倫敦（Jack London）
譯　　者：鄧　京
總 編 輯：蔡麗玲
執行編輯：詹凱雲・黃建勳
編　　輯：林昱彤・黃薇之・蔡毓玲・劉蕙寧
美術編輯：王婷婷・陳麗娜
出 版 者：雅書堂文化事業有限公司
地　　址：新北市板橋區板新路206號3樓
郵政劃撥帳號：18225950　戶名：雅書堂文化事業有限公司
電　　話：02-8952-4078
傳　　真：02-8952-4084
網　　址：www.elegantbooks.com.tw
電子郵件：elegant.books@msa.hinet.net

2012年1月 初版一刷　定價：240元

總經銷：朝日文化事業有限公司
地　址：235新北市中和區橋安街15巷1號7樓
電　話：02-2249-7714
傳　真：02-8249-8715
星馬地區總代理：諾文文化事業私人有限公司
新加坡／Novum Organum Publishing House (Pte) Ltd.
20 Old Toh Tuck Road, Singapore 597655.
TEL：65-6462-6141　FAX：65-6469-4043
馬來西亞／Novum Organum Publishing House (M) Sdn. Bhd.
No. 8, Jalan 7/118B, Desa Tun Razak, 56000 Kuala Lumpur, Malaysia
TEL：603-9179-6333　FAX：603-9179-6060